그래도
세상은
아름답다

그래도
세상은
아름답다

초판 1쇄 펴낸 날 ┃ 2017년 10월 20일

엮은이 ┃ 이충호
펴낸이 ┃ 이종근
펴낸곳 ┃ 도서출판 하늘아래

주소 ┃ 서울시 종로구 이화장1가길 부광빌딩 402호
전화 ┃ (02)374-3531
팩스 ┃ (02)374-3532
이메일 ┃ haneulbook@naver.com

등록번호 ┃ 제300-2006-23호

© 이충호, 2017
ISBN 979-11-5997-012-2 (03810)

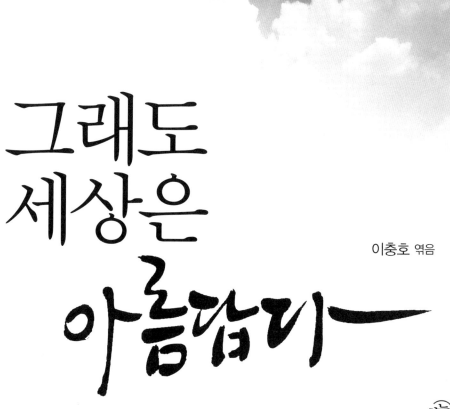

그래도
세상은
아름답다

이충호 엮음

하늘아래

아름다운 인정의 등불이
널리 퍼져나가기를 바라며

요즘 신문이나 방송을 보고 있으면 세상이 온통 죄악으로 물들어 있는 것처럼 느껴질 때가 있습니다. 지금 많은 사람들이 메마른 세태를 개탄하고 있지만, 이런 세태 속에서도 인간미 넘치는 아름다운 이야기는 세상 곳곳에 널려 있습니다.

세상 뒤꼍에는 이처럼 말없이 조용히 남에게 이로움을 주는 일을 찾아 묵묵히 행하는 사람들이 나쁜 사람들보다 훨씬 많다는 사실을 간과해서는 안 됩니다. 다만 그 미담의 주인공들이 밖으로 드러내지 않으려는 속성 때문에 묻혀버리기 일쑤지만, 세월의 흐름에 따라 밝혀지기 마련이어서 잊히거나 숨겨져 있던 아름다운 이야기들이 하나의 일화로 전해오고 있는 것입니다. 가슴 뭉클한 감동으로 전해오는 이 아름다운 이야기들은 우리들에게 새로운 자극으로 다가와 우리들로 하여금 희망과 용기와 의욕을 불러일으키게 하며, 세상을 밝게 볼 수 있는 안목과 성숙된 삶을 갖게 해주고 있습니다.

이 아름다운 이야기들은 사람들의 마음을 정서적으로 순화시킬 뿐만 아니라, 사회를 밝게 해주고 따뜻하게 해주고 있습니다. 사람은 좋은 일을 많이 보고 착한 생각을 하면서 살아가면 정서적으로

4

안정되고 마음이 편안해져서 사는 것이 즐거워집니다.

우리는 남을 위해 헌신하면서도 드러내지 않으려는 선한 사람들의 미담을 발굴해 세상에 알리고 이를 본받는 풍조를 조성해 주어야 합니다. 그래서 이 아름다운 인정의 등불이 널리 펴져나가 온 세상을 밝게 함으로써 사는 것이 즐거워지는 세상이 되었으면 하는 바람이 간절하며, 그러한 소망 속에서 책을 펴내게 된 것입니다.

이 책은 미국에서 살고 있는 맏사위 김경순, 맏딸 이수경이 오랫동안 채집해서 나에게 보내온 아름다운 이야기들을 바탕으로 엮은 것입니다. 책 읽기를 좋아하는 두 사람이 책을 읽으면서 매우 감명 깊었던 이야기들을 모아 나에게 보내온 것인데, 그 내용이 무척 감동적이고 교훈적인 이야기여서 많은 사람들에게 널리 읽혀졌으면 하는 생각에 그 이야기의 뜻을 되새기고 편집해서 한권의 책으로 펴내게 되었음을 밝혀 둡니다.

끝으로 바라기는 여기 수록된 이야기들은 실제 있었던 실화입니다. 그냥 만들어낸 이야기가 아닙니다. 이 이야기들은 하나같이 따뜻한 인간의 피가 돌고 있으며, 한 편의 휴먼 드라마로 다가와 우리들의 영혼을 흔들어 깨우치고 있습니다. 이 이야기들을 통해서 사람들이 세상 살아가는 지혜를 배워 성숙하고 행복한 삶을 살아가기를 바라며, 또한 우리들도 이를 본받아 미담의 주인공처럼 열심히 살아야겠다고 다짐하는 계기가 되었으면 합니다.

2017년 가을

이충호

차례

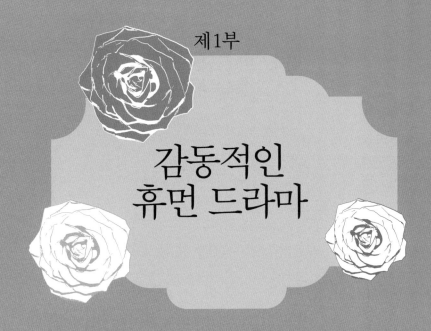

제1부

감동적인
휴먼 드라마

01

크리스마스이브의 기적
- 숲속의 휴전 -

아무도 그날 저녁에 기적 같은 이 사건이 일어날 줄은 전혀 짐작조차 하지 못했습니다.

지금까지 서로 총 부리를 겨누던 적군들과의 사이에, 그것도 한 평범한 주부의 재치 있는 기지로 사적인 휴전이 이루어지리라고는……

자칫 잘못하면 반역죄로 총살을 당하게 될지도 모르는 위기 상황에서 꽃피운 인간애가 너무도 아름답습니다.

제2차 세계대전이 막바지에 이른 어느 크리스마스이브에 일어난 이 감동적인 이야기는 우리 인간의 본성과 크리스마스의 참된 의미를 새삼 되새기게 합니다.

내가 열두 살 되던 해인 1944년 그리스마스 이브에 있었던 일입니다.

그 날 저녁 어머니와 나는 독일과 벨기에 국경 부근인 휴르트겐 숲속 오두막집에 살고 있었습니다. 전쟁이 일어나기 전에는 주말에 가끔 아버지가 사냥을 즐기며 머무르곤 하던 집으로, 연합군 폭격기가 우리가 살던 아아헨 마을을 파괴하자 우리를 이곳으로 보냈던 것입니다.

크리스마스를 아흐레 앞두고 독일군은 제2차 세계대전 기간 중 가장 필사적인 막판 공세를 취하고 있었습니다. 숲속 가까운 곳에서 대포 소리가 밤의 숲을 뒤흔들었고, 비행기들이 끊임없이 머리 위로 날고 있었습니다.

그때 문을 노크하는 소리가 들렸습니다. 그때만 해도 어머니와 나는 다음에 일어날 조그만 기적을 전혀 짐작조차 하지 못했습니다.

어머니는 곧 촛불을 불어 끄고 문을 열었습니다. 문밖에는 철모를 쓴 낯선 병사 둘이 서 있었는데 그들은 눈 위에 누워 있는 또 한 명의 부상병을 가리키며 알아들을 수 없는 말로 어머니에게 말했습니다. 우리는 거의 동시에 그들이 미국 군인임을 알아차렸습니다.

'적군이다!'

어머니는 흥분을 가라앉히려는 듯 나의 어깨 위에 한 손을 올려놓고 잠시 동안 가만히 서 있었습니다.

무장한 그들은 구태여 우리의 허락이 없더라도 강제로 우리 집에 들어올 수 있었으나 그냥 문밖에 서서 눈으로 간청하고 있었습니다.

어머니가 그들에게 '들어오시오.' 하고 말하며 문을 열어주었습니다. 그들은 곧 부상자를 들어다 내 침대 위에 눕혔습니다. 다행히 그들 가운데 프랑스 말을 아는 병사가 있어서 어머니와 의사소통이 이루어졌습니다. 그들은 부대에서 낙오되어 독일군을 피해 가며 꼬박 사흘 동안을 방황하고 있었습니다.

"나가서 헤르만을 잡아오너라. 감자도 몇 개 가져오고."

헤르만이란 어머니가 싫어하는 나치의 제2인자인 헤르만 괴링의 이름을 붙인 통통한 수탉으로, 크리스마스이브에 오기로 한 아버지를 위해 살찌게 키워 온 것이었습니다.

곧 구운 닭고기 냄새가 방안 가득 퍼졌습니다. 어머니를 도와 식탁을 차리고 있을 때 문 쪽에서 다시 노크 소리가 들렸습니다. 또 길 잃은 미군이겠지 생각하며 나는 주저 없이 문을 열었습니다.

'앗, 독일 군인이다!'

나는 그들을 보는 순간 놀람과 공포감으로 몸이 얼어붙는 것 같았습니다. 어머니도 공포감으로 얼굴이 하얗게 질려 말을 잃고 서 있었습니다. 자칫 잘못하다간 적군을 보호한 반역죄로 총살을 당할지도 모르는 위급한 상황이 벌어졌습니다.

그러나 어머니는 침착하게 그들에게 다가가 조용히 말했습니다.

"프릴리에 바이나하텐(메리 크리스마스)!"이라고 말하자, 독일 군인들도 "프릴리에 바이나하텐!" 하고 응답했습니다.

"우리는 부대를 잃었습니다. 날이 밝을 때까지 이 집에서 쉴 수 없을까요?"

"물론 되고말고요. 여러분은 따뜻한 음식도 먹을 수 있습니다."

반쯤 열린 문틈으로 흘러나오는 음식 냄새를 맡고 독일 군인들은 미소를 지었습니다.

"그런데 지금 다른 손님 세 분이 계신데 아마 친하다고 생각하지 않을지도 모르겠습니다."

그리고는 준엄한 목소리로 말을 이었습니다.

"오늘은 크리스마스이브예요. 이곳에서 총을 쏘아서는 안 됩니다!"

"안에 누가 있습니까?"

독일군 하사가 물었습니다.

"미국 군인입니다."

어머니는 독일군의 얼굴을 쳐다보며 말했습니다.

"들어 보세요. 여러분은 내 아들 같고 안에 있는 사람들 역시 그래요. 부상을 입은 소년 병사는 지금 죽음과 싸우고 있어요. 오늘 밤만은 사람을 죽이는 일은 잊읍시다."

어머니는 부드러운 말투로 달래듯 말했습니다.

독일군 병사들은 멍하니 어머니의 얼굴을 쳐다보았습니다. 그때 어머니가 다시 입을 열어 망설이는 그들에게 결단을 내려주었습니다.

"자, 이야기는 여기까지 하시죠."

어머니는 손뼉을 두 번 쳐서 분위기를 바꾸었습니다.

"무기는 이 장작더미에 놔요. 다른 사람들이 음식을 모두 먹어 치우기 전에 어서 서둘러요!"

어머니의 말에 독일군 병사들은 마치 귀신에 홀리기라도 한 듯 고분고분 문 옆에 있는 장작더미 위에 무기를 내려놓았습니다. 그러자 어머니는 뒤돌아서서 미군들에게 프랑스 말로 몇 마디를 건넸고 그들도 무기를 내려놓았습니다.

이윽고 어머니는 미소 띤 얼굴로 독일군과 미군들에게 자리를 정해 주며 함께 앉게 하였습니다.

분위기는 살얼음판 위를 걷는 것처럼 불안했습니다. 하지만 음식이 식탁에 나오게 되자, 서로 간의 적의와 의심이 가시면서 긴장이 풀리기 시작했습니다.

식탁에 앉은 어머니가 기도를 드렸습니다.

"주님이시여! 오셔서 저희들의 손님이 되어 주십시오."

기도하는 어머니의 눈에는 눈물이 맺혔습니다. 전쟁에 시달린 군인들, 미국에서 그리고 독일에서 모두 집으로부터 멀리 떠나 온 그들의 눈에도 눈물이 맺혔습니다.

자정 직전에 어머니는 문 앞 계단으로 나아가 모두 함께 베들레헴의 별을 보자고 제의했습니다.

우리 모두는 어머니의 곁으로 가서 하늘을 올려다보았습니다. 하늘에서 가장 밝은 별을 찾던 그 침묵의 순간에 전쟁은 멀리, 우리의 머리에서 사라져 버리고 없었습니다.

우리 집에서의 사적인 임시휴전은 다음날 아침까지 계속되었습니다.

부상을 입은 미군 병사는 어머니의 극진한 간호와 식사로 원기를 많이 회복하고 있었습니다. 어머니는 길고 튼튼한 나뭇가지 두 개를 주워 와 가장 아끼던 식탁보를 이용해서 부상병을 위한 들것을 만들었습니다.

날이 밝아 헤어질 시간이 되자 독일군 하사는 지도를 펴놓고 미군들에게 부대를 찾아가는 길을 알려 주었습니다.

"이 물줄기를 따라가면 상류에서 재편성하고 있는 제1군을 만날 수 있을 것입니다."

그러자 미군 병사가 의심스러운 듯 물었습니다.

"왜 몬샤우로 가면 안 됩니까?"

"나인(안 됩니다). 우리 독일군이 몬샤우를 점령하고 있습니다."

어머니는 군인들에게 무기를 돌려주었습니다.

"여러분 몸조심하세요. 모두 언젠가는 집으로 돌아갈 수 있기를 바랍니다. 하나님의 축복이 여러분 모두에게 함께 하시기를......."

독일군과 미군은 악수를 나누고 서로 반대 방향으로 떠났습니다.

그들의 모습이 숲속으로 사라지자 어머니와 나는 집안으로 들어왔습니다. 어머니는 낡은 성경책을 꺼냈습니다. 나는 어머니의 어깨 너머로 그 책을 들여다보았습니다. 성경책의 펼쳐진 곳에는 크리스마스 이야기가 적혀 있었습니다. 어머니의 손가락은 마태복음 2장 12절의 끝을 따라가고 있었습니다.

'...... 그들은 다른 길로 고국으로 돌아가리라.'

사랑은 생명을 살리는 묘약
- 노란 손수건의 위력 -

사랑의 극치는 용서라고 했지만, 용서하는 것처럼 아름다운 것은 없습니다. 온통 노란 손수건으로 뒤덮인 참나무의 그 환영의 깃발! 그것은 그 아내의 진한 사랑과 용서의 마음이었습니다.

부실한 과거를 용서하고 고달픈 세월을 참고 견디며 기다려준 그 아내의 따뜻한 사랑이 전과자 남편을 재생의 길로 이끌었습니다. '사랑은 모든 허물을 덮느니라.'고 한 그리스도의 말씀이 새삼 실감 있게 와 닿습니다. 그래서 사랑은 생명을 살리는 묘약입니다.

사랑이 있는 곳에 용서가 있고 평화가 있고 부활이 있습니다.

남쪽으로 가는 버스를 타는 정류장은 언제나 붐볐습니다. 생기발랄한 모습의 젊은 남녀 세 쌍이 까불거리며 샌드위치와 포도주를 넣은 주머니를 들고 버스에 올라탔습니다. 플로리다주에서도 이름 높은 포드라우더데일이라는 해변으로 가는 버스였습니다.

승객이 오르자 버스는 곧 출발했습니다. 황금빛 모래밭과 잘게 부서지는 하얀 파도를 바라보면서 세 쌍의 남녀는 낯선 곳으로의 여행이 주는 흥분 때문에 계속 웃고 떠들었습니다. 그러나 뉴저지주를 지나갈 무렵부터 조금씩 마음이 안정되었는지 버스 안은 조용해졌습니다.

그들의 앞자리에는 몸에 잘 맞지 않는 허름한 옷차림의 사내가 돌부처처럼 묵묵히 앞쪽만 응시하고 있었습니다. 먼지로 더러워진 얼굴만으로는 나이가 짐작되지 않았습니다. 그는 입술을 굳게 깨물고 뒤에서 조잘거리는 남녀들이 무안해질 만큼 한사코 무거운 침묵을 지켰습니다.

밤이 깊어지자 버스는 워싱턴 교외의 어떤 음식점 앞에 멈추었습니다.

승객들은 허기진 배를 채우기 위해 다투어 버스에서 내렸습니다. 하지만 단 한 사람 그 돌부처 같은 사내만은 미동도 없이 그대로 자리에 눌러앉아 있었습니다.

젊은이들은 심상치 않은 그 사내의 거동에 점차 호기심이 생기기 시작했습니다. 그들은 멋대로 그에 대한 여러 가지 상상을 하기 시작했습니다.

'배를 타던 선장일까, 아니면 아내와 싸우고 집에서 도망쳐 나온 사람일까, 그것도 아니면 고향으로 돌아가는 제대 군인일까?'

식사를 마친 승객들을 다시 태우고 버스가 출발하자 일행 중 용감한 여자가 그 남자 옆자리에 앉아 말을 걸었습니다.

"우리는 플로리다로 가는 길인데 처음 가는 길이거든요. 듣자니까 그렇게도 경치가 멋지다면서요?"

한참 만에 그가 가라앉은 목소리로 대답했습니다.

"그렇지요"

순간 그의 얼굴에 야릇한 우수의 그림자 같은 것이 어렸습니다. 잃어버렸던 옛 기억이라도 떠오른 것이었을까.

"포도주 좀 드시겠어요?"

젊은 여자가 다시 물었습니다.

"고맙소."

그는 엷은 미소를 지어 보이고 여자가 컵에 따라 주는 포도주를 한 모금 마셨습니다. 그리고는 다시 완강한 침묵 속으로 잠겨들었습니다. 여자가 다시 일행에게로 돌아가자 그는 잠을 청하려는 듯 눈을 감았습니다.

아침이 되자 밤새 달려온 버스가 다시 음식점 앞에 섰습니다. 이번에는 그 사내도 승객들을 따라 차에서 내렸습니다. 어젯밤 말을 붙였던 그 젊은 여자가 사내에게 자기들과 자리를 같이 하자고 제의했습니다. 그는 수줍은 표정으로 고개를 끄덕였습니다.

식사를 하는 동안에도 그는 마음이 뒤숭숭한 사람이 으레 그러듯 연신 담배를 피워 물곤 하였습니다.

식사를 끝내고 모두들 버스에 다시 오르자, 그 젊은 여자가 또 그의 옆자리에 가 앉았습니다. 그리고 얼마 후에 그 사내는 여자의 호기심에 두 손 들었다는 듯 괴로운 표정으로 천천히 자기 자신에 대한 이야기를 시작했습니다.

사내의 이름은 빙고. 지난 4년 동안 뉴욕의 교도소에서 복역하다가 어제 석방되어 집으로 돌아가는 길이라고 했습니다.

"결혼은 하셨어요?"

젊은 여자가 혀를 끌끌 차고 나서 물었습니다.

"잘 모르겠소."

"잘 모르겠다니요?"

그 여자가 놀란 표정을 지었습니다.

"교도소에 있는 동안 나는 아내에게 편지를 보내었소."

그는 가느스름하게 눈을 뜨고 말했습니다.

"내가 오랫동안 집을 비워야 할 형편인 만큼 만일 그렇게 오래도록 나를 기다릴 수 없다고 생각되거나, 아이들이 자꾸 아버지를 찾는다거나 혹은 혼자 사는 것이 괴롭고 고생이 된다면 나를 잊어 달라고 썼소. 나는 충분히 이해할 수 있다고. 재혼해도 좋다고 말이오. 그 여인은 훌륭한 여인이오. 나를 그냥 잊어달라고 썼소. 편지를 안 해도 좋다고 말이오. 그 뒤로 아내는 편지를 하지 않았소. 3년 반 동안이나……."

"그런데 지금 집으로 돌아가시는 길이란 말이지요? 무슨 일이 있었는지, 어떻게 될지도 모르면서……."

"그렇소."

그가 얼굴을 붉히며 말했습니다.

"사실은 지난주에 가석방 결정이 확실해지자 또 편지를 썼소. 옛날에 우리는 부른스위크라는 곳에 살았는데, 그 마을 어귀에 커다란 참나무가 한 그루 있었소. 나는 그 편지에서 만일 나를 용서하고, 다시 받아들일 생각이라면 그 참나무에 노란 손수건을 묶어두라고 했소. 노란 손수건이 참나무에 걸려 있으면 내가 버스에서 내려 집으로 갈 것이라고. 하지만 노란 손수건이 보이지 않으면 버스에서 내리지 않고 그냥 가겠다고 말이오. 만일 재혼을 했거나 받아들일 생각이 없다면 나도 모든 것을 잊겠다고 썼소."

젊은 여자는 깜짝 놀랐습니다. 옆에서 이야기를 듣고 있던 그녀의 일행도 빙고가 보여주는 아내의 사진을 함께 보며 잠시 후에 전개될 상황에 대해서 지대한 관심을 보였습니다. 마치 자기들의 일이기라도 한 것처럼 모두들 흥분에 들떠 제 나름대로 상상의 날개를 펼쳤습니다.

마침내 창문 밖으로 보이는 이정표는 부른스위크가 20여 마일밖에 남지 않았음을 알리고 있었습니다. 그러자 젊은이들은 모두 오른쪽 창문 옆자리로 붙어 앉아 빙고가 말한 그 커다란 참나무가 나타나기만을 조마조마한 마음으로 기다렸습니다. 버스 안은 불안과 기대가 뒤섞인 뒤숭숭한 설렘의 공기가 흘렀습니다. 컴컴한 침묵의 구름에 휩싸인 듯 버스안의 분위기는 마치 그 빙고라는 사나이가 집을 비운 그 잃어버린 세월을 상징하는 것처럼 느껴졌습니다.

빙고는 그대로 조용히 앉아 있었습니다. 흥분한 표정을 보이거나 얼굴을 돌려 창밖을 내다보거나 하지도 않았습니다. 그러나 그의 군은 얼굴에서 누구라도 긴장감을 읽을 수 있었습니다. 그는 마치 이제 곧 눈앞에 나타날 그 실망의 순간을 대비하여 마음속으로 각오를 단단히 하고 있는 것같이도 보였습니다. 마을까지의 거리는 20마일에서 10마일로 다시 5마일로 점점 가까워졌습니다.

얼음물을 끼얹은 듯 버스 안의 정적은 계속되었습니다. 자동차의 엔진 소리만이 꿈결에서처럼 아스라하게 일정한 리듬으로 고막을 두드리고 있었습니다.

그때였습니다. 별안간 젊은이들의 함성이 터져 나왔습니다. 젊은이들은 너나 할 것 없이 자리를 박차고 일어나 차창 밖 멀리 보이는 참나무에 시선을 고정시키고 있었습니다.

나무는, 그 참나무는 온통 노란 손수건의 물결로 뒤덮여 있었습니다.

20개, 30개 아니 수백 개가 바람 속에서 환영의 깃발로 마구 물결치고 있었습니다.

젊은이들이 박수를 치며 소리치고 있는 동안, 늙은 전과자 빙고는 자리에서 일어나 버스 앞문 쪽을 향해 천천히 걸어 나갔습니다.

03

어머니의 깊은 마음
− 눈물의 재회 −

　　지상에서 가장 아름답고 순수한 사랑은 어머니의
사랑입니다. 어머니의 사랑을 말한다면 누구나 자식에 대한 헌신이
나 희생적 사랑을 떠올리게 됩니다. 본래 자식에 대한 모성의 사랑
은 무조건적이고 절대적인 것이기 때문입니다.

　　그러나 모성에는 그런 것만은 아닙니다. 자식에 대한 깊은 사랑
은 자식을 위해 자식에 대한 사랑을 포기해야 하는 아픔을 감수해야
하는 경우도 있습니다.

　　장님에다 미망인의 몸으로 더 이상 시력을 잃어가는 딸의 보호
자가 되기를 고집한다는 것은 현명하지 못한 일이라고 판단한 어머
니의 깊은 마음을, 클로디어는 비록 원망 가운데 12년 세월을 보낸
뒤이긴 하지만 그날에야 비로소 이해하게 된 것입니다.

　　헤어진 사람들을 만나게 해주는 것이 직업인 나는 지금까지 별

의별 사람들을 다 보아왔습니다. 그 가운데 존 스콰이어즈 씨의 경우처럼 내가 충격을 받은 일도 없을 것입니다.

어느 날 나는 그에게서 온 다음과 같은 편지를 받았습니다.

'우리 부부는 1959년에 결혼을 했습니다. 아내는 나와의 그 결혼이 재혼이었습니다. 아내의 전 남편은 한국동란에 참전했다가 전사했다고 합니다. 나와 결혼하기 4년 전쯤 아내는 전 남편과의 사이에서 낳은 딸을 보살필 수가 없어서 고아원에 맡겼답니다. 그 아이의 이름은 클로디어, 당시 여덟 살이었다고 합니다. 아내는 고아원에 딸을 맡길 때 입양(入養)동의서에 서명을 했다고 하는데, 그 뒤로는 그 외동딸을 떠나보낸 것을 줄곧 후회하고 있습니다. 근래 2, 3년 아내를 도와 나도 그 애를 찾고 있으나 전혀 소식을 알 길이 없습니다.'

스콰이어즈 씨의 편지에 의하면, 클로디어는 금발머리에 눈이 파랗고 탁월한 음악적 재능을 가졌었다고 했습니다. 고아원에서는 정기적으로 그 생모에게 아이의 성장에 대한 보고를 해왔다고 하는데, 그 보고서에 따르면 클로디어가 재능을 인정받아 성악(聲樂) 레슨을 받게 되었노라고 씌어 있었다는 것입니다. 그러나 고아원에 들어간 지 1년쯤 지난 뒤 어느 집의 양녀로 입양되면서 고아원의 보고도 끊기게 되었다는 것입니다.

그리고 12년의 세월이 흐른 것입니다. 정당한 수속을 밟아 입양된 아이를 찾는다는 것은 여간 까다로운 일이 아닙니다. 하지만 나는 일단 일을 착수했습니다. 우선 클로디어가 있었던 그 고아원으로 가 보았습니다. 물론 아무런 단서도 얻어낼 수 없었습니다. 그러나 전혀 소득이 없었던 것은 아니었습니다. 고아원 측 사람이 무심결에 내뱉은 한마디, 클로디어가 지금은 자기 일을 가지고 있으며 잘 살고 있다는 한마디 말을 나는 놓치지 않았습니다.

'일이란 것이 혹시 그 아이가 프로 가수(歌手)가 됐다는 뜻은 아닐까?' 하고 나는 추리를 해보았습니다. 그리고 음악가, 가수 명단을 모조리 뒤지기 시작했습니다. 금발, 파란 눈의 21세 안팎인 가수 중에 클로디어라는 이름의 인물이 세 명 있었는데 나는 직감적으로 그중 한 아이를 짚었습니다.

클로디어 블레어, 로스앤젤레스의 작은 나이트클럽에서 노래를 부르고 있다고 소개 기사에 씌어 있었습니다. 나는 먼저 그녀에게 편지를 보내고 곧장 그곳으로 달려갔습니다.

쇼가 끝나기를 기다려 나는 무대 뒤로 그녀를 찾아갔습니다.

금발머리의 아름다운 아가씨였습니다. 그녀는 다소곳이 앉아 뜨개질에 열중해 있었습니다.

"안녕하세요? 제게 주신 편지는 잘 받아 보았습니다. 매니저가 읽어 주었지요. 전 장님이거든요"

그녀의 첫마디에 깜짝 놀란 나는 당황하여 '…… 저, 대단히 미안하게 되었습니다. 전 그걸 미처 몰랐었습니다.' 하고 떠듬거렸습니다.

잠시 후 나는 마음을 진정시키고 나서 그녀를 찾게 된 자초지종을 차근차근 이야기했습니다. 이야기를 하고 있는 사이에 그녀의 표정이 눈에 띄게 차갑고 사나와져 가는 것을 나는 알 수 있었습니다.

"나예요! 내가 바로 여덟 살 때 어머니한테서 버림을 받은 바로 그 아이예요. 어머니는 내가 장님이 될 것 같으니 버렸던 거예요"

클로디어는 격렬하게 어머니를 원망하고 있었습니다. 어머니가 지금 어디에 살고 있는지도 모르며 또 알고 싶지도 않다고 소리쳤습니다. 그러나 반면 양부모에 대해선 끔찍한 애정을 갖고 있었습니다. 단 한 번만이라도 좋으니 생모(生母)를 만나 드리는 것이 어떻겠느냐는 나의 청을 그녀는 단호하게 거절했습니다.

나는 할 수 없이 그냥 그곳을 물러나왔습니다. 나는 존 스콰이어즈 씨에게 클로디어의 근황을 알려주었습니다.

클로디어는 장님이며 가수로서 그런 대로 잘 살고 있으나 생모를 원망하고 있다는 것도 물론 덧붙여 말해 주었습니다.

한동안 잠잠하게 앉아 있던 스콰이어즈 씨는 '정말 섭섭하군요. 그러나 이왕 시작한 일이니 그 애의 마음을 좀 더 돌려봐 주십시오.' 하고 부탁했습니다.

"아마 따님의 마음은 변하지 않을 겁니다. 클로디어의 말에 의하면 자기를 고아원에 넣을 때 부인께서는 그 애의 눈이 나빠지고 있다는 걸 알고 있었다던데, 사실입니까?"

나의 물음에 스콰이어즈 씨는 잠시 주저했습니다.

"그건 아마 사실일 겁니다. 그렇지만 여러 가지 말 못할 사정이 있었다더군요. 아무튼 단념하지 마시고 좀 더 힘써 봐 주십시오."

다음으로 나는 클로디어의 양부모를 만나기로 했습니다.

양부모인 블레어 부부 역시 클로디어의 생모에 대해서 상당히 험악한 감정을 품고 있었습니다. 한 시간 이상이나 설득한 끝에 겨우 클로디어를 한 번 타일러 보겠다는 정도의 승낙을 얻을 수 있었습니다. 클로디어가 마음속에 품은 한(恨)이 그 인생에 불치의 암(癌)이 될지도 모른다는 나의 말이 주효한 모양이었습니다.

다음날 가부를 묻는 나의 전화를 받은 클로디어는 처음부터 노발대발 악을 썼습니다.

"아시겠어요? 난 버림을 받은 거란 말이에요!"

그녀는 격렬하게 흐느껴 울었습니다.

"내가 엄마를 가장 필요로 할 때 엄마는 날 버렸던 거예요. 장님 딸이 거추장스러웠던 거죠. 그런데 이제 와서 날 보고 엄마를 용서하라고요?"

"그렇지만 어머니는 어머니대로 사정이 있었을 것이고 또 할 말도 있다니까 한 번쯤 만나 소원을 풀어 드리는 것이 좋지 않을까요?"

전화기 저쪽에서는 흐느낌 소리만 간간이 들릴 뿐 긴 침묵이 계속되었습니다.

"알았어요. 지금의 양친을 기쁘게 해드리기 위해서라고 생각하고 만나 보겠어요. 그러나 딱 한 번뿐이에요. 내 맘은 절대로 변치 않아요, 절대로!"

나는 곧 스콰이어즈 씨에게 전화를 걸었습니다. 스콰이어즈 씨는 그날 밤 당장 부인과 함께 로스앤젤레스로 오겠다면서 덧붙여 이렇게 말했습니다.

"처음에는 아내 혼자 만났으면 좋겠군요. 나란히 붙은 방으로 두 개만 예약해 주십시오. 내일 아침 다시 전화 드리겠습니다.

약속은 이행되었습니다. 다음날 아침 나는 클로디어를 스콰이어 즈 부인의 방으로 데리고 갔습니다. 그 걸음걸이라든가 굳은 몸가짐 으로 보아 클로디어로서는 그것이 조금도 마음이 내켜서 하는 일이 아님이 분명했습니다.

클로디어는 혼자서는 결코 어머니 방에 들어가지 않겠노라고 고 집했습니다.

방안으로 들어서자 커다란 소파에 파란 눈의 여인이 조용히 앉 아 있었습니다. 머리에는 흰 머리칼이 다소 섞여 있었지만 클로디어 의 언니 정도로 밖에 보이지 않을 만큼 젊었습니다.

클로디어가 먼저 떨리는 목소리로 '안녕하세요?' 하고 들릴 듯 말 듯 말했습니다. 그러자 스콰이어즈 부인이 떠듬거리며 '몇 년 만 이지? 널 만나면 여러 가지 할 얘기가 많았는데 어찌 된 셈인지 도 무지 생각이 안 나는구나. 네 목소리는 옛날하고 조금도 다르지 않 구나……' 하고 말했습니다.

"그만 좀 둬요!"

클로디어가 소리쳤습니다.

"이리 가까이 온. 널 찬찬히 좀 보고 싶구나."

나는 클로디어의 손을 이끌어 그 어머니 곁으로 데려갔습니다. 어 머니가 소파에서 일어나 두 팔을 벌렸습니다. 딸을 끌어안으려는 동작 인 줄 알고 나는 뒤로 물러섰는데 그것이 아니었습니다. 클로디어의 어깨에 손을 얹더니 그 손이 딸의 얼굴로 올라가는 것이었습니다. 그리고 손가락으로 재빨리 얼굴을 더듬고 나서는 다정하게 말했습니다.

"어쩜, 아주 잘 컸구나. 게다가 아주 예뻐지고 ……."

클로디어가 머뭇머뭇 제 얼굴을 더듬고 있는 어머니의 손을 만지며 '어머니도 …… 어머니도 …… 눈이 …….' 하고 더 이상 말을 잇지 못했습니다.

"그래, 안 보인단다. 그렇지만 너라면 어디서 만나더라도 꼭 알아볼 수 있을 거라고 생각하고 있었지"

클로디어가 와락 울음을 터뜨렸습니다.

"아, 엄마가 앞을 못 보는 줄 진작 알았더라면 …… 날 데리러 오지 않은 것도 무리가 아니었군요. 날 버린 것도 …… 그렇지만 아무도 나에게 그런 사실을 가르쳐 주지 않았단 말이에요"

스콰이어즈 씨는 부인이 장님이라는 사실을 왜 내게 알려주지 않았을까요?

"아내는 당신이 딸애한테 혹시 그 말을 할까 봐 겁이 났던 거예요. 딸애가 동정심 때문에 만나 주는 것은 어머니의 입장에서 참을 수 없다는 거였어요"

장님에다 미망인의 몸으로 더 이상 시력을 잃어가는 딸의 보호자가 되기를 고집하는 것은 현명치 못한 일이라고 스스로 판단한 어머니의 깊은 마음을 클로디어는 비록 원망 가운데 12년이라는 세월을 보낸 뒤이긴 하지만 그날에야 비로소 이해할 수 있게 된 것입니다.

04

헨델이 낳은 위대한 유산
- 〈메시아〉의 기적 -

모든 음악 가운데 가장 감격스러운 음악의 하나로 전 세계 음악 애호가로부터 가장 광범위한 사랑을 받고 있는 〈메시아〉. 이제 종교음악이라는 한계를 벗어나 인류 공유의 위대한 음악적 유산으로 승화된 대작 〈메시아〉가 고작 24일 만에 작곡되었다는 사실에 우리는 감탄을 금할 수가 없습니다. 이 〈메시아〉라는 곡을 작곡하는데 헨델이 얼마나 열중했던가를 엿볼 수 있는 그때의 정황을 굳이 되살려 보지 않더라도 우리는 가슴속으로부터 솟구쳐 오르는 감격과 영광을 느끼지 않고서는 이 곡을 들을 수 없을 것입니다.

어두운 런던 거리 한 모퉁이에 지친 다리를 끌고 흐느적거리며 산책중인 한 늙은이가 있었습니다. 꾸부정한 모습의 그는 이따금 터져 나오는 심한 기침 때문에 한참을 가다 걸음을 멈춰야 했습니다.

게오르크 프리드리히 헨델(George Frideric Handel: 1985~1759). 그는 겉보기에는 그렇듯 허름한 차림에 초라하고 지친 모습이었지만, 그의 마음속은 마치 용광로같이 부글부글 끓어오르고 있었습니다.

그의 가슴속은 지난날 누렸던 그 영광스러운 기억들과 현재의 심연처럼 깊은 좌절감이 한 데 어우러져 싸움을 벌이고 있는 전쟁터였습니다.

그는 지난 40여 년 동안 영국과 유럽에서 최고의 명성을 떨친 대작곡가였습니다. 새로운 곡이 발표될 때마다 모든 사람들이 그에게 갈채를 아끼지 않았습니다. 명문 귀족들은 서로 시샘하듯 그를 총애했고 왕실에서도 그에게 온갖 명예를 안겨주었습니다.

그러나 영광의 순간은 영원하지 못했습니다. 지금 그의 존재는 마치 길거리의 돌멩이처럼 그들 모두에게 내팽개쳐진 신세가 되고만 것입니다.

질투심에 사로잡힌 경쟁자들이 그의 오페라 공연장에 싸움패를 보내 공연을 엉망진창으로 만들어 버리자, 극장에서는 그의 곡을 연주하려 들지 않았습니다. 그리하여 지금에 이르러서는 그날그날의 끼니를 걱정해야 하는 처지가 된 것이었습니다.

그 충격으로 4년 전엔 뇌출혈을 일으켜 오른쪽 반신이 마비되는 불운이 겹치기도 했습니다. 걷기는커녕 영감이 떠오를 때도 손을 움직여 음표 하나를 그릴 수가 없었습니다. 의사들이 도저히 회복을 기대할 수 없다고 단정했을 만큼 그의 병세는 절망적인 상태였습니다.

그러나 절망적인 상황을 받아들일 수 없었던 헨델은 독일의 악스 라샤펠이라는 온천장을 찾아 한 번에 아홉 시간 이상을 물속에 들어가 있곤 했습니다. 그러자 신기하게도 병세가 차도를 보이기 시작하더니 무기력하던 근육에 힘이 붙고 얼마 후에는 발을 조금씩 움직일 수 있게 되었습니다. 그의 생에 대한 무서운 욕망이 기적을 가져오게 한 것입니다.

건강이 회복되자 그는 끓어오르는 창작열에 도취되어 연달아 네 편의 오페라를 작곡하였고, 사람들은 다시 그에게 갈채를 보냈습니다. 그러나 그것도 잠시 그를 총애하던 열렬한 후원자 캐롤라인 여왕이 작고한 뒤로는 수입이 점차 줄어들어 날이 갈수록 채무가 쌓여갔습니다.

그는 지쳤습니다. 이제 60고개를 바라보는 나이에다가 정신적인 타격은 노쇠를 촉진시켰고, 이제는 더 이상 아무런 희망도 갖지 말자고 스스로를 달래야만 하는 지경이었습니다.

그러나 그는 깊은 절망감에 빠져 있으면서도 저녁이면 불편한 몸을 이끌고 산책을 나서곤 했습니다. 방안에 가만히 누워 있는 것은 마치 스스로 죽음을 손짓해 부르는 것 같아서 참을 수가 없었기 때문이었습니다.

헨델이 인적 없는 길을 천천히 걷고 있을 때, 저만치 암흑 속에 교회 철탑의 십자가가 어렴풋이 눈에 들어왔습니다. 그 순간 그는 주저앉아 통곡이라도 하고 싶은 충동에 사로잡혔습니다.

"하나님께서는 어찌하여 저에게 소생의 은혜를 베풀어 주시었다가 또 사람들로 하여금 저를 내버리게 하셨나이까. 어찌하여 창작생활을 계속할 기회를 주시지 아니하나이까?"

그는 뱃속 밑바닥으로부터 우러나오는 목소리로 울부짖었습니다.

"하나님이시여. 하나님이시여! 어찌하여 저를 버리시나이까!"

그는 밤이 깊어서야 한없는 슬픔에 싸여 초라한 숙소로 돌아왔습니다. 그런데 책상 위에 소포가 놓여 있었습니다. 그 안에는 한 묶음의 가사, 성담곡(聖譚曲: Oratorio)의 가사가 들어 있었는데, 그것은 시인 찰스 제넨스가 보낸 것이었습니다.

헨델은 '방자한 녀석. 이류 시인인 주제에⋯⋯.' 하며 불평을 터뜨리면서 동봉한 편지를 읽었습니다. 거기에는 곧 가사에 붙여 작곡을 착수해 주기 바란다면서 '주께로부터 말씀이 있었다.'고 쓰여 있었습니다. 헨델은 다시 한 번 분통을 터뜨렸습니다.

'아니, 그래 제까짓 놈에게 하나님께서 영감을 주셨다구?'

심히 불쾌한 마음으로 그 가사 원고를 뒤적거리다가 헨델의 눈이 휘둥그레졌습니다. 이상하게도 가슴을 찔러오는 대목이 눈을 파고들었기 때문이었습니다.

'그는 사람들에게 멸시를 당하고 버림을 받았다. 그는 자기를 불쌍히 여겨 줄 사람을 찾았지만 그럴 만한 사람은 아무도 없었다. 그를 위로해줄 사람은 아무 데도 없었다.'

마치 자신의 이야기를 하고 있는 것만 같은 그 구절에 갑자기 친근감을 느끼면서 그는 원고를 계속하여 읽어 내려갔습니다.

'그는 하나님을 믿었도다. 하나님은 그의 영혼을 지옥에 버려두

지 않으셨도다. 그가 너에게 안식을 주리라.'

헨델은 그 글자 하나하나마다에 마치 영혼이 있어 구구절절이 살아 움직이는 듯한 감동으로 다시 천천히 읽어 내려갔습니다.

'현명한 지도자, 나의 구주가 살아 계심을 나는 알도다. 기뻐하라. 할렐루야.'

그 순간 헨델은 온몸에 엄습해온 전율에 몸을 떨었고, 머릿속에는 놀랄 만큼 아름다운 멜로디들이 잇달아 샘솟아나는 듯 했습니다.

헨델은 황급히 펜을 찾아들고 악상이 떠오르는 대로 마구 휘갈겨 채보하기 시작했습니다. 놀랄 만한 속도로 음표가 오선지를 메워나갔습니다.

다음날 아침 하인이 조반상을 들여오는 것도 모르고 정신없이 악보를 그리다가 미친 사람처럼 벌떡 일어나 팔을 쳐들어 허공을 후려치기도 하고 큰소리로 우렁차게 노래를 부르기도 했습니다. 할렐루야! 할렐루야!

눈물이 그의 뺨을 타고 흘러내렸습니다.

무려 24일간이나 그의 이러한 광란적 망아(忘我)상태가 계속 되었습니다. 그는 거의 먹지도 쉬지도 않고 무섭게 작곡에만 몰두했습니다. 그리고는 마침내 기진맥진하여 침대에 쓰러졌습니다.

그의 책상 위에는 〈메시아〉의 악보가 마구 흐트러진 채 놓여 있었습니다. 이 세상에서 가장 위대한 성담곡 〈메시아〉는 이렇게 탄생한 것입니다.

더블린에서의 〈메시아〉 초연이 진행되는 동안 하나의 극적인 사건이 발생했습니다. '할렐루야 합창'이 장엄하게 울려 퍼지자 왕이 감격한 나머지 자리에서 벌떡 일어나자, 모든 신하와 청중이 그를 따라 모두 기립하여 노래가 끝날 때까지 서 있었던 것입니다. 이 우연한 사건은 오늘날에도 이 합창이 연주될 때마다 청중이 일어나 듣는 관습을 만들었습니다.

〈메시아〉에서 헨델은 어두운 곳을 밝히기 위하여 온 세상을 비치는 횃불에 불을 붙여 놓았던 것입니다. 지상에 할렐루야가 울려 퍼지는 한 그가 남기고 간 인간 승리는 영원히 잊히지 않을 것입니다.

05
빼앗겼던 백성을 되찾아 온 왕자
- 봉림 대군의 기백 -

봉림대군, 그는 병자호란 때 청나라에 볼모로 끌려갔다가, 8년 만에 환국하여 후에 조선 제17대 왕으로 즉위한 효종 대왕입니다.

그는 인질로서 겪은 고초와 굴욕을 분히 여겨 그 원한을 씻고자 비밀리에 북벌 계획을 세워 군비를 확충하고 군사훈련을 강화하는 등 국력을 충실히 키웠습니다. 청나라의 국세가 더욱 강해져서 북벌의 기회를 포착하지 못하여 뜻을 이루지는 못했지만, 그의 큰 뜻은 오늘날에도 귀감으로 남아 있습니다.

그가 볼모에서 풀려 환국하게 되었을 때, 청 세조와의 송별연에서 보여준 그의 당당한 기백과 백성을 사랑하는 마음은 후세의 사람들에게도 깊은 감동으로 다가옵니다.

병자호란(1637~1638) 때 우리의 역사는 중대한 시련을 겪었습니다.

중국 북부를 제압하고 새로 일어난 청나라는 조선에 사신을 보내어 정묘호란(1627) 때 맺은 형제의 관계를 군신(군신)의 관계로 바꾸어 명나라와 동등하게 섬길 것을 요구해 왔습니다.

이때 우리나라는 청나라의 태도에 격분하여 사신을 만나 주지도 않았고 국서도 받지 아니하였습니다. 이것이 직접적인 원인이 되어 청나라는 태종이 친히 20만 대군을 이끌고 우리나라를 쳐들어왔습니다.

조정에서는 갑작스런 난리에 경황이 없었습니다. 놀란 대신들은 임금을 모시고 급기야 남한산성에 들어가 항쟁하기에 이르렀으나, 20만 명이나 되는 청군이 산성을 에워싸고 공격해 오자, 중과부적으로 항쟁 45일 만에 어쩔 수 없이 무너지고 말았습니다.

마침내 인조대왕은 삼전도에 나아가 청 태종 앞에 항서를 바치고 무릎을 꿇어야만 했고, 사랑하는 세 아들 소현세자, 봉림대군, 인평대군은 볼모가 되어 청나라로 잡혀가야 했던 치욕을 겪어야만 했습니다. 결국 청 태종에게 굴복한 우리나라는 그들의 힘에 짓눌려서 시키는 대로 해야만 하는 청국의 속국으로 전락하고 말았던 것입니다. 실로 통한의 피맺힌 역사적 사건이었습니다.

세월은 흘러 봉림대군이 인질로 잡혀간 지 8년만인 1645년, 앞서 귀국한 소현세자의 갑작스런 죽음으로, 조정에서는 봉림대군을 데려오기 위해 청나라에 귀국시켜 줄 것을 청원하였습니다.

그러자 북경 당국의 입장이 난처해지고 말았습니다. 그들은 그동안 조선의 왕자 삼형제를 잡아두고 그 인품을 저울질해본 결론은, 누구보다도 봉림대군이 가장 똑똑하다는 데 의견이 집약되었습니다. 그래서 그만을 남기고 소현세자와 인평대군을 돌려보냈던 것인데, 뜻밖에도 소현세자가 죽었다니 그들 역시 그 자리를 이을 인물에 대하여 신경을 쓰지 않을 수 없었습니다.

그들은 인평대군이 왕위에 오르기를 바랐습니다. 그래서 봉림대군을 좀 더 붙잡아 두려고 했던 것인데 조선 조정에서 그런 청원이 날아들어 몹시 난처해질 수밖에 없었습니다.

청 세조는 중원천지를 평정하고 나자 모든 일에 자신감이 생겼고 이미 자신을 천자라고 자처하고 있는 터에 조선국의 세자가 누구인지 또 누가 왕이 되는지 그까짓 일은 대수롭지 않다고 생각했습니다.

그래서 그는 일부 신하들의 반론을 누르고 봉림대군을 돌려보내라는 영을 내리기에 이르렀습니다. 봉림대군이 제 나라에 돌아가 세자로 책립되든지 왕이 되는지 알 바 아니라는 제왕다운 호기를 보인 것입니다.

그는 봉림대군을 궁으로 불러들여 송별연까지 베풀어 주는 아량을 보였습니다. 그 자리에서 술이 거나해진 청 세조는 호기롭게 봉림대군에게 물었습니다.

"그대에게도 귀국 선물을 주고 싶은데 원하는 게 있으면 말해 보아라."

청 세조는 먼저 귀국했던 소현세자는 자기가 아끼던 용주현을 소망한 바 있어 그것을 내주면서도 그 그릇이 크지 못함을 흔쾌히 여겼습니다. 그리고 이제 소현세자의 아우인 봉림대군은 무엇을 소 망할 것인지 그게 그로서는 흥미로웠습니다.

"어려워 말고 소망하는 것이 있으면 말해 보라! 그대의 형은 짐 이 가장 아끼던 용주현을 소망했다. 그 벼루는 천하일품으로 내놓기 가 싫었지만, 모처럼의 간절한 소청이라 흔연히 선물한 바 있다. 그 대는 무엇을 원하는가? 네가 원하는 모든 것을 들어 주리라."

그러자 봉림대군은 망설임 없이 말했습니다.

"신은 물건을 원하지 않습니다."

"그렇다면 무엇을? 아하, 알았노라. 알았어. 과연 그대는 풍류남 아구나. 우리나라의 일등 가는 미녀를 원하는가보지? 어떤 미녀를? 평소에 정든 여인이라도 있는가?"

"폐하, 신은 이곳에 머물고 있는 조선국 백성들을 원하옵니다."

"그게 무슨 소리냐?"

청 세조는 얼른 그 말뜻을 알아듣지 못한 채 봉림대군을 내려다 보았습니다.

"폐하, 신이 세자와 함께 입조할 때 데리고 온 조선 백성의 수효 는 재신 궁녀 서민들을 합해 도합 3만이 넘습니다. 그들을 선물삼아 돌려주시기를 간절히 바라옵니다."

그 말에 청 세조는 기가 막혀 입을 떡 벌린 채 한동안 말을 못했 고, 그의 신하들도 어이없다는 태도로 봉림대군을 흘겨보며 입을 삐 쭉거렸습니다. 그러자 봉림대군은 당돌한 말투로 한마디 더 못을 박았습니다.

"폐하께서도 익히 아시다시피 당시 조선국 세자를 모시고 청 태종을 호종해온 3만 여의 조선국 서민들은 자진해서 온 사람들이 아니었습니다. 그러한즉 이제 신마저 고국으로 돌아가는 마당에 그들만을 남겨두고 간다는 것은 조선국 왕자로서 그 의리가 아닌 줄 아옵니다. 바라옵건대 폐하께오서는 신의 이 조그마한 소청을 쾌히 청허해 주시옵소서."

청 세조는 봉림대군의 청에 속으로는 놀랐으나 겉으로는 태연하게 행동했습니다. 그는 봉림대군과 비교할 수조차 없는 큰 인물로 보여야 한다고 생각했습니다. 그래서 청 세조는 시립한 신하들을 한 바퀴 둘러 본 다음 당당히 선언했습니다.

"경들은 지금 속방 조선국의 세자가 하는 말을 들었는가? 봉림대군은 능히 한 나라의 군왕이 될 만한 재목이다. 이제야 말하지만 그의 형에 비길 인물이 아닌 것이다. 그의 형은 귀국 선물로 소망한 것이 고작 벼룻돌 한 개였는데, 새로운 세자는 저희들 백성을 돌려 달라고 한다. 사실 어떤 보배로운 명품이라 하더라도 한 인명에 비하면 무가치한 것이라고 할 수 있다. 여기 있는 봉림은 3만여 명의 제 백성을 돌려달라고 하였다. 좋다. 좋아. 짐도 그 한마디를 들으니 매우 기쁘다."

청 세조, 그는 만만치 않은 인물이었습니다. 그는 자신이 얼마나 큰 인물인가를 과시하려고 한마디를 덧붙입니다.

"만조백관은 귀 기울여 짐의 뜻이 어디에 있는지 올바로 인지해

주기를 바란다. 짐은 조선국 세자가 될 봉림의 소청을 흔쾌히 들어줄 것이다. 만약 그가 3만이 아니고 30만을 돌려달라고 했더라도 짐은 주저 없이 허락해 주었을 것이다. 세자가 원하는 3만 백성을 그에게 내주도록 할 것이며, 그들의 귀국길이 순조롭도록 도와주는 게 좋겠다. 그럼 언제쯤 이곳을 떠나는 게 좋겠는가?"

"지금이라도 곧 출발해야 할 형편이오이다."

"그렇겠지. 이부상서 들으시오. 조선국 세자 일행이 내일 아침 출발할 수 있도록 그 준비를 도와주도록 하오."

그렇게 해서 봉림대군은 그의 3만 백성을 찾는 데 성공했고, 또 어김없이 다음날 아침에 그 원수 같은 북경 땅을 떠날 수 있었습니다.

06
국경을 초월한 인간애
– 보은의 인술 –

국경을 초월한 거룩한 인간애에 가슴 뭉클한 진한 감동을 받게 되는 어느 비행사와 의사 간에 얽힌 이 아름다운 이야기는 인간애가 얼마나 소중하고 값진 것인가를 일깨워 줍니다. 그리고 인과응보의 법칙을 새삼 되새겨 보게 합니다.

위기상황에 처해 있는 생면부지의 사람을 생명의 위험을 무릅쓰고 도와 준 것도 대단한 용기려니와, 목숨을 구해 준 은인을 찾아서 보은의 인술로 생명을 되찾게 해준 의리 또한 얼마나 고귀한 정신인지, 모두가 서로 주고받는 은혜 속에서 맺어진 따뜻한 인간애의 아름다운 인연입니다.

내가 태어난 폴란드에서는 제2차 세계대전 전에도 종교적 편견으로 인한 분쟁이 심심치 않게 일어나곤 했습니다. 특히 수도 바르샤바에서의 반 유태인 시위운동은 극렬했습니다.

나는 아버지의 만류에도 불구하고 이러한 시위운동에 적극적이어서 시위가 벌어지면 소매를 걷어 붙이고 유태인 상점 앞에 돌을 쌓아 놓곤 하였습니다. 그 당시 그러한 나의 행동에 대해서 조금도 양심의 가책을 느끼지 않았습니다.

그 후 내가 그리스도교이 계명인 '네 이웃을 내 몸같이 사랑하라.'는 말씀을 깨닫기까지는 수개월에 걸친 고난과 박해와 그리고 한 유태인의 도움이 있었습니다.

히틀러가 오스트리아를 병합한 뒤 전쟁 발발이 거의 기정사실이 되었을 때, 나는 프랑스 리옹에 있는 비행클럽의 교관직을 사임하고 나의 비행기를 조종해서 고국으로 돌아갔습니다.

그런데 예기치 못했던 기관 고장으로 나는 중도에서 기수를 돌려 오스트리아의 비엔나에 비상 착륙을 해야만 했습니다. 그곳에서 나는 비행기의 수리를 부탁하고 비행장 가까운 호텔에서 하룻밤을 묵게 되었습니다.

이튿날 아침, 한 사내가 황급히 가게 안으로 뛰어 들었습니다. 마치 집어던져지듯 거칠게 뛰어드는 그에게 부딪쳐 나는 중심을 잃고 넘어질 듯 휘청거렸습니다.

몹시 화가 치민 나는 반사적으로 그에게 일격을 가하려고 몸을 도사렸습니다. 주먹을 움켜쥐고 사내의 얼굴을 노려본 순간, 나는 공포에 질려 창백해진 그의 표정을 보았습니다.

그는 숨을 헐떡거리며 황급히 나의 공격을 피하려고 몸을 움츠

리면서 '게슈타포, 게슈타포!'하고 외쳤습니다. 순간 그 사내가 독일 비밀경찰에 쫓겨 도망치고 있다는 것을 알 수 있었습니다.

나는 헐떡거리는 그를 재촉해서 내 방으로 데리고 들어가 침대 밑을 가리키며 드러누우라는 시늉을 해 보였습니다. 그가 침대 밑으로 들어가 누운 다음 침대를 적당히 손질하여 침대가 비어 있는 것처럼 꾸며 놓았습니다.

이윽고 예상한 대로 여러 명의 게슈타포가 내 방으로 들어왔습니다.

그들은 내가 제시한 여권을 세밀하게 조사한 뒤 무엇인가 큰소리로 질문을 했으나 알아듣지 못하자 수색도 하지 않고 나가 버렸습니다.

그들의 발소리가 사라진 다음 침대에서 일어난 사내는 떨리는 목소리로 알아들을 수 없는 말들을 했지만, 표정으로 보아 감사의 뜻을 표하려는 게 틀림없었습니다. 그의 불안한 모습에 불현듯 안쓰러운 마음이 생겼습니다.

나는 비행용 지도를 꺼내들고 지도 가장자리에 그림을 그려가며 손짓으로 그의 의사를 타진해 보았습니다.

"나는 폴란드로 떠나는데 내 비행기로 당신을 오스트리아로부터 탈출시켜 줄 수 있다. 당신 생각은 어떤가?"

그는 곧 알아들었다는 듯 힘차게 고개를 끄덕였습니다.

공항의 이민국 관리들은 친구가 전송하려고 나왔다는 나의 설명에 아무런 의심도 하지 않고 우리를 통과시켜 주었습니다. 나는 그를 데리고 서둘러 오스트리아를 떠났습니다.

목적지인 크라코 비행장이 가까워지자, 나는 비행기의 속도를 줄여 시골 역 가까이 있는 산림지대의 널찍한 공지를 찾아 착륙했습니다. 비행장에 착륙하면 경찰이 검문할 것이 분명하여 이를 피하기 위해서였습니다.

지도를 꺼내들고 나는 그에게 현재의 위치를 가르쳐 준 다음 주머니를 털어, 가지고 있는 돈의 대부분을 그에게 주었습니다. 그리고 그의 등을 두드려 주며 행운을 빌었습니다. 그는 내 손을 잡고 한참동안 말없이 나를 바라보다가 재빨리 숲속으로 사라졌습니다.

마침내 전쟁이 시작되었고 나는 폴란드 공군의 전투기 조종사로 참전했습니다. 하지만 폴란드는 독일에 점령당했고, 나는 자유를 위한 투쟁을 계속하려는 수많은 폴란드 사람들과 함께 국경을 넘어 루마니아로 갔습니다. 그리고 그곳에서 우리는 모두 체포되어 포로가 되었습니다.

말할 수 없는 우여곡절을 겪은 끝에 나는 그곳을 탈출해서 다시 프랑스 공군에 입대했습니다. 프랑스가 패배한 뒤에는 다시 영국으로 건너가 브리튼 전선에서 싸웠습니다.

그러던 중 전투 임무를 마치고 기지로 돌아오다가 영국 해협에서 뜻하지 않은 비행기 충돌사고로 부상을 당하게 되었습니다. 다행히 동료들의 비행 연대가 엄호하는 가운데 피투성이가 된 채로 겨우 영국 땅에 불시착할 수 있었지만 나는 곧 의식을 잃게 되었습니다.

의식을 회복한 나의 눈에 맨 먼저 들어온 것은, 갈색 눈의 파리하게 여윈 남자의 얼굴이었습니다.

"나를 기억하십니까?"

그는 독일식 악센트가 섞인 영어로 물었습니다.

나는 그의 흰 가운을 보며 '여기서 일하십니까?' 하고 물었습니다.

"얘기가 길지요"

그가 잠시 다시 말했습니다.

"당신이 비엔나에서 목숨을 구해 준 사람입니다."

나는 곧 그를 기억해냈습니다. 게슈타포에 쫓겨 공포에 떨며 도움을 요청하던 그의 모습이 생생하게 나의 뇌리에 되살아났습니다.

"당신과 헤어진 뒤 고생 끝에 바르샤바로 가서 옛 친구의 도움을 받았습니다. 그리고 전쟁이 시작되기 직전 나는 스코틀랜드로 겨우 도망쳐 왔습니다. 브리튼 전에서 폴란드의 비행중대가 수훈을 세웠다는 소식을 듣고 문득 당신이 떠올랐습니다. 터무니없는 생각이려니 싶었지만 나는 혹시 그 중대에 당신이 있을지도 모른다는 생각이 들어 영국 공군성에 편지를 보냈는데 놀랍게도 당신이 그 중대에 있었다는 회신을 받았습니다."

"내 이름을 어떻게 알았지요?"

"당신이 그날 지도를 보여줄 때 그 지도 가장자리에 씌어 있는 것을 보고 머릿속에 새겨 두었습니다."

그는 내 팔목을 가만히 쥐어 주었습니다.

"어제 나는 신문에서 폴란드의 한 영웅이 혼자서 하루 동안 다섯

대의 적기를 격추시키고 이곳에 불시착했다는 기사를 읽었습니다. 부상이 너무 심해서 가망이 없다는 이야기였습니다. 나는 즉시 공군 본부에 청원을 하여 이곳으로 왔습니다.

나는 뽀얀 물안개가 낀 그의 눈을 가만히 올려다보았습니다.

"은혜를 갚기 위해서는 하나님이 주신 이 기회에 무슨 일이든 해야만 되겠다고 생각했습니다. 보시는 바와 같이 나는 의사입니다. 그것도 뇌신경 전문의입니다. 오늘 아침 나는 당신을 수술했습니다."

07

지옥에서 꽃핀 인간애
– 아우슈비츠에서의 보은 –

인류사상 최악의 인간악이 저질러진 악명 높은 아우슈비츠의 나치 포로수용소.

한 번에 2,000명씩 한곳에 몰아넣고 독가스를 분사해서 무고한 유태인 400만 명을 살해한 그 생지옥의 현장, 그곳에서 어떤 일이 저질러졌는지 그 전쟁이 불러온 광기의 한 단면을 볼 수 있습니다.

그 생지옥의 현장에서도 인간의 도리를 다하려는 한 여인의 죽음을 무릅쓴 보은의 아름다운 이야기를 보면서 인간의 양면성을 다시금 생각해 보게 됩니다.

제2차 세계대전이 막바지에 이른 어느 무더운 여름날, 일단의 정치범을 실은 열차가 역에 도착하자, 죄수들은 굴러 떨어지듯 열차에서 뛰어 내렸습니다. 주위를 살펴보니 전류가 흐르는 철조망과 담장, 그리고 탐조등이 달린 감시탑과 기관총을 든 보초 등에 둘러싸인 수많은 바라크식 건물의 수용소가 우리를 기다리고 있었습니다. 죽음으로 밖에 자유를 얻을 수 없던 곳, 이것이 폴란드의 악명 높은 독일의 나치 포로수용소였습니다.

우리 정치범들은 히틀러 친위대의 지휘에 따라 그 수용소 안으로 들어갔습니다. 명령에 따라 우리는 옷을 벗어 준비되어 있는 궤짝에 아무렇게나 던져놓고 완전 나체가 되었습니다.

수치심으로 엉거주춤 망설이는 사람에게는 가혹한 폭행이 가해졌습니다.

우리는 한 줄로 차례차례 군의관 우두머리 앞으로 가 섰습니다.

이 수용소의 최고위 군의관 조셉 맹겔이라는 자는 몸매를 자세히 살펴보고는 아무 말 없이 엄지손가락으로 우측 혹은 좌측을 가리켰습니다. 좌측으로 떠밀려간 사람들은 늙었거나 허약하거나 병든 사람, 그리고 어린이들이었습니다. 가엾게도 그들은 노동 능력이 없다고 판단되어 곧장 가스 사형실로 보내지는 것이었습니다.

마침내 내 차례가 되었을 때 내 몸을 핥듯이 살펴본 그는 우측을 가리켰습니다. 살아남을 가치가 있다고 판정받은 우리 일행은 다음으로 팔에 문신을 새겼습니다. 나의 오른 팔에 82585라는 죄수 번호가 새겨지는 것과 동시에 나의 신원은 지상에서 깨끗이 삭제된 것입니다.

문신 작업이 끝나자 사형실로 간 사람들의 옷 무더기 속에서 옷가지를 골라 입었으나 재수 없게 신발은 모두 짝이 맞지 않았습니다.

일상생활은 판에 박힌 일의 연속이었습니다. 아침부터 건축 공사장에 나가 일했고 밤이 되면 바라크 안 나무판자 위에 아무렇게나 나둥그러져 잠을 청했습니다. 식사는 멀건 국과 이따금 나누어주는 딱딱한 빵조각뿐, 우리들은 놀라운 속도로 체중이 줄어들면서 건강을 잃어갔습니다. 화장장의 굴뚝은 끊이지 않는 낙오자들 때문에 매일 밤 뻘건 불길을 토해내고 있었습니다.

포로 생활이 시작된 지 두 달쯤 지난 어느 날, 낯모를 여죄수가 다가와서 귀엣말로 '빙클러란 의사가 당신을 좀 만자자고 하네요.' 하고 속삭였습니다.

몇 주일 후 또 다른 죄수가 역시 같은 말을 전해왔습니다.

그 여자는 도대체 누구이며 왜 만나자고 하는 것일까 몹시 궁금했습니다. 빙클러 의사는 멩겔 군의관이 포로를 상대로 생체실험을 하고 있는 곳에 끌려와 일하고 있는 방사선 전문의라고 했습니다.

나는 그 후 죄수들의 옷을 수선하는 재봉실로 옮겨졌는데, 무슨 까닭인지 이 재봉실 감독인 나치 여장교의 눈 밖에 나 심한 괴롭힘을 당해야 했습니다. 어느 날인가 그녀는 내가 손질하고 있는 옷을 낚아채면서 '이걸 일이라고 해!' 하며 야단을 쳤습니다. 나는 안경을 빼앗겼기 때문에 잘할 수가 없다고 말했지만, 독일 장교의 말에 말대답을 했다는 이유로 재봉실에서 쫓겨나 가스 사형실로 끌려가게 되었습니다.

나는 한밤중에 가스 사형실로 끌려가는 도중에 경비가 소홀한 틈을 타 대열에서 빠져나와 도망쳤습니다. 다급한 김에 무조건 달려 몸을 피할 수 있었지만, 갈 곳이 없었습니다. 문득 문 위에 '위험'이라는 표시가 붙은 건물을 발견하고 문의 손잡이를 잡아당겼습니다.

'아무려면 가스 사형실에 가는 것보다 더 위험할까.'

그때 기적이 일어났습니다. 문이 열리면서 흰 가운을 입은 여자가 '고맙게도 찾아 주었군요!'하고 안으로 끌어당겼습니다. 그녀는 바로 빙클러 의사였습니다.

"내가 당신을 만나고 싶어 한다는 말을 전해 들었겠지요? 당신을 도우려고 몰래 연락을 했었는데 이제야 만나게 되었군요."

"당신은 왜 목숨을 걸면서까지 나를 도와주려고 하시는지요?"

"그건 내가 이 세상에 태어나 살아오는 동안 가장 친절했던 어떤 사람의 큰 은혜에 보답하고 싶었기 때문입니다. 그분의 이름은 알렉산더이고 바로 당신의 부친입니다."

그 여자의 입에서 뜻밖에 아버지의 이름이 튀어나오자 나도 모르는 사이에 눈물이 왈칵 쏟아졌습니다.

"나는 당신 아버님에게 도움을 받은 많은 사람들 중 한 사람입니다. 과부인 내 어머니 힘만으로는 도저히 나를 의과대학에 보낼 능력이 없었지만, 돈이 필요할 때마다 꼬박꼬박 돈이 마련되곤 했지요. 학교를 졸업할 무렵에야 나는 그 돈이 어디서 나온 것인지 알게되었어요. 비밀을 지켜야 한다는 만류에도 불구하고 나는 당신 아버지를 찾아갔어요. 당신 아버지께선 처음엔 펄쩍 뛰시며 자기는 모르는 일이라고 부인하셨지만, 끝내 내가 믿으려하지 않자 '내가 준 도움에 대한 은혜는 당신 역시 다른 사람을 도와줌으로써 대신할 수 있다고 생각합니다. 절망 속에 빠져 있는 사람, 큰 곤란에 처해 있는 사람을 찾아 도우시오. 그러면 우리 사이의 계산이 맞아 떨어질 것이요.'라고 말씀하셨어요. 나는 부다페스트에 병원을 열고 열심히 일했어요. 그러던 어느 날 이 수용소에 끌려와 일하게 되었는데, 우연히 소문으로 당신이 이곳에 와 있다는 소식을 듣고 당신을 구하리라 결심했던 것이에요."

자신의 사연을 말한 빙클러는 떨고 있는 나의 등을 다독거리며 말했습니다.

"내 친구 가운데 전염병동을 맡고 있는 의사가 있어요. 그곳에는 경비병이 들어오지 않으니 소련 군대가 진주해 올 때까지 당신을 숨겨줄 거예요. 더 밝기 전에 그곳으로 가야 합니다. 무사하기를 빌겠어요."

나는 빙클러가 일러준 대로 담벼락에 달라붙어 벌레처럼 기어서 전염병동을 찾아갔습니다. 그리고 두 번째 창문을 조심스럽게 두드리며 '페루기나'라고 말했더니, 안에서 살그머니 문이 열리며 나를 끌어당겼습니다.

다음날 아침 빙클러는 맹겔이 이곳에서 철수하게 되어 작별인사를 하려고 왔다며 나를 찾아왔습니다.

나는 그녀에게 아직 당신의 은혜에 감사하다는 말조차 하지 못했다고 했습니다. 그러자 그녀가 천천히 머리를 가로저었습니다.

"그렇지 않습니다. 당신이 아버님이 베푼 그 아름다운 선업이 손을 내밀어 당신을 구한 것입니다."

그로부터 며칠 후 소련군이 이곳에 진주했습니다. 그리고 우리는 죽음의 수용소에서 해방되었습니다.

그 후 빙클러를 다시 만날 수는 없었습니다. 맹갤이 철수하면서 그들이 저지른 범죄 사실이 폭로될 것이 두려워 수용소 의무대원을 무참하게 학살했던 것입니다. 도랑 속에 버려진 많은 시체 가운데 머리에 관통상을 입은 캐서린 빙클러의 시체도 있었습니다.

08
자유를 향한 긴 헤엄
- 비극의 해상 탈출 -

"저는 그를 버리고 올 수가 없었어요. 꿈에라도 그의 시체가 다시 중공 해안으로 떠밀려가는 것을 상상할 수가 없었어요. 살아서 탈출하지 못한 한을 풀어주기 위해 시체라도 자유의 땅에 묻어주고 싶었던 거예요."

자유를 찾아 애인과 함께 6시간을 넘게 바다를 헤엄쳐서 공산주의 땅을 탈출하는 데 성공했으나, 끝내 애인의 시체를 끌고 올 수밖에 없었던 한 여인의 피맺힌 사연이 우리의 가슴을 메이게 합니다.

새삼 자유가 얼마나 소중하고 값진 것인가를 일깨워 줍니다.

우리는 마침내 광동성 해안에 있는 셰하우에 도착하여 바닷물로 뛰어들었습니다.

1970년 11월 9일 밤 12시, 별빛조차 어려 있지 않은 바다. 밤은

칠흑같이 어두웠습니다.

손짓하듯 저 멀리서 반짝이는 자유의 불빛, 홍콩 쪽의 타우파우 샨 마을까지 조류를 타고 헤엄쳐 가면 6시간 정도 뒤에는 그곳에 닿을 수 있으리라는 것이 우리들의 계산이었습니다.

라우 핑상과 나는 22세 동갑내기, 우리는 홍콩에 가서 결혼하여 거기서 살 계획이었습니다.

나는 광동 태생으로 4자매 가운데 셋째였습니다. 1949년 공산당이 집권한 후 부유한 사업가였던 아버지는 자본가로 몰려 재산을 몰수당하고 낡아빠진 집으로 쫓겨났습니다. 아버지는 그 얼마 뒤 세상을 떠났는데, 내가 세 살 때였습니다.

우리들의 생활은 당국에 의해 철저히 감시되었습니다. 우리의 생활은 하나에서 열까지 정부가 정해준 테두리를 벗어날 수 없었습니다.

나는 홍콩의 친척을 만나보고 온 동창들에게서 그곳의 사람들이 어떤 식으로 삶을 누리고 있는가에 대해 얘기를 들었습니다. 나도 그들처럼 원하는 대로 생각하고 말하고, 하고 싶은 일을 할 수 있다면 얼마나 좋을까 생각하며, 언젠가는 그 자유의 땅으로 탈출하겠다고 굳게 결심하였습니다.

1964년 나는 중학교를 졸업하였으나, 고등학교 진학은 허락되지 않았습니다. 얼마 후 통규안 군에 있는 황강공사에 가서 일하라는 명령을 받았습니다. 내가 소속된 생산대에는 16세부터 22세까지의 청소년 800명이 배치되어 있었는데, 대부분이 고등학교를 가지 못한 자나 불량자들이었습니다.

작업 시간은 아침 6시부터 저녁 6시까지였고 농사일을 했습니다. 나는 같은 또래의 다른 세 처녀와 함께 삭막한 방에서 살았는데, 1주일에 6회, 밤에 모여 모택동 사상에 대한 교육을 받았습니다.

이 공사에서 일한 지 3년이 지난 뒤, 중학교를 졸업하고 이곳으로 배치된 라우 핑상을 만났습니다. 밭에서 일하다가 내가 물을 좀 나눠달라고 부탁한 것이 인연이 되어 그와 알게 되었는데, 그 후부터 우리는 자주 만나 사랑을 나누게 되었습니다. 우리는 성격이 정반대였는데, 내가 적극적이며 말이 많고 감성적인 데 반하여, 그는 자제심이 강한 운동 선수였습니다.

1970년 봄, 상부의 허락을 얻어 광동에 있는 가족을 방문하러 갔을 때, 그와 나는 쉬쉬해 가면서 홍콩으로 탈출할 계획을 세우고 친척들로부터 승낙을 받았습니다.

그해 9월 나는 반장에게 몸이 아프다는 핑계를 대고 10일간의 귀향 허가를 얻었습니다. 핑상도 신경통을 핑계로 20일간의 휴가를 얻어 탈출을 실행하기로 했습니다. 그렇게 남모르게 준비를 하고 있는 사이에 수영 선수였던 핑상은 내게 수영을 가르쳐 주었습니다.

11월 1일 밤, 나는 마지막으로 어머니와 자매들과 함께 자며 눈물의 작별을 했습니다. 이튿날 함께 떠나면 발각될 우려가 있으므로 우리는 헤어졌다가 장무토에서 다시 합류하기로 했습니다.

장무토 정거장에서 만나자마자 우리는 재빨리 산속으로 들어가 몸을 숨겼습니다. 해변까지의 거리는 80여 리, 그러나 발각되지 않기 위하여 산길로 가야 했기 때문에 우리는 거의 두 배나 되는 거리를 걸어야 했습니다. 그것도 낮에는 잠을 자고 밤에만 어둠을 틈타 걸었습니다.

길을 떠난 지 여드레째 되는 날 저녁에는 해변을 따라 나 있는 도로에 이르렀으나, 그 지역은 경비가 엄중했으므로, 그곳을 피해 약 20여 리를 돌아 셰하우라는 곳으로 가기로 했습니다. 가지고 온 식량은 이미 바닥이 나 있었습니다.

우리는 무사히 해변에 도착하여 개흙밭을 거쳐 수영을 할 수 있는 데까지 왔으나, 하나님처럼 믿었던 펑상이 지병인 신경통이 재발하면서 등의 통증이 심해지면서 기진맥진해버린 듯 가쁜 숨만 몰아쉬고 있었습니다.

"용기를 내요! 펑상, 이제 얼마 남지 않았어요."

우리는 가져온 농구공의 튜브에 바람을 집어넣어 등에다 단단히 잡아 맸습니다. 수영이 미숙한 내가 두 개를, 수영선수인 펑상은 하나를 묶었습니다. 나는 당초 그의 도움을 얻어 탈출에 성공하기를 기대했으나, 상황은 정반대가 되어 가고 있었습니다.

수영을 시작한 지 약 한 시간이 지났을 때, 펑상은 더는 갈 수 없으니 다시 돌아가자며 힘없이 말했습니다. 어둠 때문에 얼굴은 보이지 않았으나 그가 굉장히 지쳐 있음을 알 수 있었습니다. 나는 등에 지고 있던 두 개의 고무공을 풀어 그의 고무공과 바꾸었습니다.

하지만 지친 그가 마침내 팔을 내밀어 나에게 매달리게 되었습니다. 나는 이제 두 사람 몫의 헤엄을 쳐야만 했습니다. 나는 어떻게 해서라도 성공하겠다고 이를 악물었습니다. 실패로 끝내고 말기에는 너무 많은 시간과 노력을 이 일에 바쳐왔고 견딜 수 없는 고생을 참아왔던 것이었습니다.

게다가 다시 돌아간다 해도 생명을 건지기에는 이미 때가 늦어 총살형이 기다리고 있을 뿐이었습니다.

나는 두 시간 이상 평상을 끌고 갔습니다. 시체처럼 사지를 늘어뜨린 채 끌어오던 그가 갑자기 무서운 힘으로 몸을 뒤채었습니다.

그리고는 내 손을 뿌리치고 물속으로 들어가 버렸습니다. 자살할 결심임이 분명했습니다. 내가 그의 손을 붙들면 뿌리치고 또 붙들면 뿌리치고 물속으로 들어가는 싸움이 거듭되면서 둘 다 지쳐버렸습니다.

그러다 마침내 그가 조용해졌습니다. 그는 더 이상 숨을 쉬지 않았습니다.

평상의 죽음을 확인하자, 나는 다시 힘을 내 헤엄쳐 나가기 시작했습니다. 공포와 살겠다는 의지가 나에게 무서운 힘을 주었습니다. 나는 거의 망아상태 속에서 헤엄쳐 가고 있었습니다. 이제는 시간이 얼마나 흘렀는지, 옳은 방향으로 헤엄쳐 가고 있는지에 대해서도 무감각해져 버렸습니다.

정신이 가물가물해지며 의식을 잃어가고 있을 때 갑자기 신기루처럼 멀리서 반짝이는 세 개의 불빛이 보였습니다. 새로운 힘이 솟아나기 시작했습니다. 나는 불빛을 향하여 거의 몰아지경에서 앞으로 앞으로 돌진해 나갔습니다.

얼마나 시간이 흘렀는지 모릅니다. 어슴푸레한 하늘을 배경으로 마치 저승의 영토와도 같은 유연한 해상선의 윤곽이 드러나 보였습니다.

저만치 정박해 있는 작은 기선 두 척이 보였지만 두려움 때문에 소리쳐 구조를 요청할 수가 없었습니다. 잠시 후 다행하게도 홍콩 해상경찰선이 나를 향해 다가왔습니다. 그때 얼마 떨어지지 않은 곳에 중공군의 배 한 척이 있었는데, 홍콩경찰은 그들이 발견하기 전에 나를 배위로 끌어올렸습니다.

이렇게 해서 마침내 우리는 그 공산주의자의 땅에서 함께 탈출하는 데 성공했습니다. 비록 주검이나마 펑상은 자유의 땅에 묻힐 수가 있었습니다.

09

최선을 다한 교사의 헌신
- 마지막 경주 -

최선을 다한 한 교사의 헌신은 헛되지 않았습니다. 그가 죽은 뒤 예기치 않았던 일이 벌어졌습니다. 아스펜 초등학교의 어린이들이 자기 학교를 '존 베이커 학교'라고 부르기 시작한 것입니다.

이 같은 소식이 급속히 펴져 나가자, 마침내 학교 이름을 바꾸자는 운동이 공식적으로 제기되기 시작했습니다. 드디어 아스펜 시 당국에서는 그곳 520가구 주민에게 학교 이름을 바꾸는 문제를 두고 찬반투표를 실시했습니다. 결과는 찬성 520표, 반대는 한 표도 없었습니다. 이로써 아스펜 초등학교는 '존 베이커 학교'로 불리게 된 것입니다.

어떻게 이런 일이 일어날 수 있었을까요? 여기에 한 교사의 죽음을 무릅쓴 헌신적인 가르침이 뭇사람들의 마음을 감동케 하는 아름다운 이야기가 있습니다.

1969년 봄까지만 해도 그 해 나이 24세인 존 베이커의 앞날은 밝기만 했습니다. 베이커는 육상 선수로서 쟁쟁한 경력을 거쳐 정상에 올라 있었기 때문이었습니다. 체육 전문가들은 그를 세계 최고 수준의 장거리 선수라고 극찬하였으며, 그 자신도 1972년도 올림픽 미국 대표 선수로 출전하게 되기를 바라고 있었습니다.

하지만 베이커는 어려서부터 이렇게 달리기에 뛰어난 소질을 보인 것은 아니었습니다. 그는 몸이 허약한데다가 제 또래 소년들보다 몇 인치는 키가 작아서 트랙을 뛰기에는 '가장 안 어울리는 소년'이었습니다. 그런 그에게 뜻밖의 기회가 찾아와 그의 인생을 바꿔놓게 되었습니다.

베이커에게는 존 하이랜드라는 절친한 친구가 있었습니다. 그는 키가 큰데다가 육상 선수로서의 소질이 풍부했습니다. 그를 눈여겨본 '만지노하이트랙'의 코치 빈 볼파드가 하이랜드를 탐내고 입단을 권유했으나 하이랜드는 이를 거절했습니다.

"저를 넣어 주세요. 그러면 하이랜드도 따라서 입단할 거예요."

베이커의 제안을 볼파드 코치가 동의하여 일은 성사되었습니다.

이렇게 해서 존 베이커는 육상선수가 되었던 것입니다.

1960년도 베이커가 출전한 첫 경기는 그의 고향 알바커키에서 실시한 1.7마일 장거리 경주였습니다. 모든 사람들은 '크로스 컨트리'에서 늘 우승을 차지하던 로이드 고프를 주목하고 있었습니다.

그런데 예상은 빗나갔습니다. 저만치 선두로 들어오는 한 선수의 모습을 바라보던 코치는 망원경을 들여다보다가 깜짝 놀랐습니다.

"원 세상에! 고프가 아니고 베이커야, 베이커······."

다른 선수들을 멀찌감치 뒤로 젖혀두고 베이커는 마지막 코스를 달려 들어왔습니다. 기록은 8분 3초 5로 대회 신기록이었습니다.

그가 경기에서 우승한 것은 우연이 아니었습니다. 시즌이 시작되자 볼파드 코치는 베이커를 큰 경기마다 출전시켰는데, 결과는 언제나 우승이었습니다. 트랙에만 들어서면 이 얌전하고 수줍음 많은 소년은 돌연 강인하고 철저한 선수로 변해 호락호락 지지 않는 굉장한 선수가 되었던 것입니다.

베이커는 6개 주의 기록을 깨고 미국 최고 수준의 장거리 선수로 인정받았습니다. 그때 그의 나이 겨우 18세였습니다.

1962년 가을, 베이커는 뉴멕시코 대학에 입학해서 계속 훈련을 쌓았습니다. 하루 평균 25마일을 뛰는 강훈련이었습니다. 그는 그동안 대회마다 착실히 우승을 거두어 '존 베이커를 타도하라!'는 것이 당시 다른 팀의 공통된 숙원이었습니다.

1965년 봄, 베이커가 3학년이 되었을 때, 미국 전역에서 가장 뛰어난 육상 팀은 '남캘리포니아 대학팀'이었는데, 베이커를 주축으로 한 '뉴캘리포니아 대학팀'에 창설 이래 참패를 맛보게 했습니다.

대학을 졸업한 후 베이커는 여러 대학에서 코치를 맡아달라는 제안을 했지만 고향인 알바커기의 아스펜 초등학교 교사직을 택했습니다. 어린이를 무척 좋아했던 그는 아이들을 가르치면서 1972년도 올림픽에 대비하려는 계획이었습니다.

아스펜에서의 베이커 선생님은 여러 면에서 다른 교사들과 달랐습니다. 그가 지도하는 반에는 우수생도 없었고 잘못한다고 꾸중 받는 학생도 없었습니다. 그의 유일한 요구는 누구나 최선을 다하라는 것뿐이었습니다. 그는 무슨 일이든지 최선을 다하면 결과에 관계 없이 A학점을 주었습니다. 학생들 또한 걱정거리가 생기면 우선 베이커 선생님과 의논하려고 했습니다. 이렇듯 베이커 선생님은 학생은 물론 학부모로부터 신뢰와 존경을 받았습니다.

하지만 갑자기 베이커 선생님에게 뜻하지 않은 병마가 닥쳐왔습니다. 1969년 5월초 그는 고환암에 걸렸던 것입니다. 의사는 앞으로 살 수 있는 시간이 6개월 밖에 남지 않았다는 진단을 내렸습니다.

그는 자기에게 닥쳐올 엄청난 현실을 직시했습니다. 달리는 것, 올림픽 출전 등은 어림도 없었습니다.

그는 모든 것을 단념하고 살아있는 동안 최선을 다하기로 결심했습니다.

한때 짧은 생각으로 자기로 인해 가족이 입을 고통과 자신이 받는 고통에서 벗어나려고 낭떠러지로 차를 몰아 자살을 기도하기도 했습니다. 하지만 평소 무슨 일을 겪든지 최선을 다하라고 가르친 아이들에게 자신의 비겁한 자살이 어떻게 비춰질까 생각하니 아찔해서 포기했습니다.

그는 병원에서 수술을 하고 치료를 받은 다음 다시 학교로 돌아왔습니다. 그동안 최선을 다하여 가르친 보람이 있어 추수감사절까지 수많은 학부모로부터 감사 편지가 매일 쏟아져 들어왔습니다.

1970년 초 베이커는 고향의 조그만 육상클럽의 코치로 초빙을 받았습니다. 초등학교에서 고등학교에 다니는 소녀들을 위한 '두크 시의 질주자들'이라는 '대셔팀'이었습니다. 베이커는 이 초청을 받아들이고 마지막 정열을 다 바쳐 지도했습니다.

여름까지 베이커가 지도한 대셔팀은 뉴멕시코 주나 인근 주의 경기에서 계속 신기록을 세우며 승리를 거두었습니다. 베이커는 틀림없이 전 미국 아마추어 육상연맹전(A.A.U)의 결승전에 오를 것이라고 장담했습니다.

그동안 베이커의 병세는 점점 악화되어 쇠약해져갔지만 여전히 연습장에 나와 소리를 지르며 소녀들을 지도했습니다.

드디어 열심히 지도한 결과 11월에 세인트루이스에서 열리는 A.A.U. 결승전에 대셔팀이 출전하게 되었습니다.

하지만 10월 28일, 그는 아스펜에서 수업하는 도중에 운동장에서 쓰러졌습니다. 그러나 입원을 거절하고 최후의 날을 학교에서 맞겠다고 고집을 부렸습니다. 그는 훗날 자기 학생들이 힘없이 누워있는 선생님이 아니라 꿋꿋이 서 있는 선생님으로 자기를 기억해 주기를 바란다고 했습니다.

그는 세인트루이스 경기에 따라갈 수 없었지만, 매일 저녁 대셔팀에 장거리 전화를 걸어 선수들 한 명 한 명에게 결승전에서 최선을 다하라고 당부했습니다.

11월 26일 새벽, 베이커는 병원에서 어머니의 손을 꼭 잡고 조용히 눈을 감았습니다.

1970년 추수감사절에 첫 진찰을 받은 지 12개월이 지난 뒤였습니다. 그는 의사가 예상했던 것보다 12개월을 더 버텨낸 것입니다.

베이커가 세상을 떠나고 이틀 뒤 대셔팀 선수들은 A.A.U. 경기에서 우승을 거두었습니다.

선수들은 뺨에 눈물을 흘리며 '베이커 선생님을 위해!'를 소리높이 외쳤습니다.

이 존 베이커의 '마지막 경주'야말로 최악의 불행에 처해 있는 젊은이들에게 그 고통을 이겨내는 지혜를 가르쳐준 영원한 기념비로 길이 살아남을 것입니다.

10
세상에서 가장 아름답고 고귀한 전통
- 버큰헤이드 호의 전통 -

'타이타닉'이라는 영화를 본 사람은 빙산에 부딪쳐 난파된 여객선에서 2,200명이란 엄청난 수의 승객들이 죽음을 당하는 극한 상황에서도 '여자와 어린이가 먼저'라는 불문율이 어김없이 지켜진 사실에 크게 감명을 받았을 것입니다.

항해 중에 재난을 만났을 때, 연약한 여자와 어린이를 먼저 구해야 한다는 이 아름답고 고귀한 전통은 1852년 버큰헤이드 호에서 시작되었습니다. 일찍이 인류가 만들어 놓은 많은 전통 가운데 이처럼 감동적이고 고귀한 전통은 없을 것입니다.

지금으로부터 160여 년 전인 1852년, 그해 영국 해군의 자랑거리이던 수송선 '버큰헤이드 호'가 사병들과 그 가족들을 태우고 남아프리카를 향하여 항해하고 있었습니다. 그 배에 타고 있던 사람은 모두 630명으로 그 중 130명이 부녀자였습니다.

버큰헤이드 호는 아프리카 남단 케이프타운으로부터 약 65Km 가량 떨어진 해상에서 암초에 부딪쳤습니다. 그때 시간은 오전 2시, 승객들이 잠들었던 선실에는 대번에 커다란 소란이 일어났습니다.

어찌할 바를 몰라 허둥거리고 있을 때, 파도에 밀려 배가 다시 한 번 세차게 바위에 부딪쳤습니다. 이 충격으로 배는 완전히 허리가 끊겨 두 조각이 나고 말았습니다. 선체의 앞부분은 이내 바닷속으로 가라앉았으나 사람들은 가까스로 배 뒤쪽으로 피신을 했습니다. 그러나 이들 모두의 생명은 이제 말 그대로 경각에 달려 있었습니다.

선상의 병사들이라고 해야 거의 모두가 신병들이었고 몇 안 되는 사관들조차 그다지 경험이 많지 않은 젊은이들뿐이었습니다. 남아 있는 구조선은 3척밖에 없었는데, 1척당 정원이 60명으로 구조될 수 있는 사람은 180명 정도가 고작이었습니다.

반 토막이 난 배는 시간이 흐를수록 물속으로 가라앉고 있었습니다. 엎친 데 덮친 격으로 풍랑은 더욱 심해졌습니다.

죽음에 직면한 승객들의 절망적인 공포는 극도에 달해 있었습니다. 사령관 시드니 세튼 대령은 전 병사들에게 갑판 위에 집합하라는 명령을 내렸습니다. 수백 명의 병사들이 훈련받은 대로 민첩하게 집합하여 열을 정돈하고 부동자세를 취했습니다. 그 사이 한쪽에서는 횃불을 밝히고 부녀자들을 구명정으로 하선시켰습니다.

마지막 구명정이 배를 떠날 때까지 갑판 위의 사병들은 마치 관병식을 하고 있는 것처럼 꼼짝 않고 서 있었습니다.

구명정 위로 옮겨 타 생명을 건진 부녀자들은 갑판 위에서 의연한 모습으로 죽음을 기다리고 있는 병사들을 바라보며 흐느껴 울었습니다.

마침내 '버큰헤이드 호'가 파도에 휩쓸려 완전히 침몰했고 병사들의 머리도 모두 물속으로 숨어들었습니다. 얼마 후에 몇 사람이 수면 위로 떠올랐습니다. 용케 물속에서 나무판자를 거머쥘 수 있었던 사람들이었습니다.

그날 오후 구조선이 도착하여 살아있는 사람들을 구출하였습니다. 그러나 그것은 이미 436명의 목숨이 수장된 다음의 일이었습니다.

사령관 세튼 대령도 죽었습니다. 그는 구조선이 올 때까지 충분히 버틸 수 있는 큼지막한 판자에 매달려 있었는데, 가까이서 두 사병이 죽어가고 있는 것을 보자 판자를 그들에게 밀어 주었습니다. 판자 하나로는 도저히 세 사람이 매달려 있을 수 없으리라고 생각한 그는 두 사병 대신 자진해서 물속으로 들어간 것이었습니다.

'버큰헤이드 호'의 이야기는 영국은 물론 전 세계 사람들에게 전해져 큰 감동을 주었습니다. 이 사건이 있기 전까지는 배가 해상에서 조난될 경우 저마다 제 목숨부터 구하려고 큰 소동을 벌이곤 하였습니다.

그러한 혼란으로 말미암아 수많은 인명이 희생되곤 하였던 것입니다.

힘센 자들이 구명정을 먼저 타고 연약한 아녀자들이 남아 죽어야 했습니다.

'여자와 어린이가 먼저'라는 훌륭한 전통이 이 '버큰헤이드 호'에 의해서 이루어졌고, 그 후로 조난을 당할 때마다 수많은 인명을 살려내게 되었던 것입니다.

버큰헤이드 호 전통을 이야기하는데 있어 '타이타닉 호'의 비극을 빼놓을 수는 없을 것입니다.

1912년 4월 14일 북대서양을 항해하던 영국의 초호화 정기여객선 '타이타닉 호'가 빙산에 부딪쳐 침몰하게 되었습니다. 2,200명이란 엄청난 수의 승객들의 떼죽음이 일어날 판이었습니다.

그러나 이때에도 승객들과 선원들은 버큰헤이드 호의 전통을 잊지 않고 '여자와 어린이가 먼저'라는 불문율을 지킴으로써 많은 사람들을 구할 수가 있었습니다.

이는 '버큰헤이드 호'의 아름다운 전통이 이어졌기 때문이었습니다.

자제와 용기, 이것은 비상시에 직면할 때마다 영국 국민들이 충실히 지켜 내려온 자랑스런 전통입니다.

제2부

아름다운
인간의 모습

11
존경하는 진짜 선생님
– 관대한 스승 –

　　교향시의 창시자로 불리는 헝가리의 작곡가인 프란츠 리스트가 여행 중에 독일의 어느 시골 마을에 머물게 되었는데, 그 마을 극장에서 음악회가 열린다고 떠들썩했습니다. 그런데 그 연주회를 갖는 소녀 피아니스트가 자신의 제자라는 것이었습니다. 리스트는 기억을 더듬어 보았으나 전혀 들어본 적이 없는 이름이어서 이상하게 생각하며 호텔로 갔습니다.

　　호텔 안내원이 리스트를 반갑게 맞으며 말했습니다.

　　"선생님께서는 제자분의 연주회에 초대를 받으신 거군요. 저희 호텔에 모시게 되어 영광입니다."

　　얼마 안 있어 유명한 음악가 리스트 선생인 왔다는 소문이 퍼지자, 가장 놀란 사람은 바로 연주회를 준비하던 소녀 피아니스트였습니다. 사실 그녀는 리스트의 제자가 아니었습니다. 매우 난감해진 그녀는 비장한 결심을 하고 리스트를 찾아갔습니다. 소녀 피아니스트는 리스트의 방을 두드렸습니다.

"들어오시오. 그런데 당신은 누구시오?"

"내일 밤 연주회를 갖게 된 피아니스트입니다."

"그런데 무슨 일로 찾아왔나요?"

"선생님, 용서해 주세요. 저는 선생님께 큰 죄를 지었습니다."

소녀는 리스트 앞에 엎드려 흐느껴 울었습니다. 까닭을 알 수 없었던 리스트는 그저 어리둥절하기만 했습니다. 소녀는 리스트에게 자초지종을 말했습니다. 병든 아버지와 어린 동생을 먹여 살릴 수 없었던 그녀는 시골구석을 돌아다니며 연주를 했지만, 이름 없는 소녀의 연주를 들으려고 오는 사람이 없어 나쁜 일인 줄 알고 있었지만, 선생님의 제자라고 거짓 선전을 하며 연주를 했다는 것이었습니다.

소녀가 얘기를 마치고 다시 울먹이자 상황을 이해한 리스트는 잠시 생각에 잠기더니 이렇게 말했습니다.

"아무 걱정 말아요. 원한다면 이 시간부터 진짜 내 제자로 받아 주겠소. 가족을 위해 그렇게 헌신하는 제자를 둔다면 내가 오히려 자랑스러울 테니 말이오. 그건 그렇고 내일 프로그램을 아직 만들지 않았다면 거기에 스승인 리스트와 함께 연주할 것이라고 넣어주지 않겠소? 그리고 내일의 연주를 위해 지금 우리가 함께 연습을 해 봅시다."

"선생님, 고맙습니다. 정말 고맙습니다."

세상에 이렇게 너그러우신 분이 계시다니 믿어지지가 않았습니다. 소녀는 두 뺨에 흐르는 눈물을 닦지도 못한 채 존경하는 진짜 선생님을 한없이 우러러 보았습니다.

그 다음날 연주회가 그 어느 때보다 성황리에 진행되었음은 더 말할 필요도 없을 것입니다.

인간의 그릇을 크게 하는 것은 사랑과 관용과 타인에 대한 배려입니다. 남을 이해하고 남의 입장을 헤아려 주는 사람이 큰 사람이며 너그러운 사람입니다. 너그러움은 큰 사람의 도량이요, 교양인의 덕입니다.

채근담에 '생각이 너그럽고 두터운 사람은 봄바람이 만물을 따뜻하게 기르는 것과 같으니 모든 것이 이를 만나면 살아난다.'고 하였거니와, 여기 봄바람 같은 너그러운 스승의 이야기가 우리들의 마음을 흐뭇하게 합니다.

12
아름다운 우정의 포상
– 속 깊은 우정 –

밀레는 '만종', '이삭줍기' 같은 만고불멸의 명작을 그려 화성(聖畫)이라고까지 불리는 프랑스의 화가입니다. 밀레가 젊은 시절 파리 근교의 깊은 숲 속에 자리 잡은 농촌에서 농민 화가로 그림을 그리며 가난한 창작생활을 하고 있을 때의 이야기입니다.

그때만 해도 아직 풋내기 화가라 그의 그림이 팔리지 않아 흙바닥의 넓은 화실에는 난로도 없고, 부인과 어린 아이들은 배고픔과 추위에 떨고 있었습니다. 빵을 구울 밀가루도, 난로에 지필 땔감도 없이 식구들이 허기를 참으며, 차디찬 냉방에서 등을 맞대고 서로의 체온으로 추위를 쫓고 있는 형편이었습니다.

그대 한창 신진화가로서 인기를 끌고 있었던 그의 친구인 루소가 찾아왔습니다. 루소는 불기 하나 없는 화실을 두루 살피고는 무엇을 생각했던지 밀레의 여러 작품 중에서 '접목하는 사나이'를 가리키며 말했습니다.

"이 그림은 정말 걸작이구만. 내 친구 한 사람이 자네의 그림을 꼭 구해 달라고 하는데 이 이 그림을 주지 않겠나?"

밀레는 친한 친구의 부탁이라 쾌히 승낙했습니다. 루소는 그림을 감상하며 머뭇거리다가 조심스레 말했습니다.

"이 그림의 대금 문제인데, 그 친구가 나에게 이것을 주더군. 얼마나 되는지 모르겠네만 날 봐서 그대로 받아두게나."

"아, 좋고말고. 값이야 얼마든 관계없네. 팔아줘서 고맙네."

밀레는 건네준 봉투를 주머니에 집어넣고는 오랜만에 친구와 함께 차를 나누며 환담을 나누었습니다.

친구를 전송하고 돌아온 밀레는 봉투를 열어보고 깜짝 놀랐습니다. 거기에는 놀랍게도 500프랑이란 큰돈이 들어 있었습니다. 밀레의 가족들이 겨울을 따뜻하게 보낼 수 있는 돈이었습니다. 오랜만에 밀레의 가족들은 생기가 돌았습니다.

이런 일이 있은 지 몇 년이 지난 후 밀레가 루소의 집을 방문하게 되었습니다. 그런데 그의 응접실에 자기의 그림 '접목하는 사나이'가 걸려 있는 게 아니겠습니까.

"아니 이 그림이 어떻게 여기 걸려 있는가?"

루소는 조용한 미소로 답해 주었습니다. 밀레는 루소의 속 깊은 우정에 감격해 마지 않았습니다.

루소는 가난한 친구에게 아무런 부담을 주지 않도록 다른 사람의 이름을 빌어 자기 돈으로 도와주었던 것입니다. 생색도 내지 않고 부담감도 갖지 않게 도와 준 루소의 속 깊은 우정이 아름답기만 합니다.

영국의 철학자 베이컨은 친구가 없는 세상을 황야에 비유했습니다. 황야를 혼자서 걸어가는 사람의 모습을 상상해 보세요. 얼마나 쓸쓸하고 처량하겠습니까?

우리에게 어려움이 닥쳤을 때 찾아갈 사람도 없고 같이 의논할 상대도 없다면 우리 인생은 얼마나 외롭겠습니까? 또 서로 믿고 의지할 수 있으며 고난과 역경을 함께 뚫고 나갈 친구가 없다면 우리의 생활은 얼마나 쓸쓸해지겠습니까? 친구가 없는 인생은 생각할 수가 없습니다.

그래서 우리는 정다운 벗이 필요하고 서로 마음을 터놓고 사귀는 막역한 친구가 있어야 합니다.

13
늙은 화가의 걸작 '최후의 한 잎'
− 마지막 잎새 −

　　뉴욕의 그리니치 타운 서쪽 어느 지역에 빛을 보지 못한 가난한 화가들이 모여 '예술가 부락'을 이루고 있었습니다.

　　존시와 그녀의 친구 수도 이 초라한 벽돌집 3층 지붕 밑에 아틀리에를 마련하여 살고 있었습니다.

　　그런데 존시는 그만 심한 폐렴에 걸려 자리에 눕게 되었습니다. 그녀는 창밖으로 보이는 앙상하게 말라 버린 담쟁이덩굴이 담벼락 중간까지 기어 오른 건물에 눈을 고정시킨 채 종일토록 이파리 수만 세며 지내고 있었습니다.

　　그녀는 이미 살아갈 기력을 잃어버리고 차가운 바람 속에 이제 다섯 잎밖에 남지 않은 담쟁이 잎이 모두 다 떨어질 때면 자신의 생명도 끝나게 될 것이라는 망상에 사로잡혀 있었습니다.

　　"저 잎사귀가 다 떨어지는 날 나도 죽는 거야. 나의 목숨과 저 담쟁이 잎사귀는 같은 운명이라구."

존시는 심한 우울증에 빠져 자포자기한 채 이렇게 중얼거렸습니다.

"이 못난 것아, 늙은 담쟁이 잎이 철을 맞아 떨어지는 것과, 너의 병이 회복되는 것과 무슨 상관이 있니? 더구나 너는 늘 저 담쟁이덩굴을 좋아했잖아. 속없고 싱거운 소리 작작하고 제발 정신 좀 차려라."

이런 광경을 지켜보고 있던 수는 존시의 어깨를 감싸 안으며 위로의 말을 건넸습니다.

수는 이제 존시가 스스로 살겠다는 의지와 신념을 갖지 않는 한 살아날 가망이 전혀 없다는 의사의 말을 떠올리며, 크게 낙담하면서 아래층에 살고 있는 베어먼 노인을 찾아갔습니다.

수는 존시의 나날이 깊어가는 망상증을 이야기하고, 찬바람에 떨고 있는 연약한 나뭇잎처럼 세상에 대한 가냘픈 애착이 한층 더 약해지면, 정말로 훨훨 날아가 버리지나 않을까 여간 걱정이 되지 않는다고 말했습니다.

베어먼 노인은 젊었을 적부터 걸작을 그려 보겠다는 꿈을 강하게 품어온 야심찬 화가였지만, 여태껏 이렇다 할 작품 하나 그리지 못하고 있었습니다.

"글쎄, 큰일이구나. 나라고 자연의 법칙을 어떻게 할 수가 없지……. 떨어지는 낙엽을 뉘라서 막을 수 있겠느냐?"

그날 밤 늦가을의 세찬 비가 뿌리고 무서리가 차갑게 내렸습니다. 아침이 되자, 존시는 운명적인 선고를 기다리는 사형수처럼 떨리는 목소리로 조용히 말했습니다.

"수, 커튼을 걷어 줘. 창밖을 보고 싶어."

수가 떨리는 손으로 커튼을 걷었을 때 존시의 두 눈동자는 갑자기 샛별처럼 빛났습니다. 마지막 잎새 한 장이 아직도 떨어지지 않고 담벼락에 딱 달라붙어 있었습니다.

"어쩜! 마지막 한 잎이 떨어져 버린 줄 알았는데 ……."

그 억세게 붙어 있는 한 잎 때문에 존시는 병상을 떨치고 일어날 수가 있었습니다. 그러나 최후의 한 잎은 존시나 의사도 모르고, 다만 수 혼자 아는 베어먼 화백의 최후의 걸작품이었습니다.

가련한 존시를 위해 최후의 한 잎, 그 걸작을 남기고서 노 화백은 비바람 속의 작업으로 이틀 뒤 폐렴으로 세상을 떠나고 말았습니다. 마치 자신의 생명을 존시의 생명과 맞바꾸기라도 하듯이.

심한 폐렴에 시달리며 살아갈 기력을 잃게 된 존시는 병상에 누워 겨울날 무심히 떨어지는 낙엽에다 자기의 운명을 걸고 창밖의 낙엽이 다 떨어지는 날 자기 생명도 끝날 것이라는 엉뚱한 감상에 사로잡힙니다.

다행히 운명의 허무한 감상에 쓰러져가는 가엾은 청춘을 구하기 위해 베어맨이라는 삼류 노화가가 필생의 거작인 '최후의 한 잎'을 밤을 새며 그린 그 최후의 걸작품으로 해서 그녀는 살려는 의욕을 다시 되찾아 오랜 병상을 떨치고 일어납니다.

자신의 생명을 존시의 생명과 맞바꾼 노화백의 아름다운 인간애에 진한 감동과 함께 머리를 숙이게 합니다.

14
세상에서 가장 아름다운 선물
− 크리스마스 선물 −

      내일은 크리스마스, 사랑하는 사람들은 선물을 서로 나누며 기쁨을 함께합니다. 그러나 가난한 사람들의 마음은 무겁기만 합니다. 여기 나오는 한 가정도 그러한 경우에 속합니다.

  델라는 남편 짐에게 꼭 훌륭한 크리스마스 선물을 해주고 싶었으나 가진 돈이 없었습니다. 안타까운 마음에 엎드려 울어도 별 수가 없었습니다. 마침내 흐느끼다 일어서는 그녀의 눈은 어떤 광채로 번득였습니다.

  거울 앞에 선 그녀는 무엇을 결심이나 한 듯 낡은 재킷을 걸치고 집을 나섰습니다. 델라는 긴 금발 머리채를 잘라 판 돈으로 온 상가를 헤맨 끝에 줄이 없어 시계를 차고 다니지 못한 남편을 위해 기품 있고 순박한 백금 시계 줄을 삽니다.

  남편을 기다리는 그녀는 설렘과 기대로 흥분을 감추지 못하는 한편, 남편이 짧은 머리를 한 자기를 계속 아름답고 사랑스럽게 보아 주도록 하나님께 기도했습니다.

마침내 퇴근한 남편이 돌아왔습니다. 조그만 선물을 안고 들어선 짐은 맥 빠진 표정으로 그녀를 바라봅니다. 그녀는 울상이 되어서 말합니다.

"당신에게 선물을 하지 않고서 크리스마스를 맞을 수가 없었어요. 그래서 머리채를 잘랐어요. 머리카락은 곧 자랄 거예요."

"오, 델라. 머리가 길거나 짧거나 당신에 대한 내 사랑은 변하지 않아. 다만 내가 당신을 위해 사가지고 온 선물이 당분간은 소용이 없게 되어서 망설였을 뿐이야."

남편이 사온 선물은 그녀가 그렇게 갖고 싶어 했던 아름다운 빗이었습니다.

델라로부터 시계 줄을 선물로 받은 짐은 너무나 벅찬 감격에 눈물을 흘렸습니다.

"델라, 우리들의 크리스마스 선물을 그대로 간직하기로 해. 지금 당장 쓰기엔 너무 아깝기도 하고 사실은 당신 빗을 사기 위해서 내 시계를 팔아버렸거든. 자, 배가 고픈데, 먹을 거라도 좀 ……."

맛있는 요리 냄새가 풍기는 가운데 델라와 짐의 행복한 웃음소리가 크리스마스이브에 고요히 퍼졌습니다.

참으로 아름답고 애틋한 부부 사랑의 이야기입니다. 아무리 많은 수식어나 아무리 극적 사연이 있는 이야기라 하더라도 이를 부부의 정보다 아름다운 것은 세상에 존재하지 않을 것입니다.

가난하다는 것은 불행의 조건이 될 수는 없습니다. 여기 나오는 짐과 델라 부부의 가난은 이미 가난을 넘어선 천국의 어떤 축복의 경지를 살아가는 선량의 표상이 되기에 충분한 것입니다. 그렇기 때문에 가난하다는 사실로 인해 행복을 지레 내팽개쳐 버리는 어리석은 사람은 없어야 하겠습니다.

이 이야기에서 우리는 선물의 참된 의미를 되새겨 볼 필요가 있습니다. 현명한 선물의 의미는 가장 필요로 하는 사람에게 가장 필요한 것을 제공하는 것입니다. 비록 엇갈린 선물이 되긴 하였지만, 그들 부부의 사랑은 델라의 금발이 자라듯이 깊이 샘솟아 오를 것입니다.

15
소탈하고 인간미 넘치는 대통령
– 대통령과 사환 사이 –

　　미국 제26대 대통령인 시어도어 루스벨트(1858~ 1919)는 인간미 넘치는 폭넓은 인간관계로 백악관의 말단 사환에 이르기까지 많은 사람으로부터 절대적인 존경과 인기를 모았습니다. 그의 재임 중에 백악관에 근무했던 흑인 사환 제임스 에모스는 자기가 직접 모셨던 루스벨트 대통령을 잊지 못해 『사환이 본 시어도어 루스벨트』이라는 책을 펴냈습니다.

　　이 책에는 대통령의 인간성과 성실한 대인관계를 엿볼 수 있는 다음과 같은 가슴 따뜻한 사건을 소개하고 있습니다.

　　"어느 날 나의 아내가 대통령에게 메추라기가 어떤 새냐고 물었습니다. 아내는 한 번도 메추라기를 본 적이 없었기 때문이었는데, 그때 대통령은 내 아내에게 메추라기의 모습을 자상하게 설명을 해

주었습니다.

그리고 얼마 후 우리 집의 전화기가 울렸습니다. 아내가 전화를 받아보니 상대가 대통령이었습니다. 대통령은 지금 때마침 그쪽 창밖에 메추라기 한 마리가 앉아 있으니 창문으로 내다보면 그 새를 볼 수 있을 것이라고 일러 주었습니다. 이러한 사소한 일에서도 대통령은 자상한 관심을 보여주시는 분이었습니다. 우리 집은 관저 내에 있었는데, 대통령은 우리 집 옆을 지나칠 때에는 우리들의 모습이 보이건 안 보이건 '어, 애니! 혹은 어, 제임스!' 하고 언제나 다정한 목소리로 불러 주시곤 했습니다. 이렇듯 대통령은 말단에 있는 사람에 대하여서도 차별하지 않고 진심에서 우러난 호의를 가지고 대하곤 하였습니다. 윗사람이 이런 모습을 보일 때 어떻게 아랫사람이 그를 좋아하지 않을 수 있겠습니까? 더구나 대통령의 신분으로 일개 하찮은 사환의 아내에게까지 따스한 관심을 보여주니 어느 사람이 그를 따르지 않겠습니까?"

시어도어 루스벨트 대통령의 인간관계는 봄바람처럼 훈훈합니다. 그래서 그를 만나는 것이 기쁘고 즐겁고 평안합니다. 대하는 사람마다 호감이 가고 호의를 느끼게 합니다. 대통령이라는 권위의식이 전혀 없고 모두 집안 식구처럼 대해주는 그의 소탈하고 인간미 넘치는 친화적인 인간관계는 모든 사람들을 따르게 만들었고 존경하는 대통령으로 추앙받게 하였습니다.

인간관계가 좋은 직장생활이나 사회생활은 모두가 하는 일이 즐겁게 되고 서로 협력하게 되어, 그것이 곧 인생의 즐거움이 되면서 동시에 우리의 직장이나 사회를 밝게 해주는 활력소가 되는 것입니다. 이렇듯 인간관계는 우리의 사회생활에 있어서 매우 중요한 작용을 하고 있습니다. 또 인간관계는 태도나 감정에서 뿐만 아니라 개인의 성취에도 지대한 영향을 주고 있습니다.

미국의 카네기 공업협회에서 사회적으로 성공한 만 명을 대상으로 '성공의 비결이 어디에 있는가?'를 조사했더니, 두뇌, 기술, 노력에 의한 성공률이 15%인데 비해 인간관계에 의한 성공률이 놀랍게도 85%를 차지했다고 합니다. 이것은 인간관계가 좋은 사람은 사회에서 성공하지만, 인간관계가 나쁜 사람은 실패하기 쉽다는 것을 말해 주고 있는 것입니다.

인간관계란 나 이외에 다른 사람들과 접촉하며 살아가는 데 있어서 사람과 사람 사이의 관계를 말합니다. 이 인간관계가 좋으냐 나쁘냐에 따라서 인간의 행복과 불행이 엇갈리고 성공과 실패를 좌우합니다. 그러므로 우리는 남과의 관계에 있어서 언제나 원만한 인간관계를 이루어 나아가도록 힘써서 행복하고 성공하는 인생이 되도록 해야 합니다.

16
바다 사나이의 모험을 죽음으로 지킨 선장
- 살신성인의 표상 -

1990년 2월 26일, 선장과 선원 22명을 태운 100 톤급의 자그마한 오징어잡이 배 하나 호는 만선의 꿈을 안고 경남 대변항을 떠나 동지나해로 출항했습니다. 이들이 출어한 지 사흘째 되는 3월 1일, 제주도 남서쪽 동지나 해상에서 조업을 하던 선원들이 점심식사를 막 끝낼 무렵, 갑자기 바다가 심술을 부리기 시작했습니다.

최대 풍속 18~20m에 파도가 4~5m나 되는 폭풍이 뱃전을 때리며 금방이라도 하나 호를 삼켜버릴 듯 집채 같은 거센 파도가 휘몰아쳐 왔습니다. 조타실에서 키를 좌우로 돌려가며 파도 사이를 조심스레 헤쳐 나가는 유 선장의 등엔 진땀이 배기 시작했습니다.

그때 거센 파도가 배 옆구리를 한 차례 때리면서 기관이 클럭 클럭하는 소리를 내며 회전 속도가 떨어졌습니다. 오후 1시 51분, 쿵

하는 소리와 함께 하나 호는 왼쪽 선미 부분이 물속에 잠기면서 45도쯤 기울어졌습니다.

"배가 침몰한다! 빨리 탈출하라!"

유 선장은 황급히 선원들에게 하선을 명령했습니다. 다급한 상황에서 선원들은 구명동의를 착용할 겨를도 없이 바닷물에 뛰어들었습니다. 뒤이어 내려진 구명보트가 바다 위에 뜨자 물속에서 허우적거리던 선원들이 하나둘 보트에 오르기 시작했습니다. 불과 4, 5초 사이의 일이었습니다. 선원들이 구명보트에 오른 것을 확인한 유 선장은 SOS를 치기 시작했습니다.

'배가 침몰하고 있다. 긴급 구조 바람! 긴급 구조 바람!'

배는 서서히 가라앉고 있었습니다. 그러나 유 선장은 계속 SOS를 타전하고 있었습니다. 그때 유 선장이 아직 배에 남아 있는 것을 뒤늦게 깨달은 장수남 사무장이 소리치기 시작했습니다.

"선장님! 빨리 배를 포기하고 탈출하세요!"

그러나 이 절규는 나선형의 소용돌이를 그리며 침몰하는 배꼬리에 묻혀버리고 말았습니다. 배가 기울기 시작한 지 불과 5분 만에 하나 호는 유 선장과 함께 물속으로 자취를 감추고 말았습니다.

스물한 명의 부하 선원을 구출하고 자신은 침몰하는 배와 함께 장렬한 최후를 마친 오징어잡이 어선 하나호 유정충 선장의 살신성인(殺身成仁)의 미담은 우리를 숙연하게 하는 동시에 가슴 뭉클한 진한 감동을 받게 합니다.

여기서 우리는 목숨을 바쳐 부하 선원의 생명을 구한 유 선장의 투철한 책임의식과 희생정신을 엿볼 수가 있습니다. 그리고 인정이 메말라가는 우리 사회에 아직 살신성인하는 사람이 건재하고 있다는 것을 실증해 보여주고 있습니다.

목숨은 귀한 것입니다. 우리의 목숨은 하나밖에 없습니다. 그 하나밖에 없는 목숨을 남을 위해 바친다는 것이 결코 쉬운 일이 아닙니다.

유 선장이 만일 먼저 살려고 허둥거렸다면 더 큰 비극이 일어날 수도 있었을 것입니다. 그가 선원들을 전부 하선시킨 뒤 마지막으로 친 구조 신호에 의해 스물한 명의 선원은 구조될 수 있었습니다.

위기를 만났을 때 선장은 맨 마지막에 하선해야 한다는 예로부터의 바다 사나이의 모럴을 그는 철저히 지켰습니다. 참으로 고귀한 희생이 아닐 수 없습니다.

17
이상적이고 창조적인 우정
- 참된 친구 -

　　독일의 초대 재상이었던 비스마르크는 젊은 시절
에 사냥을 무척 좋아했습니다. 그는 어느 날 친구와 함께 사냥을 나
갔는데 산길을 오르내리면서 짐승을 쫓아 정신없이 숲을 헤치고 다
니던 중에 친구가 실수를 해서 그만 수렁에 빠지고 말았습니다. 친
구는 빠져 나오려고 허우적거렸지만, 그러면 그럴수록 점점 더 수렁
으로 빠져 들어갔습니다.

　　친구가 빠진 곳은 총대로도 닿지 않아 비스마르크로서는 발을
동동 구르지 않을 수 없었습니다. 늪 안의 친구는 이제 거의 머리만
밖으로 나와 있었습니다.

　　"여보게 어서 좀 살려 주게."

　　그러나 비스마르크는 어찌 할 수가 없었습니다. 친구가 비스마르
크에게 다급하게 말했습니다.

"여보게, 뭘 하고 있는 거야. 어서 건져 주지 않고 ……."

그는 잠시 생각에 잠기는 듯하더니 갑자기 손에 쥐고 있던 총을 치켜들고 그 친구를 향해 겨누었습니다.

"아니 비스마르크, 무슨 짓이야. 날 죽이려는가?"

"자네를 구하려고 손을 내밀었다가는 나까지 빠져 죽을 거야. 그러니 손을 내밀 수도 없고 그렇다고 그대로 내버려 두면 심한 고통으로 죽어갈 테니 그 꼴도 볼 수 없고 ……. 그러니 친구로서 자네의 고통을 조금이라도 덜어주기 위해 자네를 쏘아 죽일 수밖에 없네. 죽어서라도 내 우정을 잊지 말게나."

비스마르크는 총에 실탄을 넣더니 방아쇠를 당기려 했습니다.

믿었던 친구의 갑작스런 행동에 놀란 늪 속의 친구가 총구를 피하려고 있는 힘을 다해 허우적거렸습니다. 그 바람에 늪가로 조금씩 옮겨가 수렁에서 빠져 나오는 데 성공했습니다.

그제서야 비스마르크는 얼른 반대편으로 돌아가 손을 내밀어 친구를 끌어 당겨주며 이렇게 말했습니다.

"오해하지 말게. 아까 내가 겨눈 것은 자네의 머리통이 아니라 자네의 분발심이었네."

평생 동안 서로 아끼고 도와주며 돈독한 우의 속에서 살 수 있는 참된 친구를 가진다면 그것보다 값진 재산은 없을 것이며 그보다 행복한 사람은 없을 것입니다.

그럼 참된 친구란 어떤 사람일까요?

서로 믿고 의지할 수 있고 또 서로 흉금을 털어놓고 이야기할 수 있으며 신의를 끝까지 지키는 친구가 참된 친구이겠지요. 그리고 어려울 때 서로 도울 수 있는 친구가 참된 친구인 것입니다. 그리고 친구의 사귐에는 응분의 손실도 보고 고민도 함께 나눈다는 자세가 되어 있어야 합니다.

그러나 그것보다도 의기를 투합해서 같은 목표를 향해 서로 일깨우고 자극을 주며 격려하면서 부단히 서로의 발전을 도모해 나가는 친구라면 더 바랄 것이 없는 참된 친구가 될 것입니다. 그것은 서로 협력하여 크고 높은 가치를 지향해 나아갈 때 가장 이상적이고 창조적인 우정이 탄생하기 때문입니다.

18

친구를 성공으로 이끈 우정
- 기도하는 손 -

'관포지교'는 중국 춘추시대 제(齊)나라 때 관중 (管中)과 포숙아(鮑叔牙)라는 두 친구 사이에 얽힌 고사입니다.

두 사람은 젊었을 때부터 아주 가까워서 둘도 없는 친구 사이였습니다. 친구 관중이 자기의 상전인 환공을 반역했다가 잡혀 오자 포숙아는 탄원을 해서 목숨을 구해 주었습니다. 뿐만 아니라 포숙아는 친구 관중의 인물됨을 알고 그를 자기 대신 재상의 자리에 천거를 했습니다.

보통사람 같았으면 목숨까지는 살려낸다 하더라도 정치적인 경쟁자로 오히려 견제를 했을 것입니다. 그러나 포숙아는 관중을 믿고 천거해서 그를 역사적인 인물로 만들었던 것입니다.

관중이 재상이 된 뒤에 포숙아는 그 밑에서 일을 했고, 관중은 작은 제나라를 최대의 강국으로 키우는 위업을 이루게 하였던 것입니다. 훗날 관중은 '나를 낳아 주신 것은 부모이지만, 나를 알아준 것은 포숙아이다.'라며 깊은 우정을 고백했습니다.

'기도하는 손'이라는 그림에 얽힌 이야기 또한 친구를 대성시킨 아름다운 우정입니다.

알브레히트 뒤러는 어려서부터 그림 그리기에 재능이 뛰어나 유명한 화가에게 사사하려고 도시로 나왔습니다. 거기에서 자기와 똑같은 생각을 지닌 젊은이를 만나 둘은 아주 절친한 친구가 되었습니다. 그러나 그들은 모두가 가난했기 때문에 그림 공부와 생계를 함께 이루어 나가기가 어려웠습니다. 그래서 의논 끝에 서로 도와가며 그림 공부를 하기로 약속을 했습니다.

"내가 먼저 일을 할 테니 넌 그동안 그림 공부를 해."

"아니야. 그럴 수는 없어. 내가 먼저 일을 할게."

두 친구는 서로 미루며 양보하다가 알브레히트가 할 수 없이 친구의 제의를 받아들여 먼저 그림 공부를 하기로 했습니다.

마침내 알브레히트는 유명한 화가가 되어 성대한 전시회를 갖게 되었습니다. 친구도 물론 전시장을 찾아왔습니다.

그런데 오랜만에 만난 친구의 손을 잡는 알브레히트는, 그 친구의 손이 그간의 힘든 노동으로 인해 손가락이 휘고 굳어져 그림을 그릴 수 없게 된 것을 알고 커다란 슬픔에 잠겼습니다.

알브레히트는 어느 날 집에 돌아온 친구가 그 마디진 두 손을 마주잡고 경건하게 기도하고 있는 모습을 보게 되었습니다. 순간 알브레히트는 너무나 벅찬 감동을 느꼈습니다.

'아, 저 손을 그리자. 그래서 온 세상에 나의 감사하는 마음을 그림에 담아 보여주자.'

이 우애와 감사의 그림 '기도하는 손'은 이렇게 해서 오늘날 온 세상에 알려지게 되었습니다. 참으로 감격스런 우정이 아닐 수 없습니다.

동양의 '관포지교(管鮑之交)'와 서양의 '기도하는 손'에 얽힌 우정 이야기입니다. 동서양의 우정을 견주어 볼 수 있는 아름다운 이야기가 우리를 감동케 합니다.

모두가 흔히 볼 수 있는 우정이 두텁다거나 신의가 있었다든가 하는 우정과는 달리, 친구를 밀어주어서 대성시킨 참으로 보기 드문 귀감이 되는 우정입니다.

뜻을 같이 하여 위대한 것에 공통의 목표를 가지고 서로 일깨우고 자극을 주고 격려하면서 부단히 서로의 발전을 도모해 나가는 친구라면 더 바랄 것이 없는 참된 친구입니다.

우리는 참된 친구를 갖도록 힘써야 합니다. 평생 동안 서로 아끼고 도와주며 돈독한 우의 속에서 살 수 있는 참된 친구를 가진다면 그보다 값진 재산은 없을 것이며 그보다 행복한 사람은 없을 것입니다.

19

순수하게 주고받은 정다운 마음씨
– 배려하는 마음 –

어느 운전자가 고속도로를 운행하고 있었는데 바로 옆에 가던 차가 자기 차 앞으로 들어오고 싶어 손짓하며 쳐다보기에 속도를 늦춰가며 자리를 내주었다고 합니다. 그랬더니 들어오면서 고맙다고 웃으면서 인사하고 또 계속 운전하면서 한손을 들어 흔들며 차가 멀어질 때까지 고마움을 표시하더라는 것입니다.

그는 점점 멀어져가는 앞차를 바라보면서 흐뭇한 미소를 오랫동안 지울 수 없었다고 합니다. 그날 이 작은 고마움의 표시가 하루 종일 그의 기분을 좋게 만들어 주었을 뿐만 아니라, 그날따라 상점의 매상이 여느 때와는 달리 많이 올라 즐거운 날이 되었다는 사연입니다.

어떻게 보면 아무것도 아닌 것 같은 사연입니다. 사실 손을 흔들며 고마움을 표시하는 일은 전혀 어렵지 않은 작은 마음의 표시에 불과합니다. 그럼에도 나에게 잔잔한 감동을 주는 것은 어인 까닭일까요? 그것은 이 두 사람이 주고받은 행위가 너무도 자연스럽고 아름다운 인간상을 보는 것 같았기 때문입니다.

인간은 주고받는 수수적(授受的) 존재입니다. 주고받음이 없이 인간은 살아갈 수가 없습니다. 산다는 것은 곧 주고받는 것입니다. 주고받는다는 것은 인간의 가장 기본적인 행동이요 원초적인 관계입니다. 주고받는 것은 유무상통하는 길이요 희로애락을 함께 나누는 방법이기도 합니다. 그래서 남에게 받으면 다시 남에게 돌려주어야 하는 것입니다. 그런데도 사람들은 주기보다는 받기를 좋아하고 받으면 갚을 줄을 모릅니다. 인간의 불행은 여기서 비롯되는 것입니다. 앞의 이야기 속에 나오는 두 사람이 주고받는 행위는 얼마나 아름답습니까. 앞자리를 내어준 사람이나 편의를 제공받은 사람이 서로 주고받으며 나눈 마음 씀씀이가 너무나 자연스럽고 아름답습니다.

기쁜 마음으로 자리를 내주고 또 감사하는 마음으로 정다운 인사를 보내는 그 순수한 감정은 자연스런 인간 본성의 발로가 아니겠습니까? 그리고 비록 작은 일이지만 그것으로 인해 두 사람 모두에게 기분 좋은 하루를 만들어 주었다면 그것이야말로 아름다운 보상이 아니겠습니까?

주고받는다는 것은 서로가 도움이 되는 것이요 이익이 되는 것입니다. 그러므로 주고받을 때에는 순수한 마음으로 주고받아야 합니다. 그래야만 주는 것이 축복이 되고 받는 것이 은혜가 됩니다.

세상에 언제까지나 주기만 하는 사람 없고 또 언제까지나 받기만 하는 사람도 없습니다. 세상만사는 새옹지마입니다. 잃는 것이 있으면 얻는 것이 있기 마련인 것처럼 주면 받을 때가 있고 받으면 줄 때가 있는 법입니다.

예수님은 "주어라. 그러면 받을 것이니 너희에게 무르고 흔들어 넘치게 부어주실 것이다. 너희가 남에게 되어 주는 것만큼 되돌려 받을 것이다"라고 했습니다. 우리는 남에게 주고 베풀며 살아가기를 힘써야 합니다. 인생의 진정한 행복은 남에게 주는 생활에 있습니다. 순수한 마음으로 이웃에게 무엇인가를 주는 사람이 되어야 합니다. 준다는 것은 인생의 덕이요 엄청난 축복입니다. 주는 자는 어디를 통해서든지 반드시 받게 된다는 것이 인생의 철리입니다.

"주는 자에게 복이 있다"는 예수님의 가르침을 마음속에 새겨 두어야 하겠습니다.

20

죄가 없는 자가 먼저 돌로 쳐라

− 죄의식과 양심 −

유태 나라의 율법학자와 바리새파의 사람들이 간음하다가 잡힌 여인을 끌고 와서 가운데 세워놓고 예수님에게 물었습니다.

"선생님, 이 여자가 간음하다 현장에서 잡혔습니다. 모세의 율법에는 이런 여자를 돌로 쳐 죽이라고 했습니다. 그런데 선생님은 이에 대해 어떻게 생각하십니까?"

그들이 이런 질문을 한 것은 예수님을 시험하여 고발할 구실을 찾기 위해서였습니다.

그러나 예수께서는 아무 말도 하지 않고 몸을 굽히고 손가락으로 땅바닥에 무엇인가 쓰고 있었습니다. 그래도 그들이 계속해서 질문을 해오자 예수께서는 자리에서 일어서며 그들에게 이렇게 말씀하였습니다.

"너희 가운데 죄 없는 사람이 먼저 이 여자를 돌로 쳐라."

그러자 그 말을 들은 사람들은 양심의 가책을 받고 나이 많은 사람으로부터 시작하여 하나씩 둘씩 모두 물러가고 예수님과 거기에 서 있는 여자만 남게 되었습니다.

예수께서 일어서시며 여인에게 말했습니다.

"여인아! 그 사람들이 다 어디 있느냐? 너를 정죄한 사람이 하나도 없느냐?"

"주님, 하나도 없습니다."

"그럼 나도 너를 정죄하지 않는다. 다시는 죄짓지 말라."

신약성서에 나오는 이 유명한 이야기는 무엇을 의미합니까? 우리는 모두 하나님 앞에서는 죄인이며 죄인 아닌 사람은 이 세상에 한 사람도 없다는 것을 말해 주고 있습니다.

죄란 무엇인가? 국어사전을 살펴보면 '사회적으로나 또는 도의에 벗어난 행위나 생각'이라고 적혀 있었습니다. 도덕상으로 그릇된 짓이나 양심을 속이는 일이 다 죄라고 했습니다.

이렇듯 죄란 사회적으로 도덕적으로 용납이 되지 않는 행위나 생각을 말하는 것입니다.

물론 실정법상으로는 '법률을 위반하는 행위'만을 죄라고 봅니다. 따라서 법의 정신은 법에 위반하지 않는 한 죄가 성립되지 않는 것으로 되어 있습니다.

그러나 우리가 몸담고 있는 이 사회에는 법의 정신 이전에 인간이 이성과 양심으로 지켜야 할 일정한 도덕적 기준이 엄연히 존재합니다.

　인간의 심성 속에는 다행스럽게도 인간의 죄에 대한 도덕적 제동장치인 양심이 자리 잡고 있습니다. 양심은 인간이 갖는 최고의 빛이요 최고의 권위입니다. 인간이 인간답게 산다는 것은 양심의 명령대로 생각하고 행동하는 것입니다. 아무도 간음한 여인을 정죄하지 못한 것은 모두가 양심의 명령에 따랐기 때문입니다.

　메난드로스는 '양심은 우리 내면에 있는 하나님의 음성'이라고 했습니다. 그래서 양심에는 누구도 도전할 수 없는 권위가 있고, 거역할 수 없는 힘이 있습니다. 그러므로 우리는 항상 양심의 소리에 귀를 기울이고 두려운 마음으로 양심의 명령에 따라야 합니다. 그것만이 인간이 죄 짓지 않고 평온하게 살아 나갈 수 있는 유일한 길입니다.

제3부

세상을
밝히는 등불

21

나의 존재 가치는 어떤가
– 한구석 밝히기 –

에드워드 보크는 일찍이 열두 살 때에 고국 네덜란드를 떠나 미국에 이민으로 건너왔습니다. 어릴 때 부모를 여의고 할아버지 손에서 자라난 어린 에드워드가 정든 고향을 버리고 외톨이 이민으로 멀리 미국 신대륙으로 떠나지 않으면 안 되었을 만큼 그의 가정은 보잘 것 없고 가난했기 때문이었습니다. 손자의 배를 탈 수 있는 경비를 간신히 마련해 준 할아버지는 어린 에드워드의 머리를 어루만지면서 마지막 작별을 고했습니다.

"에드워드야, 너에게 꼭 일러주고 싶은 말이 있다. 너는 이제부터 어디를 가든 너로 말미암아 네가 있는 곳이 어떤 모양으로라도 보다 나아지도록 힘써라. 이것이 내가 너에게 주는 마지막 교훈이다. 너는 이것을 명심해서 잊지 말고 실행하거라."

어린 에드워드 보크가 미국 보스턴에 상륙했을 때에는 1달러도

안 되는 돈이 남아 있었습니다. 어떻게든 살아야만 했던 그가 손쉽게 시작할 수 있는 것은 신문을 파는 일이었습니다. 그는 사람들이 많이 오가는 거리 한 모퉁이에서 신문을 팔면서 할아버지가 일러준 교훈대로 우선 길거리에 흩어져 있는 종잇조각과 담배꽁초를 치우기도 하고 길거리를 쓸기도 했습니다. 신문 파는 어린애가 나타난 다음부터 거리가 눈에 띄게 깨끗해지자 이웃 사람들의 칭찬이 자자했고 덕분에 신문도 많이 팔 수 있었습니다.

그 후 에드워드는 이웃 사람들의 도움으로 몇몇 다른 직장을 옮겨 다니며 경험을 얻은 후에 마침내 커티스 출판사에서 일하게 되었습니다. 그의 첫 일자리는 사무실과 판매장을 청소하며 심부름을 하는 사환이었습니다. 그는 여기서도 할아버지의 교훈을 생각하며 보다 나은 일터를 만들기에 힘썼습니다. 어린 사환이 들어온 후로 이 영업소는 몰라보게 깨끗해졌고 점포의 분위기가 일신되면서 판매량도 늘어났습니다.

이러한 변화를 눈여겨보던 그의 상사는 그를 점원으로 특채하였으며, 이후 회사에서는 그의 성실성과 능력을 높이 평가하여 중요한 직책을 두루 거쳐서 중역의 한 사람이 되었으며, 마침내는 사장님의 예쁜 딸과 결혼하는 행운아가 되었습니다. 그가 40고개를 넘었을 때 그는 이미 다채로운 경험을 쌓아서 경제적으로 또 인격적으로 미국 사회에서 손꼽히는 존재가 되었습니다. 그가 이렇게 되기까지 그는 하루도 할아버지의 마지막 교훈을 잊은 날이 없었습니다.

그는 1925년 사업계에서 은퇴할 때까지 일생을 통하여 '내가 살고 있는 이 미국을 어떻게 보다 살기 좋은 나라로 만들 수 있을 것인가?' 하는 일념으로 여러 가지 사업을 전개하여 큰 공적을 남겼습니다. 이 사람이 바로 그 당시 전 세계적으로 널리 알려진 미국 필라델피아의 커티스 출판사의 사장으로, 매우 권위 있는 몇 개의 잡지와 일간 신문을 발간해서 미국 국민들에게 여러 방면에 걸쳐 지대한 영향을 끼친 에드워드 보크(Edward Bok)입니다.

열두 살 어린 나이에 의지할 곳이라곤 하나도 없는 낯선 이국땅에서 혼자서 꿋꿋하게 살아가는 것만도 가상하기 이를 데 없는데 항시 할아버지의 마지막 교훈을 잊지 않도록 힘써 주위 환경에 좋은 영향을 끼치면서 자기의 존재가치를 뚜렷이 나타낼 수 있었던 에드워드의 이야기는 참으로 감격스럽습니다.

이제 우리는 스스로 존재가치에 대하여 깊이 있게 생각을 해 보아야 합니다. 나는 어떤 존재로 살아가고 있는지, 에드워드처럼 자기가 있는 곳이 어떤 모양으로든지 보다 나아지도록 최선을 다하여 그 한 구석을 밝히며 살고 있는지, 아니면 겨우 자기의 구실만을 다하는 것으로 만족하며 묵묵히 살아가고 있는지, 그것도 아니면 나 같은 것이 무슨 존재 가치가 있느냐며 자기를 비하하고 한탄하면서 그럭저럭 살아가고 있지는 않는지 자문해 보아야 합니다.

이 세상에 태어난 이상 우리는 무엇인가 보람 있는 일을 해야 하고 가치 있는 존재로 흔적을 남기고 가야 합니다. 범은 죽어서 아름다운 가죽을 남기고, 사람은 죽어서 훌륭한 이름을 남겨야 한다고 하였습니다. 인간으로 태어나 아무런 업적도 유산도 남기지 못한다는 것은 부끄러운 일입니다. 작게는 내 가족과 자손 그리고 직장을 위하여, 크게는 지역 사회와 내 민족과 내 나라를 위하여 무엇인가 기여하는 바가 있어야 합니다.

이 땅에 태어난 이상 내가 살고 있는 곳의 한구석을 밝히는 내 존재의 흔적을 남겨놓고 가야 합니다. 이것이 사람 사는 의미요 보람이요 사명입니다. 내 인생이 의미 있는 존재라고 자부할 수 있다면 자기만을 위하여 살 것이 아니라, 남을 위한 봉사를 통하여 나의 존재를 뚜렷이 하고 나의 업적을 남겨야 합니다. 인간의 가치 평가는 결국 어떤 존재로 어떤 업적을 남겨 놓았느냐에 의해서 결정되는 것입니다.

22
미네소타와 한국의 각별한 인연
- 청출어람이 된 보답 -

　미국 중서부 북단에 있는 미네소타 주는 우리나라와 각별한 인연이 있는 곳입니다. 춥기로 유명한 이곳은 면적은 한반도보다 크지만, 인구는 고작 540만을 헤아리는 작은 주입니다. 그런데도 이곳에는 6·25 전쟁 때 참전 군인이 유난히 많습니다.

　맥아더 사령관이 본국에 '한국의 혹한을 견딜 군인을 보내 달라.'는 요청에, 일 년 중 거의 절반이 겨울인 미네소타 출신이 대거 차출되었습니다. 그래서 한국 땅을 밟은 미네소타 출신 군인이 자그마치 9만 4천 명이나 됩니다. 이들은 1950년 겨울 미군이 개마고원에서 중공군과 벌인 장진호 전투에 투입되었습니다. 이때의 치열한 전투에서 미네소타 출신 군인 4천여 명이 전사했다고 전해오고 있습니다.

　이렇듯 한국전 참전용사가 많은 까닭에 일찍부터 한국에 대한 이해와 애정이 컸습니다. 이런 인연으로 해서 미네소타에는 한국 입양아가 2만 8천 명이나 살고 있습니다. 이곳에서는 한국 교포들이 약 1만 5천여 명이 거주하고 있으며 한때 백혈병 골수이식을 받았던 공군사관생도 성덕 바우만도 이곳 미네소타 출신이었습니다.

미네소타 주의 한국과의 인연은 '미네소타 프로젝트'로 한층 더 깊어졌습니다. 1955년부터 7년간 1,000만 달러를 투입해 220여 명의 한국인 공·농·의학도를 미국에서 공부시키는 프로그램이었습니다. 제2차 세계대전 후 개발도상국 교육원조 사업 중에 최대 규모였으며, 훗날 가장 성공한 사업으로 평가받고 있습니다.

이 프로젝트의 지원으로 한국의 공업·농업·의학 분야에 획기적인 발전을 가져왔습니다. 이 프로젝트의 총괄 자문관을 맡았던 사람은 미네소타 대학 의대학장을 지낸 닐 골트 교수였습니다. 1959년부터 2년간 서울에 머물며, 젊은 한국 교수 요원을 미네소타에 보내는 일을 맡아 성공적으로 일을 해낸 참으로 고마운 우리의 은인이었습니다.

그런 그가 2008년 10월 췌장암으로 임종을 앞뒀다는 소식이 전해지자, 보사부장관을 지낸 권이혁 서울대 의대 명예교수가 86세의 노구를 이끌고 급히 미국으로 떠났습니다. 그분의 지상에서의 마지막 인사를 하러 찾아간 것입니다.

권이혁 교수도 미네소타 연수생 출신입니다. 당시 미국에서 선진 의술을 익힌 70여 의사 중 세 명만 빼고 미국에 남으라는 제안을 뒤로 하고 모두 고국으로 돌아왔습니다. 그들이 한국의 의학 교육을 바꾸고 인턴, 레지던트 교육제도를 만들고 진문의 체계를 발전시켜 오늘과 같은 한국 의료 발전의 기틀을 세웠던 것입니다.

권이혁 교수를 만난 골트 교수는 '한국이 눈부시게 발전해 우리가 오히려 고맙다.'는 말을 남겼다고 합니다. 한국의 발전을 자랑스러워하는 그들의 마음 씀씀이에 깊은 감동을 받게 됩니다.

은혜를 입은 자는 남에게서 받은 도움이나 신세를 고맙게 알고, 그 은혜에 보답할 줄 알아야 합니다. 이것이 인간된 도리입니다.

그런데 우리는 막대한 은혜를 입었음에도 미네소타에 보답할 길이 없었는데 뜻밖의 일이 생겼습니다. 그것은 60여 년 전 우리에게 선진의술을 가르쳤던 미네소타 대학병원이 의료진 30여 명을 우리나라 서울아산병원 외과 이승규 교수팀에 보내, 한국의 한 발 앞선 생체 간이식을 배우고 갔습니다.

제자가 스승을 가르치게 된 이른바 청출어람(靑出於藍)이 된 셈입니다만, 조금은 그 큰 은혜에 보답할 수 있게 된 것 같아 마음이 가벼워진 느낌입니다.

23

에티오피아에 최고의 병원을 세운 명성교회
- 김삼환 목사의 장학사업 -

"밥 굶어선 안 되지요."

서울 강동구 명일동 명성교회 김삼환 원로목사와 대화를 나누다 보면 자주 듣게 되는 말입니다. 신도 10만 명에 이르는 서울 강동지역의 대표적 개신교 목회자의 입에서 '밥 굶는다.'는 이야기를 듣는 것은 아이러니컬한 일이 아닐 수 없습니다.

그러나 김 목사와 명성교회 성도들은 밥 굶는다는 것이 뭔지, 그 고통이 어떤 의미인지 잘 알고 있습니다. 그래서 교회 안이건 밖이건 '밥 굶는 이'를 보면 견디기 힘들어 합니다.

40여 년간 전국 7곳에서 벌이고 있는 장학관(기숙사) 사역과 이역만리 아프리카 에티오피아에 설립한 MCM병원은 그런 동병상련에서 시작되었습니다.

강남이나 잠실에 교회 건물을 세 얻을 돈이 없어 강동구 명일동 변두리 버스 종점 앞 상가 건물에 세 들어 시작한 교회였지만, 명성교회는 1980년 설립 4년 후인 1984년부터 지방 학생들을 위한 장학관을 설립했습니다. 시작은 농어촌 교회 목회자 자녀 10명의 숙식을 돕기 위해 교회 인근에 주택을 구입한 것인데, 지방 1호는 전남 목포였습니다.

"당시만 해도 목포 주변의 섬 출신 학생들은 서울은 엄두도 못 내고 목포까지 나오는 것만 해도 '유학'이라고 했어요. 현지 주민들의 어려운 사정을 듣고 목포에서부터 장학관을 시작하게 됐죠."

이어 광주·전주·순천 등 호남지역에서 먼저 장학관을 개설한 이후 대구·부산으로 확대했습니다. 명성장학관은 현재 7개 도시에 수용인원 260명 규모로 성장했으며, 여기를 거쳐 간 학생은 4,400여 명에 이르며, 교수, 외교관, 변호사, 의사, 성악가, 목회자가 수두룩하게 배출됐습니다.

2010년 김 목사는 20년간 외부 집회 사례비를 모아뒀던 60억 원으로 은파장학회를 설립했습니다. 은파장학회는 매년 장학금으로 7억 원, 그리고 장학관 운영비로 3억 원을 사람을 기르는 데 쓰고 있습니다.

아프리카 에티오피아는 한국전쟁 때 우리나라를 도와준 나라입니다. 이 나라의 수도인 아디스아바바에는 명성교회가 세워준 이 나라 최고의 현대식 병원 MCM병원이 있습니다. MCM은 명성 크리스천 메디컬 센터로, 에티오피아를 찾는 한국인들이 국민적 자부심을 느끼게 하고 있습니다. 명성교회가 100년 전 미국 선교사들이 한국에 세브란스 병원을 세워주었던 것처럼 이곳에 가장 좋은 병원을 세워준 것입니다. 참으로 자랑스러운 일을 명성교회가 해낸 것입니다.

명성교회가 이 병원을 설립하게 된 것은, 1993년 선교를 위해 에티오피아를 찾았던 김삼환 목사 일행이 현지의 너무도 열악한 환경을 보고, 숙박비를 아껴 에티오피아 중부에 기부하면서 시작되었습니다. 이것을 계기로 이곳에 병원을 세울 계획을 세운 김 목사는 많은 성도들의 호응을 얻어 뜻을 세운 지 10년 만에 이루게 되었습니다. 2014년 11월 84개 병상을 갖춘 3층 건물에 문을 열었습니다.

2010년에는 여기에 의과대학(MMC)도 개교했습니다. 이 의대에는 한국인 유학생들도 점수를 못 따면 유급시키는 등 엄격한 학사관리로 유명할 정도로 명문의대로 발돋움하고 있습니다.

명성교회는 이제 MCM병원의 독립운영을 생각하고 있습니다. 김 목사는 미국 선교사들이 우리에게 세브란스 병원을 줬듯이 이젠 에티오피아인들에게 병원 운영을 맡길 생각이라고 했습니다.

24

학교 짓고 우물 판 지구촌 공생회
— 월주 스님의 봉사 기행 —

　　지구촌공생회의 이사장인 월주(月珠) 스님은 오늘도 바쁘게 여러 나라를 돌고 있습니다. 오늘 아프리카의 케냐로 날아가는 것은, 외딴 마을에 신축한 태공학교와 만해학교 준공식에 참석하기 위해섭니다. 올해에 벌써 세 번째 해외 나들이입니다. 지난 1월엔 캄보디아 유치원 준공식, 3월에는 미얀마 초등학교 준공식을 가졌습니다.

　　케냐의 학교들은 2003년 지구촌공생회 창립 후 제3세계에 지어 준 50번째 교육시설입니다. 월주 스님은 특히 이번 케냐 방문에 대해 뜻깊게 여겼습니다. 지난 2012년 수상한 '만해대상' 상금 5,000만 원 전액을 기부하면서 설립된 만해학교와 자신의 법호를 딴 태공학교를 준공했기 때문입니다. 그는 '상을 받으면 좋다. 또 누굴 도울 수 있으니까.' 하며 즐거워했습니다.

이곳에 새 건물을 짓기 전엔 풀과 함석 석판으로 지붕을 얹은 움막 같은 곳에서 공부했던 아이들이 이젠 번듯한 교실을 갖게 된 것입니다. 당초 만해학교는 초등학교 설립을 계획했으나, 현지 교육당국이 중고등학교가 시급하다고 해서 중고등학교로 완공해서 개교하게 된 것입니다.

월주 스님은 학교뿐만이 아니라, 주민이 무엇보다 바라는 식수문제 해결에 나섰습니다. 지금까지 우물은 캄보디아에 2,169개, 케냐에 17개, 몽골에 13개를 파주었고, 미얀마엔 주민 천여 명이 사용할 수 있는 대형 물탱크 15개를 설치해 주었습니다.

이번 케냐 방문이 끝나면 또 캄보디아와 네팔 방문이 예정되어 있습니다. 작년엔 해외 구호를 위해 8차례나 해외를 다녀와야 했습니다. 이렇듯 80노구를 이끌고 바쁘게 살아가는 월주 스님의 얼굴엔 주름살도 별로 없는 모습이 나이보다 더 젊어 보입니다.

"건강요? 아무렇지도 않아요. 오히려 더 좋아져요. 도와주러 간다는 기쁨, 그리고 도움 받는 사람들이 즐겁고 기뻐할 것을 생각하면 행복감이 충만해집니다."

그러면서 그는 국내에 있으면 시끄러운 일이 많아서 나도 걱정이 많아진다며 남을 돕다 보면 걱정도 시름도 잊게 된다고 말하고 있습니다. 말이 쉬워 그렇지 그가 돕는 지역은 황열병 예방주사를 맞고 말라리아 약을 먹어야 갈 수 있는 곳들입니다. 그렇지만 그는 즐겁다고 말합니다.

지구촌공생회는 주로 동남아 지역을 도왔는데, 이들 지역은 대부분 불교국가라는 인연이 있기 때문이었습니다. 그러다가 2010년대에 들어서는 좀더 멀리 손을 뻗어보자는 생각으로 아프리카도 돕게 된 것입니다. 그러나 아프리카에 창궐한 에볼라 바이러스 때문에 준공식은 올해로 늦춰졌습니다. 현지의 아이들은 벌써 '올마피테트 만해 중고등학교'라는 로고가 적힌 티셔츠를 입은 사진을 보내며 스님 일행이 오시기를 기다리고 있습니다.

항상 필요한 액수를 초과해 모금하는 것도 월주 스님의 특기, 그 덕택에 학교 건물만 지으려다 각종 부대시설까지도 갖춰 더 번듯하게 지원해 줄 수 있었고, 또 우물도 많이 파줄 수가 있었습니다.

월주 스님은 지구촌공생회 건물 같은 것 짓지 않고 어려운 이들만을 돕는다는 걸 아니까 기꺼이 후원해 주시는 것 같다며, 후원자들에게 감사의 뜻을 잊지 않았습니다.

25

가정은 사랑과 도덕의 학교
– 단란한 가정의 모습 –

"어머니" 하고 아이가 봉투를 내밀었습니다.

은행에 취직한 딸이 첫 월급을 타서 어머니에게 드리는 것입니다.

"그래!"

어머니는 봉투를 앞에 두고 눈물겨워하였습니다.

"네가 쓰지, 봉투째 가져왔냐?"

"첫 월급인걸요."

딸이 말했습니다.

"오냐, 아버지께 뵈어 드려야지."

어머니는 월급봉투를 두 손으로 받쳐 들다시피 하며 서재로 건너갔습니다.

"여보, 그 애가 첫 월급을 타서 봉투째 가져왔어요."

자기기 첫 월급을 탄 것만큼이나 자랑스러운 어조였습니다.

아버지도 대견스럽게 여기지 않을 수 없었습니다.

"돌려주시오. 사회에 처음 나갔으니 살 것이 한두 가지겠소?"

아버지의 말이었습니다.

"그렇고말고요."

어머니는 월급봉투를 받쳐 들고 돌아갔습니다. 그러나 얼마 후에 중학교에 다니는 어린 것이 서재로 뛰어들었습니다.

"아버지, 아버지!"

"왜?"

아버지는 어린것이 무슨 큰일이라도 전하려고 달려온 것으로 알았습니다.

"언니가 월급을 탔대요."

어린것도 자기가 월급을 받은 것처럼 흥분하고 상기되어 있었습니다. 남자 아이임에도 누나를 어릴 때부터 언니라 불렀습니다.

"그래?"

아버지는 모른 체하고 놀라는 표정을 지어 보였습니다.

"언니가 이만큼 월급을 타서 선물을 사준대요."

그리고 나서 중학교에 다니는 어린것은 신바람이 나서 안방으로 갔습니다.

잠시 후에 맏이가 들어왔습니다. 맏이는 대학에서 교편을 잡고 있었습니다.

"아버지, 아무개가 월급을 타 왔어요."

아무개라는 것은 누이동생을 말하는 것입니다.

"그래!"

아버지의 대답이었습니다.

"허어참, 허어참"

'허어참'은 낭패를 뜻하는 소리가 아닙니다. 대견하고도 매우 놀랍다는 뜻입니다.

"직장에 나가면 으레 월급을 타는 것 아니냐."

일부러 아버지는 능청을 부렸습니다.

"그래도요."

맏이의 대답이었습니다. 맏이뿐만 아니었습니다. 어린것들이 차례로 한 사람씩 아버지에게 그 사실을 보고하기 위하여 서재로 드나들었습니다.

그날 저녁이었습니다.

"여보, 오늘은 가정예배 보도록 했어요."

아내가 알려 주었습니다.

예배가 끝났습니다.

"자아, 이것은 네 선물"

딸은 가족들에게 하나씩 선물을 나눠 주었습니다. 어머니에게 바친 월급에서 돈을 타낸 모양이었습니다.

"이건 어머니 것"

어머니에게도 선물을 돌렸습니다. 물론 값어치를 따지면 하찮은 것이었습니다. 하지만 어머니는 엄청난 선물이라도 받은 것처럼 사뭇 감격스러운 표정이었습니다. 물론 아버지에게도 빠뜨리지 않고 선물을 주었습니다.

그 주일에는 이른 아침부터 어머니가 서둘러 수선을 떨었습니다.

"봉투 새하얀 것 사가지고 온."

일부러 아들을 문방구에 보내 하얀 이중봉투를 사오게 하였습니다.

"감사 연보를 드려야지."

딸의 월급 중에서 얼마를 떼어 예배당에 감사 연보를 하였습니다.

어느 단란하고 행복한 가정의 모습입니다. 이 얼마나 아름답고 정겨운 가정의 모습입니까?

한 가족이 아니면 다른 어떤 곳에서도 누구에게도 맛볼 수 없는 잔잔하면서도 진한 감동을 주는 이 글을 보면서 가정이라는 곳은 바로 이런 곳이구나. 또 이래야 하겠구나 싶어 다시 한 번 자신의 가정을 되돌아보게 합니다.

난생 처음으로 월급을 탄 것에 대한 가족 구성원들의 반응은 너무나 순수하고 아름답습니다. 비록 자기가 탄 월급이 아닐지라도 그것이 자랑스러워 자기 일처럼 기뻐하는 형제들, 또 딸이 송두리째 가져온 월급봉투를 받아들고 무척이나 대견해서 눈물겨워하는 어머니와 아버지, 애써 번 돈이지만 아무런 미련도 계산도 없이 형제나 부모를 위하여 아낌없이 쓸 수 있는 딸아이, 그리고 가족 간에 따뜻하게 부딪치는 정과 정, 이것은 한 가정 안에서 생활을 함께 하는 가족이 아니면 볼 수 없는 정겨운 모습입니다.

거기에는 순수한 사랑이 있고, 훈훈하고 따스한 정이 오가고, 서로 돕고 아끼고 보살피는 협동이 있고, 이해와 대화가 꽃피고, 신뢰와 정성으로 서로가 희생하는 휴머니티가 있습니다. 또 잘못이 있어도 서운한 일이 있어도 괴로운 일이 있어도, 한 핏줄을 나눈 가족끼리는 모든 것이 애정의 이름으로 용서되고 이해되고 감싸줍니다. 그러면서 즐거운 일이 있으면 같이 즐기고 슬픈 일이 있으면 같이 슬픔을 나누는 곳, 이것이 가정입니다.

사회가 복잡해지고 생존경쟁이 심해질수록 우리에게는 생활의 보금자리가 필요합니다. 고달픈 몸을 편히 쉬게 하고 상한 심령을 감싸주는 안식처가 요구됩니다. 이런 것들을 다 받아들일 수 있는 곳은 오직 가정밖에 없습니다. 가정은 인생의 영원한 안식처요, 평화와 행복의 보금자리입니다. 이것은 과거에도 그랬고 현재도 그렇고 미래에도 영원히 그래야만 할 것입니다.

26
정승이 버선발로 맞이한 손님
- 스승을 존경해야 할 이유 -

　　옛날 어느 정승이 아버지의 권세를 믿고 스승을 우습게 여기고 공부를 게을리하는 아들의 방자한 언동을 보고 몹시 걱정이 되었습니다. 어떻게 하면 아들의 잘못된 생각을 고쳐 줄 수 있을까 골똘히 생각한 정승은 스승에게 편지를 보냈습니다.

　　내일 정오에 선생님을 초청한다는 내용이었습니다.

　　그날 정승 댁에서는 아침부터 귀한 손님이 오신다고 한참 부산을 떨었습니다. 정승 댁 아들은 얼마나 높으신 분이 오시기에 이렇게 야단법석인가 싶어 마음 졸이며 아버지와 함께 손님이 오시기를 기다렸습니다.

　　이윽고 손님이 오셨다는 전달을 받은 정승은 버선발로 뛰어나가 그 손님을 정중하게 맞아들였습니다.

　　그런데 이게 어찌된 일입니까? 매우 높으신 분이 오실 줄 알았는데 뜻밖에도 손님은 자기를 가르치는 선생님이었습니다. 아들 녀석은 크게 당황했습니다.

아버지 위로는 높으신 어른이 임금님밖에 없는 줄 알았는데, 정승인 아버지가 쩔쩔매며 맞절을 하는 높으신 어른은 다른 사람이 아닌 평소 우습게 여겨왔던 자기의 선생님이었습니다.

그제서야 아들은 선생님에 대한 잘못된 생각을 크게 뉘우치고 그 후로는 선생님에게 예의를 갖추고 스승의 말씀에 잘 따르게 되었다고 합니다.

'스승의 그림자는 밟지도 않는다'는 말은 이제 옛말이 되었지만, 그 같은 정신을 바라는 마음은 여전히 남아 있습니다. 그것은 스승을 존경하는 풍토가 조성되어 있지 않고서는 교육이 제대로 이루어지지 않기 때문입니다.

교육은 스승의 권위가 인정될 때 진정한 의미의 교육이 가능합니다. 스승의 권위는 본인 자신의 능력과 언동에도 달려 있지만, 동시에 주위에서 어느 정도 권위를 인정해 주느냐에 따라서도 크게 달라집니다. 앞에서 본 바와 같이 정승이 스승을 존경하는 본을 보여준 것은 따지고 보면 스승 존경은 단순히 선생님을 위한 것만이 아닙니다. 내 자식을 바르게 키우기 위해 그렇게 해야 하는 것입니다. 모두가 교육을 위한 관심이요 배려인 것입니다.

배우는 자는 가르치는 자에 대해서 일종의 권위를 느끼기 때문에 배울 수 있습니다. 가르치는 자가 배우는 자에 대해서 아무런 권위를 갖지 못한다면 교육은 불가능합니다. 교육은 권위의 터전 위에서 이루어지는 것입니다. 스승을 존경해야 할 이유가 바로 여기에 있습니다.

물론 스승도 인간으로서 성격의 장단점이 있고, 지식에 더러는 불확실한 면이 있을 수 있으며, 행동에도 납득이 되지 않는 점이 있을 수 있습니다. 스승이라고 해서 신이 아닌 이상 인간으로서의 한계가 있는 것입니다. 스승을 신과 같은 지위에 놓고 볼 수는 없습니다.

스승도 어디까지나 인간입니다. 스승에게 다소간에 부족함이 있다 해도 아름다운 모습만 보도록 노력해야 합니다. 그것이 교육을 위하는 것이요, 자녀 교육에 도움이 되는 길입니다. 어쩌다 자녀가 보는 앞에서 학교 선생님을 경멸하는 언동을 한 일은 없는지, 부모로서의 책임을 다하지 못하면서 자녀의 잘못을 학교 선생님의 탓으로 돌리고 있지는 않는지 곰곰이 반성해 볼 일입니다. 적어도 아이들에게는 하늘처럼 보이는 스승의 존재가 되어 있을 때 교육은 제구실을 다할 수 있는 것입니다.

27

가족을 살린 집 타는 불기둥
- 생명의 불기둥 -

노르웨이에 한 어부가 있었습니다. 그 어부는 두 아들을 데리고 바다에 자주 나갔습니다. 그는 두 아들이 좋은 어부가 되었으면 하고 생각했습니다.

화창한 봄날 삼부자는 낚시 준비물을 챙기고 어머니는 점심을 정성껏 준비했습니다. 어부의 아내는 선창까지 나가서 삼부자를 배웅했습니다.

그런데 오후가 되자, 그처럼 맑은 날씨가 갑자기 음산해지면서 바람이 세차게 불고 하늘은 먹구름으로 캄캄해지면서 폭풍과 함께 장대비가 쏟아지기 시작했습니다. 삼부자가 탄 조그마한 배는 쉴 새 없이 곤두박질했습니다. 맹렬히 배를 때리는 파도와 싸우는 그들은 방향을 도무지 잡을 수 없었습니다. 밤이 왔습니다. 그들의 마음속에서도 절망의 밤이 밀려왔습니다.

"도무지 방향을 잡을 수 없구나."

그때 둘째 아들이 '아버지, 저쪽이에요. 저 점점 커지는 불기둥을 보세요. 우리는 살았어요.' 하고 소리쳤습니다.

삼부자는 희망을 품고 필사의 힘을 다해 포구를 향해 노를 저었습니다. 가까스로 포구에 도착한 삼부자는 기뻐서 어쩔 줄 몰랐습니다. 그런데 환성을 지르고 달려온 어부의 아내는 고통스러운 표정이었습니다.

"여보, 우리가 이렇게 살아서 돌아왔는데 당신은 기쁘지가 않소?"

남편의 이 말에 그녀는 울먹이면서 "여보, 오늘 저녁 때 우리 집 부엌에서 불이 나 집이 다 타버렸어요. 저만 이렇게 살아남았어요. 여보, 죄송해요."

그 순간 어부의 입에서는 "아하" 하는 탄성과 함께 "그러니까 그 불이 우리 집 타는 불기둥이었구나. 그러나 그 불기둥 때문에 우리 삼부자가 살아난 걸. 여보, 우리가 방향을 잡지 못해 파도 속에서 몇 시간 이러 저리 밀리면서 난파 직전에 있었는데 불기둥을 보았었지. 우리는 불을 보고 노를 저었지. 그래서 우리가 살아온 거야. 너무 상심 마오. 우리가 이렇게 살아 돌아왔으니 집이야 다시 지으면 되지."

네 식구는 서로 얼싸안고 하나님께 감사했습니다.

우리는 여기에서 인생의 실상을 보게 됩니다. 노련한 어부인 그는 그날도 삶의 망망한 바다로 노 저어 갔던 것입니다. 그리고 삶과 죽음의 기로에서 방황했던 것입니다.

그들에게만 죽음의 폭풍이 불라는 법은 없습니다. 성실하고 부지런히 삶을 살아가는데도 운명의 파도는 몰아치고 어둠과 파선의 위협은 닥쳐오는 것입니다. 이것이 인생의 실체인 것입니다.

여기에서 우리는 하나의 문이 닫히면 또 다른 문이 열린다고 하는 소망의 사실을 알게 됩니다. 뜻하지도 않았던 폭풍이 불어 닥쳐 고기는 말할 것도 없고 삼부자의 생명마저 경각에 달려 있을 그 때에 집에서는 불이 나서 재산이 모두 타고 있었습니다. 불행의 연속입니다. 그러나 집이라고 하는 하나의 문은 불에 타버렸으나 죽음의 선상에서 허덕이던 삼부자는 그 불기둥 때문에 생명을 건지게 되었던 것입니다.

아내는 치솟으며 타오르는 불길을 보고 괴로워 발을 동동 굴렀으나, 그 치솟는 불기둥 때문에 남편과 두 아들은 살아났습니다. 그 끄지 못한 불 때문에 더 큰 불행이 막아졌습니다. 집이야 삼부자가 힘 모아 다시 지으면 되는 것입니다. 탄 것은 집 하나뿐이요, 산 것은 남편과 두 아들 그리고 불 가운데서 그 아내도 살았습니다.

이렇듯 인간만사가 다 새옹지마(塞翁之馬)이지만, 소망 가운데 살아간다면 행복한 날은 반드시 찾아올 것입니다.

28

살신성인은 인간 최고의 덕
- 고귀한 희생의 대가 -

"배가 가라앉는다. 빨리 빠져나가라."

5층 로비에 있던 그는 배가 기울어지는 것을 보자, 학생들이 몰려 있는 4층 객실로 뛰어 내려갔습니다. 그 위급한 상황인데도 어찌된 일인지 실내방송에서 흘러나오는 '그대로 조용히 기다리라.'는 말에 학생들은 어찌해야 좋을지 몰라 우왕좌왕하고 있었습니다.

4층에 내려온 그는 자신의 구명조끼를 제자들에게 던져 주며 "배가 가라앉고 있다. 빨리 빠져나가라. 어서 빨리 나가라." 소리치며 이 방 저 방을 뛰어다녔습니다.

그 덕분에 수많은 학생들이 구조되었지만, 정작 그 자신은 끝내 돌아오지 못했습니다.

2014년 4월 16일 세월호 참사가 있었던 그로부터 3년이 지난 2017년 5월 초, 그는 세월호가 침몰한 인근 해역에서 유해로 발견되어 돌아온 미수습자 9명 중의 한 명인 단원고의 고창석 교사로 확인 되었습니다.

제자를 구하다 한 조각 뼈로 돌아온 그는 사고 당시 비교적 빠져 나오기가 쉬웠던 5층 로비에 있어 충분히 먼저 탈출할 수 있었지만, 책임감이 강한 고 선생은 끝까지 학생들을 대피시키느라 마지막 순간까지 배를 떠나지 못했던 것입니다.

사고가 있기 한 달 전인 2014년 3월 단원고등학교 체육교사로 부임한 그는 제자들을 각별히 아꼈습니다. 술, 담배를 하며 엇나가는 제자들을 엄하게 꾸짖는 대신 식사를 함께 하며 이야기를 들어주는 선생님이었고, 또 가출한 제자를 찾으러 밤늦게까지 안산 시내를 돌아다니기도 했던 자상한 스승이었습니다.

한 학생은 '선생님께서 그때처럼 아직 빠져나오지 못한 제자들을 찾으러 배 안에 남아 있었던 것 같다.'고 추모했습니다. 또 전임 학교인 안산 원일중학교의 한 졸업생은 '어느 해 학교 3층의 학생 휴게실에서 갑자기 불이 나자, 선생님은 누구보다도 먼저 달려가 혼자 소화기로 불을 껐는데, 그때 머리에 재를 하얗게 뒤집어쓰고 웃던 모습이 생각난다며, 세월호 참사 소식을 듣고, 선생님이라면 제일 늦게 나오셨겠지.' 하고 생각했는데, 결국 이렇게 떠나시게 되었다고 회고하면서 가슴아파했습니다.

그는 대학 시절 바다에서 인명 구조를 할 정도로 수영을 잘했지만, 교사라는 책임감으로 학생들을 챙기느라 자신의 안위를 돌보지 않았던 참으로 존경스럽고 위대한 참스승이었습니다.

우리는 목숨을 바쳐 제자들의 생명을 구한 고창석 교사의 투철한 책임의식과 숭고한 희생정신을 기억합니다. 지금과 같이 메말라 가는 우리 사회에 이렇듯 살신성인(殺身成仁)하는 사람을 볼 수 있다는 것은, 우리에게 확실히 희망이 있다는 것을 보여주고 있습니다.

목숨은 귀한 것입니다. 우리의 목숨은 하나밖에 없습니다. 그 하나밖에 없는 귀한 목숨을 남을 위해 바친다는 것은 결코 쉬운 일이 아닙니다. 그래서 일찍이 공자는 살신성인을 인간의 최고의 덕이라고 예찬했습니다. 내 몸을 바쳐 의를 실천한다는 것은 결코 아무나 할 수 있는 것이 아니기 때문입니다.

29

희망은 삶을 전진하게 하는 힘
- 삶과 죽음의 싸움 -

1972년 남아메리카의 태평양 연안을 남북으로 달리는 안데스 산맥의 험준한 산중에서 비행기 추락 사고가 있었습니다. 승객 45명 중 29명이 죽고 16명만이 72일 만에 기적적으로 살아 돌아온 실화가 영화로 만들어져 많은 사람들에게 큰 충격과 함께 깊은 감명을 주었습니다. 그것이 바로 '얼라이브'라는 영화입니다.

하얀 눈 덮인 안데스 산맥에서 악천후를 만난 여객기는 산 중턱에 부딪쳐 동체는 동강이 나고, 사고 현장은 그야말로 아비규환의 아수라장이 되고 말았습니다. 심한 눈보라는 동강난 동체를 순식간에 눈으로 덮어 버렸고 부상자는 속수무책으로 죽어갔습니다.

추락한 지 며칠간은 실종된 비행기를 찾는 구조 비행기가 공중을 맴돌고 있어 그런 대로 희망을 가질 수 있었습니다. 그러나 2주일을 넘기면서 구조기는 보이지 않게 되었습니다. 거기에 추위와 배고픔이 생존의 위협으로 다가왔습니다.

이때부터 죽음과의 무서운 싸움이 시작되었습니다. 혹독한 추위를 견디기 위해 죽은 자의 옷을 벗겨야 했고, 극도의 허기를 면하기 위해서는 아무것이라도 먹어야만 살아남을 수 있었습니다.

고립무원의 절박한 상황에서 추락한 지 수주일이 지난 어느 날 어렵게 라디오를 고쳐 방송을 듣게 되었으나 그것은 너무나 절망적인 소식이었습니다. 정부에서는 이미 사고 비행기를 찾는 것을 포기했다는 것입니다. 눈 덮인 산중에서 추위와 허기를 용케도 버티어 온 것은, 그래도 반드시 구조대가 올 것이라는 희망이 있었기 때문이었는데, 이제 그 소망은 완전히 사라진 것입니다. 죽느냐 사느냐 하는 생사의 갈림길에 선 그들은 너무나 절망적이었습니다.

구조를 포기했다는 라디오 방송의 소식은 한 동안 모두를 절망 속에서 갈팡질팡하게 만들었지만, 그 소식은 오히려 사태를 역전시키는 계기를 마련해 주기도 했습니다.

모두가 절망 속에서 헤어나지 못하고 있을 때, 한 친구가 이왕 죽을 바에는 앉아 죽을 게 아니라 내려가다가 죽더라도 산을 내려가고 소리쳤습니다. 희망을 버리지 말고 끝까지 살 길을 찾아 나서고자 설득하는 것이었습니다.

실로 최악의 상황을 최선의 상황으로 바꿀 줄 아는 사람이었습니다. 그들은 결국 희망 있는 지도자를 따랐습니다. 그리고 하산하기 시작했습니다. 험준한 산골짜기를 헤쳐 내려오기를 며칠, 죽음과 삶의 싸움에서 드디어 추락한 지 72일 만에 극적으로 생명을 건지게 된 것입니다.

이 실화는 절망적인 극한 상황에서 인간이 살 수 있는 길은 희망을 잃지 않는 것이라는 사실을 일깨워 주고 있습니다.

조난자들이 추위와 굶주림 속에서 용케도 10주간이나 버티어 낼수 있었던 것은 반드시 구조대가 찾아올 것이라는 희망이 있었기 때문이었습니다. 그러나 그 같은 희망이 무너졌을 때에 그들은 깊은 절망 속에서 헤어나지를 못했습니다.

절망과 희망, 가만히 앉아 기다릴 것인가? 아니면 일어서서 활로를 개척해 나갈 것인가? 결국 그들은 희망에 승부수를 걸었습니다.

인간은 희망을 먹고 사는 동물입니다. 생명이 있는 곳에는 반드시 희망이 있고, 희망이 있는 곳에는 살 길이 있는 법입니다.

세상의 온갖 고난과 어려움이 있어도 이것을 극복하게 되는 것은 희망이 있기 때문입니다. 우리는 언제나 밝은 희망을 가지고 살아야 합니다. 우리의 살 길을 열어주는 것은 절망이 아니라 희망이기 때문입니다. 희망은 곧 삶을 전진케 하는 힘입니다. '내일 지상에 종말이 올지라도 나는 오늘 한 그루의 사과나무를 심겠다.'는 스피노자의 말처럼 우리는 희망을 가지고 기쁜 마음으로 행복을 꿈꾸며 인생을 살아야 합니다.

30
약속은 엄숙하고 진지한 것
- 로마 장군의 약속 -

옛날 로마와 카르타고가 수백 년 동안 싸웠습니다. 이것이 고대사의 유명한 포에니 전쟁입니다. 로마인도 용감했고, 카르타고 사람들도 대단했습니다. 엎치락뒤치락하는 전투에서 로마의 유명한 레규러스 장군이 카르타고군의 포로가 되었습니다.

그때 카르타고는 전세가 불리해지자 수뇌들이 모여서 상의한 끝에 그를 처형하는 것보다는 로마와 휴전하는 일에 이용하기로 결정하고 감옥에 갇혀 있는 레규러스를 찾아갔습니다.

"장군, 우리는 로마와 휴전하고 강화하기를 원하오. 그대를 석방할 테니 로마에 가서 강화를 주선하시오. 그러나 한 가지 조건이 있소. 만약 장군의 주선에도 불구하고 로마가 강화에 응하지 않으면 다시 이 감옥으로 돌아온다는 약속을 해야 하오."

레규러스는 선뜻 이에 응할 수가 없었습니다. 살기 위해 로마로

갈 것인가? 아니면 그들의 요구를 거부하고 여기서 명예롭게 죽음을 택할 것인가? 그는 생존에의 강한 욕구와 로마 군인의 명예 사이에서 심한 갈등을 겪어야 했습니다. 며칠을 고민하던 끝에 마침내 그들의 요구를 받아들이기로 결심하였습니다.

"좋소. 로마로 가리다. 당신들의 뜻을 전하겠소. 강화가 안 되면 당신들의 요구대로 반드시 이 자리로 돌아오겠소."

그는 카르타고를 떠나 로마로 갔습니다. 로마로 돌아오자 원로원 의원을 비롯한 온 국민의 환영을 받았습니다.

레규러스는 강화를 주선하라고 해서 왔지만, 강화에 응하지 말 것을 전하고자 왔다며, 카르타고의 혼란이 심해 조금만 버티면 자멸할 것이라고 말했습니다. 그리고 나서 그는 카르타고의 실정과 군사에 관한 정보를 일러 주었습니다. 그리고 로마 제국의 명예를 걸고 약속대로 감옥으로 돌아가야 한다고 말했습니다.

"내가 만일 안 돌아간다면 카르타고 사람들은 모든 로마인이 거짓말쟁이라고 비웃을 것입니다. 나 하나 죽고 사는 것이 문제가 아니라 전 로마의 명예와 신의에 관계되는 일입니다. 비록 적군과의 약속이라도 약속은 지켜야 합니다."

그는 그렇게 말하고 결연히 일어나, 부모 처자와 친구들의 만류를 뿌리치고, 죽음이 기다리는 카르타고의 감옥으로 돌아갔습니다.

우리는 목숨을 걸고 약속을 지킨 로마 장군의 용기와 의연한 태도에 고개를 숙이지 않을 수 없습니다.

그는 죽음이 기다리는 카르타고에 가지 않을 수도 있었지만, 적군과의 약속이라도 약속은 지켜야 한다면서 카르타고의 감옥으로 되돌아갔습니다. 그는 로마 군인의 명예와 신의를 죽음으로 지킨 것입니다.

　약속이란 이런 것입니다. 이렇듯 엄숙하고 진지한 것입니다.

　철학자 니체는 '인간은 약속을 할 수 있는 동물이다.'라는 의미 깊은 말을 했습니다. 인간이기에 약속을 할 수 있고, 또 지킬 수 있다는 말입니다. 사람은 약속을 하면 반드시 지켜야 합니다. 약속을 한다는 것은 자기가 한 말에 대하여 책임을 진다는 것입니다. 책임을 진다는 것은 신용을 지킨다는 것이요, 거짓말을 하지 않는다는 것입니다. 이렇듯 약속은 명예와 신의를 전제로 하는 것이므로, 반드시 지켜야 하는 것입니다.

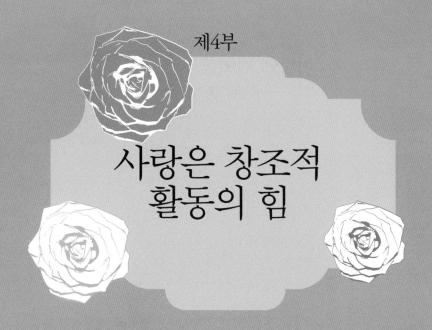

제4부

사랑은 창조적
활동의 힘

31
바다에 뛰어든 중풍 환자
- 사랑은 역동적인 힘 -

미국 동해안 메릴랜드에서 병원을 개업하여 살고 있는 맥카리스터 박사는 그의 아내와 함께 행복하게 살고 있었습니다.

그런데 어느 날 갑자기 그토록 사랑하던 아내가 세상을 떠나게 되었습니다. 의사이면서 손도 써보지 못하고 아내를 잃게 된 그는 심한 자책감과 우울증에 빠지게 되었고, 그것이 더욱 심화되어 결국 중풍병과 같은 증세로 발전하여 몸마저도 자유롭게 쓰지 못하는 지경에 이르고야 말았습니다.

그는 기회만 있으면 자살을 시도하려고 했습니다. 그래서 여러 해 동안 세 명의 간호사가 교대로 늘 곁에서 그를 지켜 보아야만 했습니다.

맥카리스터는 그것이 못마땅하여 그럴수록 더욱 기회를 찾아 자살을 하고자 애썼습니다. 그는 늘 휠체어에 의지해야 지낼 수 있었고, 침대에도 들어서 뉘어야 했으며, 음식마저도 억지로 먹여야 하는 형편이었습니다. 그는 자기 자신이 이런 모양으로 살아가는 것이 죽기보다도 더 싫었던 것입니다. 이런 형편에서 그가 가장 미워한 것은 자기를 지키는 세 간호사들이었습니다.

어느 해 여름 그는 여유 있는 계획을 세웠습니다. '해변에 가보고 싶다.', '저 높은 벼랑 위에서 끝없이 펼쳐진 수평선을 보고 싶다.'며 간호사를 안심시켰습니다. 일부러 평온을 되찾은 체하면서 바다에 나가 수영을 하라고 했습니다.

간호사들은 아무런 의심도 하지 않고 그를 휠체어에 앉혀 놓고 물속에 뛰어들어 수영을 즐기고 있었습니다. 사실 그는 간호사의 눈길이 멀어지기만 하면 벼랑에서 뛰어내릴 참이었습니다.

바로 그때 밑에서 비명 소리가 들려왔습니다. 간호사 한 사람이 물속에서 쥐가 나 파도 속으로 빠져 들어가는 것이었습니다. 그런데 여기서 기적이 일어났습니다. 맥카리스터가 조금도 주저함이 없이 휠체어에서 일어나 바다로 뛰어들었습니다. 아마 사람들은 용감한 구조원이 시원스럽게 헤엄쳐 들어가 아가씨를 구조하는구나 하고 구경했을 것입니다. 순식간에 그는 간호사를 구해냈습니다.

이것이 바로 사랑의 역동적인 힘입니다. 어쩌면 그것은 의사의 직업적인 본능이었는지도 모릅니다. 어쨌거나 더욱 놀라운 일은 그가 그토록 미워하던 간호사를 구해야 하겠다고 결심하고 바다에 뛰어든 순간, 맥카리스터의 우울증과 중풍은 말끔히 사라졌다는 사실입니다. 그는 간호사를 살렸다기보다 자기 자신을 살렸던 것입니다.

사랑은 이렇듯 인간을 변화시키는 역동적인 힘입니다.

사랑은 남녀 간의 사랑처럼 아름다운 정서요 감미로운 감정이라고 흔히 말합니다. 그것이 사랑의 일반적 통념입니다.

그러나 탁월한 정신분석학자인 에리히 프롬은 사랑은 단순한 로맨틱한 감정이라기보다는 오히려 인간의 창조적이고 역동적인 힘으로 파악했습니다. 인간의 생활과 존재에 큰 변화를 일으키는 힘은 바로 이 역동적인 사랑의 힘에서 나온다는 것입니다. 앞의 이야기는 그것이 사랑의 창조적이고 역동적인 힘의 작용임을 수긍하게 합니다.

32
여자는 약하나 어머니는 강하다
- 죽음보다 강한 모성애 -

요한과 베티는 깊은 산골에서 큰 농장을 꿈꾸며 살아가는 젊고 용감한 부부였습니다. 요한은 일주일에 한 번씩 읍내에 나가 장을 보아 왔는데 너무 멀어서 하룻밤을 묵고서야 돌아올 수 있었습니다.

그러던 어느 날 장을 보러 떠나는 남편은 밀린 일이 많아 하루 이틀 더 걸릴 것이라고 말했습니다. 그런데 뜻하지 않게 일이 벌어졌습니다. 집에 남은 베티가 빵을 굽기 위해 뒤뜰에 있는 장작더미에 손을 내미는 순간 장작더미 속에 있던 독사가 순간적으로 베티의 다리를 물어버린 것입니다. 얼떨결에 베티는 곁에 있던 도끼를 들어 사정없이 내리 찍었습니다.

그 순간 그녀는 혈관에 독이 스며들어 곧 죽게 될 것이라는 생각이 들었습니다. 베티의 머리에는 '나는 죽게 되겠지만 남편이 돌아오려면 2~3일이나 걸리는데, 그렇다면 두 아이는 어떻게 될까? 도와 줄 가까운 이웃도 없지 않은가. 아들 쟈니는 한 살도 못되고 딸 키티는 겨우 네 살이 아닌가.' 하는 생각이 여기에 미치자 베티는 더 머뭇거릴 여유가 없었습니다.

'몸속에 독이 더 퍼지기 전에 아이들을 위하여 마지막으로 할 일을 해야 한다. 우선 먹을 것을 준비해 놓아야지. 빵을 굽고 우유도 손닿는 데 놓아두고 그러면 아빠가 돌아올 때까지 아이들은 살아남을 수 있겠지.'

그녀는 아궁이에 불을 지피고 빵을 굽기 시작했습니다. 몸은 점점 힘이 빠지고 눈도 점차 흐려졌습니다. 그러나 그녀는 계속 기도하면서 되도록 많은 빵을 구웠습니다. 그리고 나서 베티는 키티에게 조용히 그러나 힘 있게 말했습니다.

"키티야, 이제 엄마는 곧 아주 깊은 잠에 빠지게 된단다. 그러니 너는 네 동생 쟈니를 잘 돌봐 주어야 해. 빵도 먹이고 우유도 먹이고 …… 아빠가 돌아오실 때까지 울지 말고 잘 견뎌야 한다. 알겠니?"

베티는 여러 번 반복해서 딸에게 일렀습니다.

정오의 뜨거운 햇살을 받으며 뜨거운 아궁이 앞에서 마지막 순간까지 자녀를 위해 애쓰는 베티의 이마와 온 몸에서 물 흐르듯 땀이 흘러내렸습니다. 그러나 줄줄이 흘러내린 그 많은 땀 덕분에 그녀의 혈관에서 독이 씻겨져 나와 그녀의 생명을 구할 수 있게 될 줄은 베티 자신도 알지 못했습니다.

그녀는 짧고도 아주 긴 시간에 자기가 해야 할 마지막 일을 거의 무시간적 개념에서 한 것입니다. 몇 시간이 지났을까, 이미 죽어 있어야 할 자신이 아직 살아 있다는 사실에 비로소 깜짝 놀라게 됩니다.

대체 모성애란 무엇입니까? 자식에 대한 선천적이고 본능적인 어머니의 사랑입니다. 어머니는 자식에게 사랑을 주기 위한 존재로 태어납니다. 어머니의 사랑은 또 주고 아낌없이 주면서도, 어떠한 대가도 바라지 않고 주기만 하는 사랑입니다. 그러면서 주는 것을 기쁨이요 행복으로 여깁니다. 이것이 바로 모성애의 참 모습입니다. 그래서 어머니의 사랑은 고귀하고도 거룩하고 위대한 것입니다.

만약 하나님께서 인류 가운데서 사랑의 모형을 찾는다면, 그것은 마땅히 어머니의 사랑에서 찾아야 할 것입니다. 어머니의 사랑이야말로 이 세상에서 가장 순수하고도 고귀한 것이기 때문입니다.

'여자는 약하다. 그러나 어머니는 강하다.'고 빅토르 위고는 말했습니다. 무엇이 모성으로 하여금 강하게 하는가? 그것은 자식에 대한 깊은 사랑입니다. 그 깊은 사랑이 어머니를 강하게 만드는 것입니다. 더욱이 위급한 상황에서 자식에 대한 어머니의 사랑은 절대적입니다. 우리는 이 같은 어머니의 사랑과 똑같은 사랑을 마음속에 그대로 지닐 수는 없습니다. 다만 그 사랑을 본받고 배우고 따르도록 힘쓸 따름입니다.

33

어머니 가슴에 안겨준 금메달
− 아름다운 졸업식 −

　　　미국 버지니아 주에 가난한 어머니와 아들이 살고 있었습니다. 목사였던 아버지는 일찍 세상을 떠나고 어머니가 세탁이나 청소 같은 궂은일을 하며 아들의 학비를 조달해 왔습니다. 아들은 어머니의 노고에 늘 감사하며 열심히 공부해서 프린스턴 대학을 우수한 성적으로 졸업하게 되었습니다. 그는 졸업식장에서 총장에게서 상을 받고 연설을 하게 되었습니다. 아들은 강단에 올라 다음과 같이 말문을 열었습니다.

　　"어머니, 감사합니다. 나는 오늘 어머니의 은혜로 졸업하게 되었습니다. 그리고 우등상도 받았습니다. 이 상은 제가 받을 것이 아니고 어머님께서 받으셔야 합니다."

　　그리고 나서 그는 총장으로 받은 금메달을 초라한 옷을 입은 어머니의 가슴에 달아 드렸습니다. 이 모습을 지켜본 참석자들은 모두 큰 감동을 받았습니다. 그 아들이 후에 변호사와 대학교수를 거쳐 미국 제28대 대통령이 되었습니다. 그가 바로 민족자결주의를 제창하고 노벨 평화상을 수상하기도 한 우드로 윌슨 대통령(1856~1924)입니다. 이 민족자결주의의 제창으로 우리 민족의 독립의식이 높아져 3·1운동의 기폭제가 되게 한 대통령으로 우리의 친근한 벗이기도 합니다.

어머니의 은혜에 감사하고 이에 보답하려는 윌슨의 그 효심을 극적으로 표현한 이 아름다운 졸업식의 이야기는 우리들로 하여금 효도에 대하여 자신을 되돌아보게 합니다. 사실 정성으로 키워주고 보살펴 주신 부모님의 태산 같은 은혜에 감사하고 효도로써 그 은혜에 보답함은 당연한 자식된 도리지만, 부모님을 섭섭하게 해 드리는 자식들이 적지 않습니다. 인간은 다른 포유동물과 달라서 그 양육기간이 너무나 깁니다. 동물 세계에서는 태어나자마자 혼자 힘으로 살아갈 수 있지만, 한 어린애가 제 구실을 하기까지는 적어도 20년은 걸립니다.

인간은 부모의 양육 없이는 제대로 살아갈 수 없습니다. 나약하고 무력한 어린 생명이 자립할 수 있는 하나의 인간으로 키우려면, 부모의 무한량의 정성과 노고와 희생이 없이는 불가능합니다. 이 같은 부모의 큰 은혜와 높은 공덕에 대하여 자식이 효도로 보답함은 당연한 자식된 도리입니다. 부모에게 효도를 해야 할 이유가 여기에 있습니다.

효경(孝經)에 이르기를 '무릇 효가 덕의 근원이며 모든 가르침이 여기에서 시작된다.'고 하여 효가 백 가지 행실의 근원이라 했습니다. 성경에는 기독교인이 지켜야 할 열 가지 계명이 있는데, 사람끼리 지켜야 할 계명 중의 첫째 제5계명인 '네 부모를 공경하라.'는 계명입니다. 더욱이 여호와가 명령한 대로 부모에게 효도하면 복을 누리며 장수하는 축복까지 약속했습니다.

월슨이 훗날 대통령이 되어 많은 업적을 남긴 위대한 인물이 된 것은 그가 부모를 공경함으로써 축복받는 생활을 해왔기 때문입니다.

경로사상은 동양인의 가장 아름다운 사상의 하나입니다. 현실에서 소외당하기 쉬운 늙은이를 공경하고 순종하는 태도는 인성의 가장 깊은 표현입니다. 효는 경로사상의 핵심입니다. 어르신을 받들어 모실 줄 아는 우리 고유의 전통을 잘 살리고 소중한 유산으로 길이 간직해야 합니다.

34
저곳이 네가 가야 할 땅이다
- 소명 받은 선교사 -

"너는 죽지 않을 거야. 너는 꼭 살아서 먼 훗날 하나님께서 귀히 쓰실 거야!"

그는 고교 3학년 초 연탄가스에 중독되어 사경을 헤매고 있을 때, 비몽사몽간에 하나님의 음성을 들었습니다. 그 음성은 하루도 아니고 매일같이 그의 귓가를 스치며 들려오곤 했습니다.

'내가 너무 피곤해서 잠을 더 자고 싶었을 뿐인데, 내가 죽는다니 그게 무슨 말인가.'

깊은 잠 속에서 허우적거리다가 어렴풋이 눈을 떴지만 팔다리를 움직일 수가 없었고, 말을 하려고 해도 입이 제대로 움직여 주지를 않았습니다. 도대체 어떻게 된 일일까?

그렇게 얼마간의 시간이 지나는 동안, 그는 옆에서 일어나는 상황을 조금씩 파악할 수 있었습니다. 그것은 자기가 응급실의 병상에 누워 있다는 사실이었습니다. 왜 자기가 여기에 누워 있는지를 더듬어 보았지만 도무지 기억을 되살릴 수가 없었습니다. 다만 기억에 남는 한마디는 '하나님께서 나를 귀히 쓰실 것'이라는 것뿐이었습니다. 매일같이 귓가를 스치며 가늘게 길게 소곤대던 그 음성은 누구의 음성이며 왜 나에게 그런 음성을 들려주시는 걸까? 어린 마음에 그 뜻을 헤아리지 못한 채 세월은 흘러갔습니다.

그 사이 대학을 졸업하고 직장을 얻어 세상 즐거움에만 도취되어 살았습니다. 그러나 그 음성은 마음속에 깊이 각인되어 있었던지 가끔 기억이 되살아날 때마다 그 말에 의문을 품지 않을 수 없었습니다. 그저 주일이 되면 다른 사람들과 마찬가지로 교회에 나가 예배드리고 오는 일이 고작인데, '자기가 하나님이 귀히 쓰실 그릇'이라니 도무지 이해가 되지 않았습니다.

세월이 흐르는 대로 시류에 따라 세상 사람들과 같이 평범하게 살아가던 그에게 하나님께서는 다시 한 번 경고장을 보내 오셨습니다. 1979년 8월의 어느 날 30대 초반의 젊은 나이에 지방관서장으로 승진되어 기쁨에 들뜬 그에게 대형 교통사고가 발생한 것입니다. 고속도로에서 서울을 향하는 그의 승용차를 뒤따라오던 8톤 트럭이 덮치듯 밀어 버린 것입니다.

며칠 후 혼수상태에서 깨어보니 강남의 어느 병원에 입원해 있었습니다. 동승했던 목사님은 팔다리가 부러지는 큰 부상을 입었지만, 그는 큰 부상 없이 멀쩡했습니다. 부서진 차량을 점검해 보니 후드 부분은 형체를 알아볼 수 없을 정도로 부서져 있었지만, 그가 앉았던 좌석만은 말짱하게 남아 있었습니다. 참으로 신기한 일이었습니다.

그때서야 비로소 주님이 자기를 살려주신 것은, 주께서 어떤 사명을 수행케 하려고 역사하신 것을 깨달아 알게 되었습니다.

"주님, 부족하고 어리석은 저를 주님 나라의 믿음의 도구로 써 주세요."

오랜 기도 끝에 그는 내 한 몸 바치기로 결심하게 되었고, 그때부터 그는 소명적 존재임을 자임하게 되었습니다. 이 깨달음은 그의 인생에 있어 일대 전환의 계기를 마련해 주었습니다.

이 이야기의 주인공은 현재 아프리카 탄자니아에서 보건소를 짓고 교회를 세우고 학교를 운영하며 선교활동을 하고 있는 문흥환(文興煥) 선교사의 헌신에 얽힌 이야기입니다.

1970년대 말 많은 사람들이 돈 벌려고 아메리카 드림에 이끌려 미국으로 이민 갔지만, 그는 할 일을 찾아 넓은 세상으로 떠났습니다. 그는 아무에게도 말하지 않았지만, 하나님께서 귀한 일에 쓰시려고 하시는 그 귀한 일을 찾아 나선 것입니다.

그는 주님께서 자기를 귀한 일에 쓰시려고 죽음의 골짜기에서 몇 번이나 구해주신 일을 상기할 때마다 그 일에 합당한 일이 무엇인지를 알게 해 달라고 간청하기도 했으나, 스스로 깨닫기를 원하시는지 주님께서는 쉽게 응답해 주지 않았습니다.

그러던 중에 한의사가 미국에서도 인기가 있고, 세상 어디를 가도 환영받는 직업이라는 사실을 알게 되었습니다. 한의사라면 자기의 적성에도 맞고, 환자를 치료하는 일이야말로 가난하고 불쌍한 이웃을 위해 헌신할 수 있는 일이 된다는 확신이 들었습니다.

그는 주저하지 않고 한의과대학에 입학하여 5년간의 수업을 마치고 졸업한 후 더 깊은 학문을 연구하며 치료의 폭을 넓히기 위해 박사 과정을 마쳤습니다. 한의사가 된 후 미국의 양·한방병원에서 한방주치의로 경험을 쌓은 후 그는 곧장 아프리카로 떠났습니다.

지금 문흥환 선교사는 부인 문신덕 선교사와 함께 아프리카 탄자니아라는 나라의 오지, 마사이 부족들이 살고 있는 마을에서 선교활동을 하고 있습니다. 지난 10여 년간 이 마을에는 많은 변화가 있었습니다. 두 분이 이 마을에 들어가 처음 시작한 것은 보건소를 개설하여 병든 환자를 치료하는 일이었습니다. 생전에 병원이라는 것을 처음 보는 그들에게 진료소는 구세주와 같은 존재가 되었습니다.

다음으로 교회를 세워 그들의 고달픈 삶속에서도 소망 중에 즐거워하며 살아가도록 이끌어주고 있습니다. 100여 명의 마을 주민들이 교회에 나가 새로운 삶을 경험하고 있습니다.

그리고 유치원을 설립하고, 근래에는 직업기술학교를 개설하여 양재반, 컴퓨터반, 영어회화반을 통해 직업교육을 하고 있습니다. 무엇보다 물동이를 이고 몇 십 리 길을 다니던 그들에게 맑고 깨끗한 물을 마음껏 쓸 수 있게 된 것은 변화 중의 변화라고 할 수 있을 것입니다.

지금 마사이 부족 마을은 전에 경험해 보지 못한 새로운 세계와 문명의 혜택을 받으며 새로운 삶을 살게 되었습니다.

두 분 선교사님의 노고에 깊은 존경과 위로와 격려를 보내며, 사랑은 삶의 등불임을 실증해주신 두 분에게 하나님의 축복이 있기를 기원합니다.

35

기초생활보장 수급자 할머니의 참사랑

- 할머니의 쌈짓돈 -

"작고 귀엽던 꼬마 아이가 벌써 어른이 되었네. 세월이 참 빠르기도 하지."

지난 2017년 2월 15일, 서울 성동구 왕십리에 있는 한 교회에서 만난 박혜자(92) 할머니가 한 외국인 청년의 현재 사진을 어릴 적 사진과 비교하며 감회에 잠겼습니다. 자신이 14년간 매달 3만 5천 원씩 후원금을 보내준 인도 청년 라케시 쿠마르(22)였습니다.

인도의 가난한 동네인 라이푸르에서 태어난 라케시에겐 할머니의 후원금이 적지 않은 돈이었습니다. 라이푸르 주민들의 하루 평균 소득은 2달러(약 2,300원)가 채 안 되는 수준입니다. 라케시는 박 할머니의 후원 덕분에 또래보다 늦은 나이에 고등학교 졸업을 앞두고 있습니다. 석공기술을 배웠기 때문에 졸업 후 더 이상 후원을 받지 않아도 제 밥벌이를 할 수 있게 되었습니다.

사실 박 할머니는 남을 도울 만큼 넉넉한 형편은 아닙니다. 1925년 서울 서대문에서 5남매의 막내로 태어난 박 씨는 여섯 살 때 장티푸스를 크게 앓았습니다. 목숨을 건졌지만 후유증으로 오른쪽 청력을 잃었고, 아이를 갖지 못하는 몸이 되었습니다. 스무 살 때 결혼한 남편과 문방구 상점을 경영하며 살았지만, 36년 전에 남편을 간암으로 잃었습니다.

지금은 저소득층을 위한 영구임대아파트에서 혼자 살면서 매달 정부가 지원하는 50만 원 가량의 기초생활보장 수급비로 생활하고 있습니다. 남편과 사별하고 20여 년이 흐른 2003년 우연히 본 TV 프로그램이 박 씨 인생의 전환점이 되었습니다.

"외국에 못 사는 꼬마 아이들이 굶어 죽어가고 있더라고. 그 아이들이 밥 한 끼 배불리 먹을 수 있으면 좋겠다는 생각이 들었어."

아이를 낳지 못한 박 씨에게 아이들은 언제나 부러운 동경의 대상이었습니다. 박 씨는 교회 목사님의 소개로 국제어린이양육기관인 한국컴패션을 찾았습니다. 그리고 이때부터 한 번도 빠짐없이 매달 3만 5천 원씩 후원금을 내고 라케시의 후원자가 되었습니다.

라케시가 두세 달에 한 번씩 보내는 편지는 박 씨에게 큰 행복을 가져다주었다고 합니다. '할머니 덕분에 학교에 잘 다니고 있다.'거나, '친구들과 동물원에서 즐거운 시간을 보냈다.'는 등 평범한 일상을 적은 내용이지만, 박 씨는 이 편지들을 통해서 생애 처음으로 자식을 키우는 기쁨을 알게 되었습니다.

박 씨는 '한 번도 라케시를 만나진 못했지만, 늘 함께 있는 것 같아, 내가 가슴으로 낳은 아들이야!'라고 했습니다. 경제적 자립으로 후원을 받지 않게 된 라케시에게 할머니는 '이제 다 컸으니 주변에 베풀 줄 아는 사람이 되었으면 좋겠다.'는 바람을 갖고 있습니다.

참으로 '훌륭하고 존경스러운 할머니'입니다. 자신도 정부의 도움을 받는 어려운 처지인데도, 그것을 또 쪼개서 남을 돕는다는 것은 아무나 할 수 있는 일이 아닙니다. 더욱이 한 아이가 고교를 졸업해서 자립할 수 있게 될 때까지 장장 14년간이나 꼬박꼬박 생활비를 쪼개서 보내주었다니 참으로 장하다 못해 거룩해 보입니다.

라케시에 대한 후원을 끝낸 할머니는 최근 또다시 인도네시아에 사는 얼굴 모르는 어린이를 매달 4만 5천 원씩 돕기 시작했다고 합니다.

한국컴패션의 최고령이며 최장기 후원자인 박 할머니는 '질병과 가난에 허덕이며 살았던 내가 누군가에게 희망을 주고 있다는 것이 기적 같다.'고 말하면서 죽을 때까지 남을 돕는 일을 계속하겠다고 말하고 있습니다.

우리는 박 할머니의 갸륵한 선행을 보면서 나도 뭔가 도움이 되는 일을 찾아 남을 돕는 사람이 되어야 하겠다는 다짐이 있어야 하겠습니다.

36

용서는 아픈 상처를 치유하는 명약
- 원수를 양자로 삼은 손 목사 -

용서에 대한 이야기가 나오면 우리는 손양원 목사의 뼈저린 사연을 떠올리게 됩니다. 손 목사는 일제 때 신사참배를 거절한 죄로 옥살이를 한 항일 애국투사입니다.

그가 문둥병 환자를 수용하고 있는 애양원 교회의 목사로 있을 때 여순 반란사건(1948. 10)이 일어났습니다. 여수지구에서 반란을 일으킨 좌익 반란군은 순천에 진입해오자, 수많은 애국지사들을 반동분자로 몰아 무차별 총살을 자행했습니다. 그 와중에 중학교에 다니던 손 목사의 두 아들도 반동분자의 가족이라 하여 끌려 나가 무수히 매를 맞고 총살을 당했습니다.

마침내 국군이 진주하자 손 목사의 아들을 무참히 살해한 자가 체포되어 군법재판에서 총살형을 받게 되었습니다. 그런데 손 목사는 관계기관에 탄원하여 그를 살려냈습니다. 그리고는 그를 자기의 양자로 삼았습니다.

세상 천지에 내 아들을 둘이나 죽인 원수를 어떻게 용서할 수 있으며, 게다가 양자까지 삼을 수 있단 말입니까? 손 목사는 인간적으로는 도저히 용서할 수 없는 원수를 그리스도의 사랑으로 용서하고, 그를 회개시켜 새로운 사람으로 만들었습니다. 그는 '원수를 사랑하라.'는 예수 그리스도의 가르침을 몸소 실천한 위대한 사랑의 승리자요 용기 있는 목자였습니다.

우리는 '용서할 수는 있으나 결코 잊을 수는 없다.'는 말을 종종 듣고 있습니다. 얼마나 한이 맺혔으면 그럴까 싶지만, 이것은 결국 용서할 수가 없다는 말과 같은 것입니다.

그럼 진정한 용서란 무엇인가? 용서한다는 것은 완전한 소멸이어야 합니다. 어떤 일을 완전히 기억에서 지워버리고 없었던 것으로 하는 것입니다. 우리는 해변을 거닐 때 발자국이 모래 위에 찍혀짐을 봅니다. 그러나 얼마 후 조수가 밀려오면 모든 발자국은 흔적도 없이 씻겨가 버립니다. 이와 마찬가지로 우리도 용서할 때에는 모든 것을 지워버리듯 깨끗이 잊어버려야 합니다.

용서는 아픈 상처를 근원적으로 치유케 하는 이 세상 최고의 명약입니다. 용서는 미움과 증오와 원한에 찌든 상한 마음을 선의와 화해와 애정의 밝은 마음을 승화시키는 사랑의 마술사입니다.

우리는 서로 사랑하고 이해하고 용서해야 합니다. 이 세상에 허물이 없는 사람은 아무도 없습니다. 모두 용서를 받아야 할 사람들입니다. '용서받기를 원하거든 먼저 용서하라. 많이 용서하는 자가 많이 용서를 받는다.' 이것만이 우리가 마음 편하게 살 수 있는 길입니다.

37

화해와 용서의 사랑의 악수

- 용서를 해야 할 이유 -

        네덜란드의 어느 할머니는 전부터 알고 지내던 유태인을 숨겨준 일이 나치 독일에 발각되어, 온 가족이 체포되고 강제 수용소에 끌려가 모진 고문과 옥고를 치렀습니다.

    전쟁이 끝난 후 같이 끌려갔던 가족들은 다 죽고 자기 혼자만 살아서 고국으로 돌아왔습니다. 그녀는 가족을 잃은 슬픔과 인생이 허무함을 깨닫고 신학교에 들어갔습니다. 당시 처녀였던 할머니는 열심히 공부하여 전도사가 되었습니다.

    그러던 어느 날 기도 중에 하나님의 음성을 들었습니다.

    '지금 수많은 사람을 학살한 독일 민족이 패전의 쓰라림 속에서 죄책감으로 몸부림치고 있다. 가서 복음을 전하고 위로하라.'

    그러나 전도사는 옛날의 악몽이 되살아나 주저하고 망설였지만, 순종하는 마음으로 독일 사람들을 사랑하기로 마음먹었습니다. 마

158

음이 훨씬 가벼워지고 즐거워졌습니다.

이렇게 사랑으로 독일 사람들을 대하며 선교 활동을 하던 어느 날이었습니다. 설교를 마치고 사람들을 만나고 있는 가운데 한 남자를 보았을 때, 그녀는 심장이 멈추는 듯한 경련을 일으켰습니다. 수용소에 있을 때, 자기의 옷을 벗기고 갖은 악독한 고문과 폭력을 가하던 바로 그 병사였기 때문입니다. 그러나 그녀를 알아볼 리 없는 그 병사는 앞으로 다가와 손을 내밀며 말하였습니다.

"참으로 감명 깊은 설교였습니다. 죄인을 용서하시는 사랑의 하나님께 감사드립니다."

그러나 그녀는 아무리 자기가 전도사지만 선뜻 손을 잡을 수가 없었습니다. 지나간 악몽이 몸서리쳐 그를 외면하고 싶었습니다. 더구나 자기처럼 모진 고문을 당하다가 죽어간 언니와 가족들이 생각났습니다. 자신의 청춘을 짓밟은 장본인이 아닌가. 그를 어떻게 용서할 수 있단 말인가.

"오, 하나님. 나는 도저히 이 남자를 용서할 수가 없나이다."

"나를 핍박하고 죽이던 사람들을 내가 용서하고 축복한 것을 네가 잘 알지 않느냐. 어서 너의 손을 내밀어라."

그녀는 그제서야 머뭇거리며 무거운 손을 내밀었습니다. 두 사람의 손은 말없는 가운데 그리스도의 사랑으로 이어졌습니다. 두 사람의 손은 화해와 용서의 악수였습니다.

그때 그녀의 눈에는 증오의 빛은 사라지고 기쁨의 눈물이 흐르고 있었습니다.

참으로 감격스러운 장면입니다. 사랑의 극치는 용서라고 했지만, 용서하는 것처럼 아름다운 것은 없습니다.

이 할머니 전도사는 오랫동안 나치 수용소의 악몽 때문에 원수를 미워하고 용서할 수가 없었습니다. 그러나 그리스도의 사랑이 그녀의 완고한 마음을 열어 주었습니다. 두 사람의 손은 화해와 용서로 이어졌습니다. 사랑의 힘은 이처럼 위대합니다.

우리는 자기에게 해를 끼친 사람을 쉽게 용서하기가 어렵습니다. 그로 인해 받은 고통이 크면 클수록 용서하기가 더욱 어려운 것이 사실입니다. 그렇다고 하더라도 상대방에 대하여 언제까지나 계속 원한을 품고 살아가는 것은 우리 모두에게 아무 이익도 되지 않습니다.

상대방을 용서하지 않고 있으면 자기 자신은 그 불쾌한 체험에 계속 묶어 두는 것이며, 그 사람에게 매달리는 일이 됩니다. 즉 상처를 몇 번이고 되풀이해서 받는 꼴이 되는 것이며, 그를 생각할 때마다 상처를 받는 것입니다. 실제로는 한 번밖에 당하지 않았던 일을 용서하지 않음으로써 천 번의 아픔을 되풀이해서 겪게 되는 결과가 되는 것입니다.

그런데 그를 용서해서 해방시켜 자유롭게 해주면, 당사자들 모두가 그 상처로부터 해방이 되고, 그 아픔에서 벗어날 수가 있는 것입니다. 믿기는 하지만 용서를 해야 할 이유가 바로 여기에 있는 것입니다.

38
만약 3일 동안 눈을 뜰 수 있다면
- 운명적인 만남 -

눈이 멀고 귀가 먹고 말도 못하는 세 가지 불구를 한 몸에 지닌 삼중고(三重苦)의 성녀라 불리는 헬렌 켈러는『만약 나에게 3일간의 광명을 준다면』이라는 저서에게 다음과 같이 말했습니다.

"내가 만일 3일 동안 눈을 뜰 수 있다면, 첫날 눈뜨는 순간 나는 나를 가르쳐 준 '설리번' 선생님을 보고 싶다. 그의 인자한 얼굴 모습, 끈질긴 사랑의 힘, 그리고 성실함, 이 모든 그의 성품을 내 마음속에 깊이깊이 새겨 놓겠다. 그리고 나서는 나를 사랑하고 아껴주던 친구들의 모습을 물끄러미 쳐다보는 동안 그들의 모습을 똑똑하게 기억해 두겠다.

다음에는 녹음이 우거진 산과 들로 산책을 하며 하늘거리는 나무 잎사귀의 모습, 아름다운 꽃들의 색깔, 그리고 그것들이 이루는 조화의 신비들을 만끽하면서 하루를 보내다가, 저녁에는 멀리 서편 하늘에 아롱지는 저녁노을을 보며 하루를 접겠다.

둘째 날에는 뉴욕 시가의 번잡한 거리를 헤치며 많은 사람들의 틈에 끼어 메트로폴리탄 박물관 안에 진열된 역사의 작품들을 감상하며 인류 역사의 발자취를 한눈에 살피고 싶다.

다음에는 미술관에 가서 레오나르도 다 빈치, 렘브란트, 미로 등의 화폭들을 감상하며 내 손 끝으로 알 수 없었던 색깔의 조화로 이루어지는 예술의 신비를 감상하고 싶다.

마지막 셋째 날에는 먼동이 트는 햇살과 함께 일어나 바쁘게 출근하는 군중들의 모습, 거미줄같이 줄지어 질주하는 자동차들의 움직임 등을 보면서 나는 극장으로 뛰어가겠다.

극장에서 공연되는 오페라 가수들의 노래와 우아한 동작들, 그리고 영화관에서 상영되는 명배우들의 연기를 감상하겠다.

그러다가 밤이 되면 아름다운 네온사인 속에 파묻힌 고층건물들의 숲속을 헤치며, 쇼윈도 안에 진열된 아름답고 귀여운 상품들을 쳐다보며 집으로 돌아오겠다.

그러다 어느덧 시간이 흘러 다시 영원의 암흑 속으로 나의 눈이 감길 때, 나는 나의 하나님에게 3일 동안의 귀중한 경험과 기회를 감사하면서 고요히 눈을 감겠다."

참으로 가슴 뭉클해지는 헬렌 켈러의 절규에 가까운 그녀의 소망은, 성한 눈을 가진 사람들에게 무엇이라 표현할 수 없는 아픈 마음과 함께 깊은 감동이 가슴에 와 닿습니다.

만약, 헬렌 켈러가 설리번 선생을 만나지 못했더라면 그녀는 하잘것없는 삼중고의 불구자로, 오직 먹기만 하는 짐승과 같은 가련한 인생으로 생을 마쳤을지도 모릅니다.

그러나 설리번을 만남으로써 그녀의 헌신적인 교육지도에 힘입어 불굴의 투지로 신체적·정신적 장애를 극복하고, 마침내 저술가로 또 사회복지 운동가로 우뚝 선 세계 최초의 맹농아(盲聾啞) 법학 박사가 되는 빛나는 생애를 이룩하였습니다. 이것은 전적으로 설리번 선생의 헌신적인 사랑과 보살핌에 의해서 성취된 것입니다.

헬렌 켈러(Hellen Keller; 1880~1968)는 미국 앨라배마 주에서 태어나, 생후 19개월 만에 중병을 앓아 눈과 귀의 감각을 완전히 잃어버렸습니다. 볼 수도 없고, 들을 수도 없고, 소리 내어 말할 수도 없었습니다.

설리번 선생은 상상을 초월하는 인내심과 헌신적인 열의로 교육에 임했습니다. 그녀는 반복되는 절망과 좌절에도 굴하지 않고 성심성의로 켈러를 교육시켰습니다. 헬렌 켈러가 설리번 같은 훌륭한 스승을 만날 수 있었다는 것은 그녀의 크나큰 행운이요 축복이었습니다.

39
불길 속, 이웃을 깨우고 숨진 '초인종 의인'
- 생명의 은인 -

한 20대 청년이 불길 속에서 이웃 주민들을 깨워 생명을 구하고 숨졌습니다. 갈수록 삭막해지는 세상에서 다른 사람을 위해 희생한 그의 숭고한 마음에 가슴이 먹먹할 따름입니다.

이른바 '초인종 의인(義人)'이라는 살신성인(殺身成仁)의 주인공은 28세의 안치범 씨. 서울 마포구 서교동에 있는 5층짜리 원룸에 화재가 난 것은 지난 2016년 9월 9일 오전 4시쯤이었습니다. 여자 친구의 이별 통보에 화가 난 20대 남성의 방화였습니다.

당시 이 건물 4층에 있었던 안 씨는 불이 나자 건물 밖으로 나와 119에 신고한 뒤 연기가 자욱한 건물로 다시 들어갔습니다. 화재 사실을 알지 못한 채 잠든 이웃을 깨우기 위해서였습니다. 안 씨는 집집마다 초인종을 누르고 문을 두드리며 빨리 나오라고 소리쳤다고 합니다.

그의 노력으로 주민들이 모두 대피할 수 있었습니다. 그러나 정작 안 씨 자신은 건물 5층에서 유독가스에 중독되어 쓰러진 채 발견돼 병원으로 옮겨졌으나 11일만에 숨졌습니다.

참으로 안타까운 일이었습니다. 안 씨가 화재 당시 119 신고를 한 다음 몸을 피해도 나무랄 사람은 없습니다. 그가 건물 안에 다시 들어간 건 어떻게든 사람들의 목숨을 구해야겠다는 일념 때문이었을 것입니다.

그의 용기는 우리에게 많은 것을 말해주고 있습니다. 화재든 재해든 위기상황이 닥쳤을 때 사람들의 생명을 구할 수 있는 건 시민 한 사람 한 사람의 의지와 노력에 달려 있습니다.

안 씨의 행동은 우발적으로 나온 것이 아니었습니다. 그는 평소 정이 많고 불의를 보면 참지 못하는 성격이었습니다. 화재가 나기 며칠 전 어머니가 '위급한 상황에선 네 몸부터 챙기라.'고 말하자 '서로 도와주며 살아야 한다.'고 대답했다는 것입니다.

안 씨는 1남 2녀 중 막내이면서 장남이었습니다. 위로 누나만 둘이라 귀여움을 독차지하고 자라서 붙임성이 좋고 친구가 많았다고 합니다. 대학에서 외국어를 전공했지만 목소리가 우렁차 2년 전부터 성우가 되기로 진로를 정했다고 합니다.

안 씨는 취업 준비를 하면서도 꾸준히 봉사활동을 해왔으며, 궂은 일 마다하지 않고 남을 돕는 일에 앞장섰던 성실한 청년이었습니다. 빈소에는 국무총리와 여야 정치인, 고인과 아무런 관계없는 조문객들도 의로운 죽음이 안타까워 발길이 이어졌다고 합니다.

안 씨 덕분에 목숨을 건진 원룸 건물 이웃들도 조문을 와서 '아드님 덕분에 살았습니다. 감사합니다.' 하며 고개를 숙였습니다.

세상 사람이 다 그런 것은 아니지만, 곳곳에서 자기 이해타산만 따지는 사람을 수도 없이 보게 되는 그런 세태 속에서 안 씨의 살신성인을 접하게 되어 가슴이 먹먹해집니다.

살신성인은 인간 정신의 가장 높은 경지요, 가장 용감스런 덕입니다. 지금 이 사회에서 바로 이런 최고의 덕을 가진 사람을 볼 수 있다는 것은, 우리에게 확실히 희망이 있다는 것을 보여주고 있습니다.

꽃도 피워보지 못하고 스러진 고귀한 영혼은 세상에 한 자락 비춰주는 불빛이 될 것입니다. 짧은 인생을 살다간 의인 안치범 씨의 명복을 빕니다.

40
의리 있는 친구가 참된 친구
- 친구가 필요한 이유 -

옛날 로마시대에 시라규스의 용감한 장군 피시어스는 포악한 왕을 암살하려던 음모가 발각되어 사형선고를 받았습니다. 사형이 집행되기 전 디오니소스 왕은 피시어스에게 마지막 소원이 있으면 말해 보라고 했습니다. 그는 고향에 있는 늙은 어머니에게 작별인사를 드리고 싶다며 잠시 고향에 다녀올 여유를 달라고 애원했습니다.

왕은 그가 속임수를 써 도망갈 것이라고 비웃으며 허락하지 않았습니다. 이때 이 소식을 들은 피시어스의 절친한 친구인 데이먼이 찾아와 왕에게 무릎을 꿇고 간청했습니다.

"내 친구 피시어스는 비록 중죄를 지었지만, 절대로 거짓말을 할 사람이 아닙니다. 왕께서 그를 의심한다면 제가 대신 옥에 갇혀 있을 것이니 부디 그의 소원을 들어 주소서."

교활한 왕은 그들의 우정을 시험해 볼 속셈으로 그의 청을 들어주었습니다. 그런데 돌아오기로 한 약속 날짜가 다가왔는데도 피시어스는 돌아오지 않았습니다. 드디어 사형집행 시간이 되어 데이먼이 사형장으로 끌려 나왔습니다. 많은 사람들이 모여들었습니다. 더러는 바보 같은 친구의 얼굴이나 보자며 비웃었고, 더러는 의리 있는 친구의 마지막을 보자며 슬퍼했습니다. 처형장에 나온 왕이 친구 대신 죽게 된 데이먼에게 심정을 물었습니다.

"피시어스에게 피치 못할 사정이 생겼을 것이니, 내가 죽는다 해도 조금도 원망하지 않습니다."

그는 태연했고 친구를 믿어 의심치 않았습니다.

이윽고 사형집행을 알리는 세 번째 북이 울리는 순간, 먼 곳에서 소리를 지르며 죽을힘을 다해 달려오는 한 사나이가 있었습니다. 헐레벌떡 달려오는 사람은 바로 피시어스였습니다. 그는 닷새 동안의 말미를 얻어 이틀 만에 고향에 당도하여 홀로 계신 노모에게 마지막 하직인사를 올리고 곧바로 길을 떠났지만, 중도에 갑자기 폭우가 쏟아져 도저히 강을 건널 수가 없었습니다. 무리해서 건너다가 행여 죽기라도 한다면, 데이먼이 대신 죽게 될 것을 생각하니 그럴 수도 없었습니다. 이틀을 걸려야 돌아올 수 있는 길을 하루에 돌아와야 했던 피시어스는 사력을 다해 달렸고 천신만고 끝에 사형 직전에 당도할 수가 있었던 것입니다.

이 광경을 지켜보던 디오니소스 왕은 매우 교활하고 포악했던 왕이었지만 두 사람의 우정과 신의에 깊은 감동을 받고, 피시어스의 죄를 용서해 주고 두 사람에게 나라의 중책을 맡겼습니다. 그 후 폭군이었던 디오니소스 왕은 마음을 고쳐 선정을 베풀어 시라큐스의 존경받는 성군이 되었습니다.

친구라는 인간관계는 우리의 생활에서 큰 비중을 차지하고 있습니다. 서로 주고받는 영향이 크기 때문에 속담에 '마누라 팔아 친구 산다.'는 말까지 생겨났습니다. 그 만큼 친구를 소중히 여기는 우리 전통은 우정을 인생의 높은 가치로 우러러 보게 하였습니다. 우정의 두터움을 나타내는 선인들의 남긴 고사가 많이 생긴 것도 우정의 가치를 높이 평가한 때문이겠지요.

세상에서 가장 절친한 어릴 적부터의 벗을 죽마고우(竹馬故友), 떨어지려야 떨어질 수 없는 친밀한 사이를 수어지교(水魚之交), 또 쇠나 돌처럼 우정이 견고한 친교를 금석지교(金石之交), 서로의 의기가 투합하여 거리낌이 없는 친교를 막역지교(莫逆之交), 그리고 매우 다정하고 허물이 없는 친교를 관포지교(管鮑之交), 비록 목이 잘리는 일이 있더라도 마음이 변치 않을 만큼 신의가 있는 친구를 문경지우(刎頸之友)라고 일컬어 왔습니다.

앞에서 본 피시어스와 데이먼의 교우는 문경지우의 표본입니다. 친구를 위해 목숨까지도 마다하지 않는 교우야말로 의리 있는 참된 친구요 진정한 우정입니다.

영국의 철학자 베이컨은 친구가 없는 세상을 황야에 비유했습니다. 황야를 혼자서 걸어가는 사람의 모습을 상상해 보세요. 얼마나 쓸쓸하고 처량하겠습니까.

　우리에게 어려움이 닥쳤을 때 찾아갈 사람도 없고, 같이 의논할 상대도 없다면 우리의 생활은 얼마나 외롭겠습니까. 또 서로 믿고 의지할 수 없으며 고난과 역경을 함께 뚫고 나갈 친구가 없다면 우리들의 인생은 얼마나 쓸쓸해지겠습니까? 친구가 없는 인생은 생각할 수가 없습니다. 그래서 우리는 정다운 벗이 필요하고 서로 진심으로 마음을 터놓고 사귀는 막역한 친구가 있어야 합니다. 특히 남자의 생애에서 우정은 결정적인 의미와 가치를 가집니다. 친구가 없는 남자는 인생의 낙오자요, 패배자입니다. 우리는 고독하지 않기 위해서 정다운 친구가 필요하고 가치 있는 삶을 위해서 참된 친구를 가져야 합니다.

　참된 친구란 신의가 있고 어려울 때 서로 도울 수 있는 친구이어야 합니다. 거기에다 의기투합하는 친구라면 더 바랄 것이 없습니다. 뜻을 같이 하여 위대한 것에 공통의 목표를 가지고 서로를 일깨우고 자극을 주고 격려하면서, 부단히 서로의 발전을 도모해 나가는 친구가 참된 친구입니다. 서로 협력하여 크고 높은 가치를 지향해 나아갈 때 가장 이상적이고 창조적인 우정이 탄생하는 것입니다.

제5부

그래도 세상은
아름답다

41

남을 위하는 것이 자신을 위하는 것
- 우유 한 잔의 기적 -

1880년 여름, 가가호호를 방문해서 이것저것을 파는 가난한 고학생이 있었습니다. 주머니에는 다임(10센트) 하나밖에 없었고 그것으로는 마땅한 것을 사먹을 수도 없었습니다. 그렇게 하루 종일 방문 판매를 다니느라고 저녁이 되었을 때는 너무 지쳤고 배가 고팠습니다. 다음 집에 가서는 먹을 것을 좀 달라고 해야지 하면서 그 집 문을 두드렸습니다.

이윽고 문이 열리고 예쁜 소녀가 나왔습니다. 젊은이는 부끄러워서 차마 배가 고프다는 말을 못하고 다만 물 한 잔만 달라고 했습니다. 그러나 그 소녀는 이 사람이 몹시 지쳐 있는 것을 보고 물 대신 큰 컵에 우유 한 잔을 내놓았습니다. 젊은 고학생은 그 우유를 단숨에 마셨습니다. 그리고 얼마를 드려야 하느냐고 물었으나 소녀는 그럴 필요가 없다고 말하면서, 엄마는 친절을 베풀면서 돈을 받아서는 안 된다고 하셨다며 사양했습니다. 젊은이는 이 말에 큰 깨우침을 얻었습니다.

그로부터 수십 년이 지난 후 그 소녀는 중병에 걸렸는데, 그 도시의 병원에서는 감당할 수 없는 병이라 큰 도시의 전문의를 불러와야 고칠 수 있다고 했습니다. 그래서 오게 된 의사는 하워드 켈리 박사, 그 소녀에게서 우유 한 잔을 얻어 마셨던 바로 그 젊은이였습니다. 그때 방문판매를 했던 그 고학생 하워드 켈리는 산부인과 분야의 독보적인 존재로 명문 존스 홉킨스 의과대학을 창설한 사람이기도 했습니다.

하워드 켈리 박사는 환자를 보고 단번에 그녀임을 알아봤습니다. 그리고 지금까지 개발된 모든 의료기술을 동원해서 그녀를 치료했습니다. 결국 부인과 질환으로는 상당히 힘든 케이스였음에도 불구하고 마침내 치료에 성공했습니다. 하워드 켈리 박사는 치료비 청구서를 보냈습니다. 환자는 엄청나게 나올 치료비를 생각하며 청구서를 뜯었습니다. 청구서에는 이렇게 적혀 있었습니다.

'한 잔의 우유로 모두 지불되었음.'

사람의 인연이란 참으로 묘한 것입니다. 물 한 잔만 달라는 허기진 고학생에게 물 대신 우유를 건넨 인정 많은 소녀의 작은 친절이 큰 보상으로 되돌아온 이 흐뭇한 실화는 우리로 하여금 친절의 의미를 다시 한 번 되새겨 보게 합니다. 비록 작은 친절이지만 순수한 마음에서 우러나온 친절은 그 고학생으로 하여금 두고두고 잊을 수 없는 고마움으로 남아 부메랑이 되어 돌아온 것입니다. 친절은 무엇보다도 순수해야 합니다. 어떤 다른 목적이 있어서는 안 됩니다. 친절 그 자체가 목적이어야 합니다. 그래야 상대방에게 감동을 주고 신뢰하게 되어 고맙게 여기게 되는 것입니다. 이 이야기가 주는 교훈은 '이웃사랑은 남을 위한 것만이 아니라, 자기 자신을 위한 것이기도 하다.'는 것입니다.

프랑스의 철학가이며 물리학자인 B. 파스칼은 '자기에게 이해관계가 있을 때에만 남에게 친절하고 어질게 대하지 마라. 슬기로운 사람은 이해관계를 떠나서 누구에게나 친절하고, 누구에게나 어진 마음으로 대한다. 왜냐하면 어진 마음 자체가 나에게 따스한 체온이 되는 까닭이다.'라고 말했습니다.

친절의 생명은 순수성에 있습니다. 어떤 대가를 바라고 하는 친절은 참된 친절이 아니기 때문입니다.

42
아버지 생신날에 있었던 일
– 아름다운 효심 –

비에 젖는 아침 햇살이 콘크리트 바닥에 얼굴을 비비며 도란도란 속삭이고 있었습니다. 초록빛 머리칼을 살랑살랑 흔들고 있는 가로수를 바라보며 완섭 씨는 졸음에 겨운 하품을 하고 있었습니다. 그때, 음식점 출입문이 열리더니 여덟 살쯤 돼 보이는 여자아이가 어른의 손을 이끌고 느릿느릿 안으로 들어왔습니다. 두 사람의 초라한 행색은 한눈에 봐도 걸인임을 짐작할 수 있었습니다. 담배 연기처럼 헝클어진 머리는 비에 젖어 있었습니다. 퀴퀴한 냄새가 완섭 씨의 코를 찔렀습니다. 완섭 씨는 자리에서 벌떡 일어나 고추 먹은 소리로 말했습니다.

"이봐요! 아직 개시도 못했으니까, 다음에 와요!"

아이는 아무 말 없이, 앞을 보지 못하는 아빠의 손을 이끌고 음식점 중간 자리에 자리를 잡았습니다. 완섭 씨는 그때서야 그들 부녀가 음식을 먹으러 왔다는 것을 알았습니다. 하지만 식당에 오는 다른 손님들에게 불쾌감을 줄 수는 없었습니다. 더욱이 돈을 못 받을지도 모르는 사람들에게 음식을 내준다는 게 완섭 씨는 왠지 꺼림칙했습니다. 완섭 씨가 그런 생각을 하며 머뭇거리는 사이에, 여자아이의 가느다란 목소리가 들려왔습니다.

"저어, 아저씨! 순댓국 두 그릇 주세요."

"응, 알았다. 근데 얘야, 이리 좀 와볼래?"

계산대에 앉아 있던 완섭 씨는 손짓을 하며 아이를 불렀습니다.

"미안하지만 지금은 음식을 팔 수가 없구나. 거긴 예약손님들이 앉을 자리라서 말야."

큰 눈을 꿈벅이며 완섭 씨는 어물쩡 말했습니다. 그러자 아이의 낯빛이 금방 시무룩해졌습니다.

"아저씨, 빨리 먹고 갈게요. 오늘이 우리 아빠 생일이에요."

아이는 잔뜩 움츠린 목소리로 그렇게 말하고 나서, 여기저기 주머니를 뒤졌습니다. 아이는, 비에 젖어 눅눅해진 천 원짜리 몇 장과 한 주먹의 동전을 꺼내 보였습니다.

"알았다. 그럼 최대한 빨리 먹고 나가야 한다. 그리고 말이다, 아빠하고 저쪽 끝으로 가서 앉거라. 여긴 다른 손님들이 와서 앉을 자리니까."

"예, 아저씨. 고맙습니다."

아이 얼굴이 꽃속처럼 환해졌습니다. 아이는 자리로 가더니 아빠를 다시 일으켜 세웠습니다. 아이는 아빠를 데리고, 화장실이 바로 보이는 맨 끝자리로 가서 앉았습니다.

"아빠는 순댓국이 세상에서 제일 맛있다고 그랬잖아. 그치?"

"응 ……."

간장 종지처럼 볼이 패인 아빠는 힘없이 고개를 끄덕였습니다. 잠시 후 완섭 씨는 순댓국 두 그릇을 갖다 주었습니다. 완섭 씨는 계산대에 앉아 물끄러미 그들의 모습을 바라보았습니다.

"아빠, 내가 소금 넣어줄게. 잠깐만 기다려."

아이는 그렇게 말하고는 소금통 대신 자신의 국밥 그릇으로 수저를 가져갔습니다. 아이는 자신의 국밥 속에 들어 있던 순대며 고기들을 떠서, 아빠의 그릇에 가득 담아주었습니다. 그리고는 소금으로 간을 맞췄습니다.

"아빠, 이제 됐어. 어서 먹어."

"응. 알았어. 순영이 너도 어서 먹어라. 어제 저녁도 제대로 못 먹었잖아."

"나만 못 먹었나 뭐. 근데 …… 아저씨가 우리 빨리 먹고 가야 한댔어. 어서 밥 떠, 아빠. 내가 김치 올려줄게."

"알았어."

아빠는 조금씩 손을 떨면서 국밥 한 수저를 떴습니다. 수저를 들고 있는 아빠의 두 눈 가득 눈물이 고여 있었습니다. 그 광경을 지켜보던 완섭 씨는 자신도 모르게 마음이 뭉클해졌습니다. 음식을 먹고 나서, 아이는 아빠 손을 끌고 완섭 씨에게 다가왔습니다. 아이는 아무 말 없이 계산대 위에 천 원짜리 여러 장을 올려놓고, 주머니 속에 있는 한 움큼의 동전을 꺼냈습니다.

"얘야. 그럴 필요 없다. 식사 값은 이천 원이면 되거든. 아침이라 재료가 준비되지 않아서 국밥 속에 넣어야 할 게 많이 빠졌어. 그러니 음식값을 다 받을 수 없잖니?"

완섭 씨는 웃으며, 천 원짜리 몇 장을 아이에게 다시 건네주었습니다.

"고맙습니다. 아저씨."

"아니다. 아까는 내가 오히려 미안했다."

완섭 씨는 출입문을 나서는 아이의 주머니에 사탕 한 움큼을 넣어주었습니다.

"잘 가라."

"네. 안녕히 계세요."

아픔을 감추며 웃고 있는 아이의 얼굴을 완섭 씨는 똑바로 바라볼 수 없었습니다. 총총히 걸어가는 아이의 뒷모습을 바라보는 완섭 씨 눈가에 눈물이 어룽어룽 맺혀 있었습니다. 민들레 하얀 꽃씨가, 콘크리트 바닥 위로 아기뚱아기뚱 내려앉고 있었습니다. 말뚝잠을 자던 가로수가, 초록손을 살랑살랑 흔들고 있었습니다.

43

주는 사랑 나누는 기쁨
- 사랑의 바이러스 -

돈 리는 추운 겨울에 직업을 잃게 되어 죽기보다 싫은 구걸에 나서야만 했습니다. 그는 어느 고급 식당 앞에 서서 한 쌍의 부부에게 동정을 구했습니다.

"미안하오. 잔돈이 없소."

남자의 대답이었습니다. 이때 함께 가던 부인이 남편이 퉁명스럽게 거절하는 것을 보고 이렇게 거리에서 떨고 있는 사람을 두고 어떻게 우리들만 들어가 식사를 할 수 있겠느냐면서 주머니에서 돈을 꺼냈습니다.

"여기 1달러가 있습니다. 음식을 사 잡수시고 기운을 내세요. 그리고 빨리 직업을 찾도록 기도하겠어요."

1달러를 받은 돈 리가 50센트로 빵을 사서 요기를 하고 있을 때에, 바로 앞에서 한 노인이 자기를 한없이 부러운 듯 바라보고 있었습니다. 그는 나머지 50센트를 꺼내 노인에게 빵을 사주었습니다.

그런데 노인은 조금 떼어 먹던 빵을 종이에 싸고 있었습니다.

"내일 드시려고 싸 가지고 가는 것입니까?"

"아니요. 저 길가에 꼬마 신문팔이 아이가 있어요. 그놈에게 나누어 주려고 하오."

두 사람은 먹던 빵 조각을 가지고 그 아이에게로 갔습니다. 소년이 미친 듯이 빵을 먹고 있는데 길잃은 개 한 마리가 다가왔습니다. 그 아이는 나머지 빵 조각을 개에게 나누어 주었습니다. 그리고는 기운이 났는지 다시 신문을 팔려고 뛰어 나가고 노인도 일감을 찾아 나섰습니다.

'나도 이렇게 있을 수는 없지.'

돈 리는 길 잃은 개의 목에서 주소를 찾아 그 주인에게 돌려주었습니다. 주인은 너무 고마워 10달러의 사례금을 주면서 이렇게 말했습니다.

"당신 같은 양심적인 사람을 내 사무소에 고용하고 싶소. 내일 나를 찾아오지 않겠소?"

돈 리는 비로소 그 작은 빵 속에 담겨있는 주는 사랑 나누는 기쁨을 실감할 수 있었습니다.

예수 그리스도는 '주어라. 그러면 받을 것이니, 너희에게 누르고 흔들어 넘치게 부어 주실 것이다. 너희가 남에게 되어 주는 것만큼 되돌려 받을 것이다.'라고 했습니다. 있을 때에 많이 나누어 주어야 없을 때에 남의 도움을 받게 됩니다.

주고받는다는 것은 사랑을 나누는 행위이며, 인생의 가장 아름다운 보상작용입니다. '주는 자에게 복이 있다.'는 예수님의 가르침을 마음속 깊이 새겨 두어야 하겠습니다.

남을 돕는다거나 남에게 나주어 줄 때에 우리는 기쁨과 만족감을 느낍니다. 그것은 이웃 사랑을 통해서만 얻을 수 있는 값진 보수요 대가이기 때문입니다.

이웃 사랑은 남을 위한 것이 아니라 자기 자신을 위한 것이기도 합니다. 또 인생에는 반드시 보상작용이 있습니다. 가는 것이 있으면 오는 것이 있고, 주는 것이 있으면 받는 것도 있는 것이 사람 사는 세상의 도리입니다.

44
기특하고 자랑스러운 어린이의 행동
- 인간 본성의 발로 -

수술을 받기 위해 2개월 동안 입원하고 있다가 퇴원한 지 4, 5일쯤 지났을 때였습니다. 우체국에 가야 할 일이 생겨서 지팡이를 짚고 외출을 했습니다. 큰 횡단보도를 건너가려다가 그만 길바닥에 쓰러지고 말았습니다.

그러나 몸이 말을 듣지 않아 도저히 일어날 수가 없었습니다. 그런 내가 술주정꾼처럼 보였는지, 사람들은 모두 외면을 하고 지나가는 것이었습니다. 땅바닥에 쓰러진 채 지팡이와 안경을 찾아보았지만 어디에 있는지 좀처럼 손에 잡히지 않았습니다.

이때에 자전거를 타고 가던 초등학교 5학년쯤 되어 보이는 사내아이가 '할아버지, 잠깐만 기다리세요.' 하더니 타고 있던 자전거를 길가에 세워 놓고 달려오는 것이었습니다. 아이는 나를 껴안아 일으켜 세우더니 그 작은 몸으로 나를 업다시피 하며 횡단보도 끝까지 부축해서 데리고 갔습니다.

그러는 사이에 교통신호는 청신호에서 적색으로 바뀌어져 있었습니다. 그러나 신호가 떨어지기를 기다리고 있던 자동차들이 모두 움직이지 않고 우리가 다 건너갈 때까지 기다리고 있었습니다.

아이는 그런 차들을 향해 고개 숙여 인사를 했습니다. 내가 해야 할 인사를 대신 해 준 것입니다. 그 모습을 보고 자동차 운전자들은 모두 창밖으로 손을 흔들어 주었습니다. 그중에는 박수를 쳐주는 택시기사도 있었습니다.

"할아버지 조심하세요."

이렇게 말을 던지면서 그 어린아이는 자전거를 타고 사라졌습니다. 그제서야 정신을 차린 나는 황급히 그 아이의 뒷모습을 향해 '고맙다. 고마워.' 하고 몇 번이나 외치며 허리를 굽혔습니다.

어떻게 보면 대단한 일도 아닌 것 같은 사연입니다. 쓰러져 있는 노인을 부축해서 안전한 곳으로 옮겨준 그리 어렵지 않은 작은 행동에 지나지 않습니다. 그럼에도 우리들에게 잔잔한 감동을 주는 것은 어인 까닭일까요? 그것은 어린아이의 갸륵한 행위뿐만 아니라 현장에서 지켜보던 많은 사람들이 보여준 마음 씀씀이가 너무나 자연스럽고 아름다웠기 때문입니다.

길 가던 어린이가 땅바닥에 쓰러진 노인을 보자 재빠르게 달려가 할아버지를 안전지대로 옮겨 놓은 그 자연스러운 행위, 그것을 지켜보던 운전자들이 손을 흔들고 기뻐하며 칭송하는 마음 씀씀이야말로 자연스러운 인간 본성의 발로가 아니겠습니까?

무엇보다도 그 어린 아이의 자발적인 행위가 너무나도 자연스럽게 이루어진 데에 대하여 주목하게 됩니다. 그런 어린이는 어쩌다 우연히 나타나는 것이 아닙니다. 가정교육을 잘 시키는 부모가 있고, 참다운 교육을 시키는 학교가 있고, 그리고 흐뭇한 광경에 박수를 보낼 만큼 사회에 따뜻한 인정이 흐르고 있을 때에 비로소 그런 어린이가 나올 수 있는 것입니다.

이 같은 가슴 뭉클해지는 흐뭇한 미담들이 많이 나올 수 있는 사회를 만들기 위해 우리가 어떻게 살아가야 할 것인가를 되새겨 보아야 하겠습니다.

45

작은 선행이 큰 선행을 부른다

− 섬김의 천사 최 노인 −

어느 해인가 서울 명동 성당의 성 바오로 수도원에서 70세가 넘어 보이는 거지 노인 한 분이 가톨릭 대상을 받은 일이 있었습니다. 그 수상자는 최경락 씨. 비록 거지로 살아왔지만, 아무도 그를 거지라고 부르지 못합니다. 그는 이 세상 어떤 사람들보다 사랑을 실천하고 있는 마음이 부유한 사람이기 때문입니다.

그는 일제 강점기 때 징용으로 끌려갔다가 귀국한 후 금왕면 변두리의 다리 밑으로 흘러들어 갔습니다. 그 자신도 징용에서 당한 폭행으로 몸이 성치 못했지만, 다리 밑에서 모여 사는 절름발이, 장님 등 자기보다 불행한 걸인들을 위하여 35년 동안이나 동냥밥을 얻어다 먹이고 병수발을 해왔습니다.

'얻어먹을 수 있는 힘만 있어도 얻어먹을 수 없는 사람을 도울 수 있다.'는 의지로 자기보다 불행한 그들의 보호자 노릇을 해왔던 것입니다. 참으로 거룩한 인간애가 아닐 수 없습니다.

1976년 이 마을 천주교회에 부임한 오웅진 신부는 이 위대한 걸인의 모습에서 큰 충격과 감명을 받습니다.

'기독교 신앙은 도대체 사회의 절대 빈곤에 대해 무슨 일을 할 수 있는가. 기독교는 현실을 구원하거나 개조할 수 있는가?'

이러한 신학적인 번민에 휩싸여 있던 오 신부는 이 걸인의 모습을 보고 성직자로서 자신이 나아가야 할 길을 벼락 맞은 것처럼 크게 깨달았다고 합니다.

동냥에서 돌아오는 최 노인을 따라 다리 밑으로 들어간 오 신부는 병들어 죽어가는 걸인 18명을 먹이고 보살피는 최 노인의 거룩한 사업을 자신이 이어 받기로 즉석에서 결심했다고 합니다. 작은 선행이 큰 선행을 부른 것입니다. 오 신부가 이를 계기로 '꽃동네'를 창설한 것입니다.

선행은 사회를 밝게 해주고 인정이 넘치는 따스한 사회를 만들어 줍니다. 우리 사회에는 이렇듯 남을 위해 헌신 봉사하면서도 잘 알려지지 않은 미담의 주인공들이 많이 있을 것입니다.

우리는 이들의 거룩한 선행을 보면서 자신이 살고 있는 생활 주변에서 뭔가 도움이 되는 일을 찾아 나도 남을 돕는 사람이 되어 보겠다는 다짐이 있어야 합니다.

선행이란 생각처럼 거창한 것이 아닙니다. 지극히 작은 일이라도 남에게 도움을 주는 일은 모두가 훌륭한 선행입니다. 이 작은 선행들이 우리의 마음을 한없이 기쁘게 해주고 사회를 밝게 해주고 따뜻하게 해줍니다.

일상생활에서 남에게 유익을 주는 일을 찾아서 행한다는 것은 무엇보다도 값지고 아름다운 일입니다. 아무런 나타냄이 없이 묵묵히 남에게 도움을 주는 생활이야말로 인간의 최고의 미덕이 아닐 수 없습니다.

요즘의 방송이나 신문을 보고 있노라면 온통 세상이 죄악으로 가득 차 있는 것처럼 느껴질 때가 있지만, 세상 뒤꼍에는 말없이 조용히 선을 행하는 사람들이 악행을 하는 사람들보다 훨씬 더 많다는 사실을 간과해서는 안 됩니다.

이 세상이 망하지 않고 이만큼 유지되고 있는 것은 이 같은 선한 사람들이 버티고 있기 때문입니다.

46

파란 눈의 모정 35년
- 봉사의 정신 -

1996년 가을인가 여러 신문에 '파란 눈의 모정 35년'이라는 제목 아래, 한국 어린이 5명을 입양하여 훌륭하게 키워낸 장한 미국인 어머니의 기사가 실린 적이 있었습니다. 이 기사를 읽은 많은 한국인 독자들은 시애틀에 거주하는 보드만 여사에게 깊은 감사와 함께 부끄러움을 금할 수가 없었을 것입니다.

한국 가정에서는 기를 수가 없다고 버렸는데, 어느 미국인 어머니는 친자식을 네 명이나 두고도 한국 태생의 어린이, 그것도 장애인을 5명이나 입양하고 공부시켜 훌륭하게 키워낸 사연이었습니다.

홀트 아동복지회의 자원 봉사자로 활동하던 보드만 여사는 지난 1961년 생후 6개월이던 리사 그린(35세, 보잉 컴퓨터 회사 근무) 씨를 입양한 것을 비롯해 1971년 수잔(여, 25세) 씨, 1975년 리앤 헤닝거(30세, 주부) 씨와 매튜(27세, 군복무) 남매, 그리고 1980년 베타니(17

세, 학생) 양을 차례로 입양했습니다.

이 가운데 수잔 씨는 전신 장애 뇌성마비이고 리앤 씨는 소아마비, 베타니 양은 선천성 심장병을 앓다가 세 차례의 대수술 끝에 회복되었다고 합니다.

특히 수잔 씨는 다른 사람에게 입양되었다가 파양되어 오갈 데가 없게 되었다는 소식을 듣고 받아들이기로 한 것인데, 지금 나이가 25세가 되었는데도 아직 기저귀에 의존하고 있다니 수잔을 키우기란 결코 쉽지 않았을 것입니다. 거기다가 간질병까지 있어 15분마다 정신을 잃을 땐 영원히 잃을 것 같아 마음이 아프다고 했습니다.

"혼자서는 앉지도 걷지도 먹을 수도 없는 전신 장애 뇌성마비입니다. 아직 다섯 마디밖에 할 줄 몰라요. 그렇지만 우리 가족이 있으므로 해서 수잔은 행복할 거라고 생각해요."

그래서 자신이 살던 집을 수잔에게 물려주었고, 큰딸 킴벌리 부부와 손녀들을 불러들여 함께 살면서 수잔을 돌보도록 했다는 것입니다.

이렇듯 어려운 일을 해내면서도 별다른 의미를 부여하지 않는 듯 그녀는 담담하기만 했습니다.

"저를 필요로 했기 때문에 아이들을 입양했을 뿐입니다. 조금도 힘들지 않았어요."

모든 것이 하나님의 뜻에 따른 것이라고 보드만 여사는 말했지만, 기쁜 마음으로 인류애를 실천하고 있는 그녀에게서 천사의 모습을 보는 것 같아 존경스럽기만 합니다.

우리는 이 보드만 여사를 통하여 참된 봉사가 어떤 것인가를 깨닫게 됩니다. 봉사는 주는 것이요, 헌신의 자세입니다. 참된 봉사는 어떠한 대가도 바라지 않고 아무런 조건 없이 기쁜 마음으로 남에게 베푸는 것입니다. 누가 시켜서 하는 것이 아니라 스스로 원해서 자발적으로 남을 도울 때 참된 봉사가 되는 것입니다. 지극히 작은 것이라도 남을 위하여 정성을 다해서 하는 이웃 사랑이 값진 봉사입니다.

봉사는 인간 활동 중에서 가장 높은 차원의 행동입니다. 그것은 순수한 마음으로 사심 없이 남을 위하여 일하기 때문입니다. 참된 봉사는 이처럼 어떠한 대가도 바라지 않고 아무런 조건 없이 기쁜 마음으로 남을 돕는 것입니다. 그래서 남을 위하여 봉사하는 것처럼 귀하고 거룩한 것이 없는 것입니다.

47
참회하는 마음은 아름답다
- 자전거 도둑의 참회 -

얼마 전에 27년 전 자전거를 훔친 죗값이라며 어느 병원의 원장을 찾아와, 돈이 없어 수술을 받지 못하는 불우한 이웃을 위해 써달라며 2천 5백만 원이 든 봉투를 내미는 40대 신사가 있었습니다.

"이것으로 죄책감을 아주 씻어낼 수는 없겠지만, 조금이라도 죗값을 치르고 싶었습니다."

중소기업을 경영하고 있는 송 씨에게는 씻을 수 없는 과거가 있었습니다. 비록 자기 혼자만이 알고 있는 사실이었지만, 다른 사람의 손가락질을 받는 것보다 더 괴로웠습니다.

27년 간 그는 죄책감으로 고민하며 살아 왔습니다.

'나는 자전거 도둑인데 …… 이 죗값을 어떻게 갚을까?'

송 씨의 사연은 1972년으로 거슬러 올라갑니다. 전남 어느 시골 가난한 집안에서 자라난 그는 무작정 상경하여 어렵게 취직을 하였으나, 곧 회사 사정으로 공장을 그만두게 되고 보니 당장 라면조차도 사먹을 돈이 없어 굶기를 밥 먹듯 했습니다.

그러던 어느 날 돈을 빌리려고 친척 집을 찾아갔으나 만나지도 못하고 힘없이 돌아오다가 어느 점포 앞 길가에 세워둔 자전거를 보는 순간 그만 이성을 잃고 말았습니다. 집 근처에 와서 자전거를 2천 5백 원에 팔았습니다. 그는 앞뒤를 가릴 형편이 아니었습니다. 우선 몇 끼를 굶었으니 허기부터 면해야 했습니다.

'라면을 끓여 먹는 동안 왜 그렇게 눈물이 나는지 ……. 언젠가 성공하면 주인을 찾아 용서를 빌고 천 배, 만 배로 꼭 갚으리라.'

눈물을 삼키며 다짐한 그는 고생 끝에 양변기 부문 생산 공장을 설립하여 열심히 노력한 결과 지금은 종업원 40여 명을 거느리는 중소기업체로 성장하였습니다.

그동안 송 씨는 자전거 주인을 찾아 백방으로 수소문하였으나 찾을 길이 없었습니다. 남몰래 소년소녀 가장과 불우 노인들을 돕는 일로 죗값을 치르려고 애썼지만, 마음 한 구석은 늘 찜찜했습니다. 그러다가 생각 끝에 병원을 찾은 것입니다.

"다 털어놓고 나니 응어리가 좀 풀리는 것 같습니다. 평생을 두고 갚아나가야지요."

양심의 존재는 이처럼 위대합니다. 그러나 그보다 잘못을 뉘우치고 참회하는 마음은 더욱 아름답습니다.

일찍이 독일의 철학자 칸트는 '양심은 인간의 내적 법정'이라고 갈파했습니다. 하나님은 인간의 마음속에서 양심이라는 법정을 만들어 사람의 행동 하나하나에 대하여 도덕적 판단을 내려주고 있습니다.

죄를 지으면 양심이라는 법관이 나를 내적 법정에 불러내어 준엄하게 심판합니다. 그리고 나를 고발하고 채찍질하고 마음의 가책을 받게 합니다. 양심의 법정은 사회의 법정처럼 물리적인 제재를 가하여 신체적인 고통을 줄 수는 없습니다.

그러나 양심의 명령에 불복하면 그때부터 마음의 고통을 받아야 하고 항상 죄의 굴레에서 두고두고 괴로움을 당해야 합니다.

송 씨는 누가 뭐라고 말하지는 않았지만, 오랜 세월 양심을 속일 수 없어 마음의 고통에서 벗어날 수가 없었던 것입니다.

48

그래도 양심은 살아 있다
- 무인 판매대의 위력 -

'장미란 체육관' 인근인 경기도 고양시 화정동 고양누리길 산책로 옆에는 보기 드문 '양심 가게'가 있습니다. 장미와 농산물을 직거래하는 무인 판매대입니다.

한 농부 부부가 1995년부터 21년째 운영 중입니다. 그 흔한 폐쇄회로 TV(CCTV)도 없습니다. 1,000~2,000원짜리 상품이 대부분입니다. 300여 m 거리에 있는 아파트 단지 주민이나 산책 나온 시민들이 주로 찾습니다.

입소문이 나면서 주말에는 서울 수색 등지의 단골손님 등 100여 명이 방문합니다. 차량을 끌고 와 장미를 무더기로 구입하는 경우도 다반사입니다.

지난 17일 오후 2시, 10㎡ 규모의 자그마한 판매대에는 인기척이 없었습니다. 창문이 없는 목조 건물 내부 물통에는 붉은색 장미를 7

송이씩 투명 비닐로 묶은 꽃다발이 가득 담겨 있었습니다. 벽면에는 '장미 7송이 1,000원'이라고 적혀 있었습니다. 호박, 고추, 가지, 오이 등 다양한 제철 채소도 진열되어 있었습니다. 채소 봉투에는 가격이 적혀 있었습니다. 고양시의 명물인 접목선인장도 보였습니다.

입구에는 '돈통'이 놓여 있었습니다. 이곳을 찾은 40대 주부는 '산책을 겸해 장을 보러 나왔다가 친환경 농법으로 기른 큼지막한 호박 두 개를 2,000원에 샀다.'고 말했습니다.

양심가게 주인 부부는 농가 일손 부족 때문에 무인 판매대를 열었습니다. 텃밭에서 기른 농산물과 상품 가치가 다소 떨어지는 장미를 저렴하게 직거래하기 위해 마련했다고 합니다.

주인 강재원(61) 씨는 '가게를 지키는 사람이 없지만 물건을 그냥 집어가는 경우는 거의 없다.'고 말했습니다. 아내 박영선(58) 씨는 '손님들이 아주 양심적이어서 늘 고마움을 느낀다.'며 "돈통 안에 '장미와 채소 값싸게 살 수 있어 고맙다.'는 메모도 가끔 들어 있어 보람을 느낀다."고 말했습니다.

고양시도 화답했습니다. 2013년 500만 원을 지원해 무인 판매대를 지을 수 있도록 도와준 것입니다.

오늘도 무인 판매대에서는 싱싱한 야채와 향긋한 장미를 양심껏 팔고 사는 시민들을 볼 수 있습니다. 자조적인 '헬조선'이 아닌 당당한 '대한민국'을 지탱하는 힘이 아닐까요?

우리는 남을 속일 수는 있어도 나의 양심은 속일 수가 없습니다.

양심은 나의 가슴속 깊은 데서 나오는 진실한 소리입니다.

양심은 거짓되고 타락한 나를 꾸짖고 진실한 자아로 돌아가도록 명령합니다. 그래서 양심에는 누구도 도전할 수 없는 권위가 있고, 거역할 수 없는 힘이 있습니다. 그러므로 우리는 항상 양심의 소리에 귀를 기울이고 두려운 마음으로 양심의 명령에 따라야 합니다.

앞의 농민 부부는 참으로 양심적인 사람들입니다. 무인 판매대는 아무나 설치하지 못합니다. 그분들은 양심의 권위를 믿기 때문에 설치할 수 있었고, 또 20여 년간이나 지속할 수 있었습니다.

양심은 인간이 갖는 최고의 빛이요, 최대의 권위요, 최상의 가치입니다. 인간이 인간답게 산다는 것은 양심의 명령대로 생각하고 행동하는 것입니다. 이렇게 살아갈 때, 인간은 비로소 떳떳하고 평온한 삶을 누리게 되는 것입니다.

49

참된 행복은 나눔에 있다
— 나눔의 축복 —

철강 왕 앤드류 카네기(1835~1919)는 미국의 기업가로 유명하지만, 자선사업가로 더 유명한 사람이었습니다. 가난한 직조공의 아들로 태어나 1848년 열세 살 때 미국으로 이민 와서 방직공, 전보배달원, 전신기사 등 여러 직업을 거친 뒤 펜실베이니아 철도회사에 취직한 것이 계기가 되어 제철업에 진출하게 되었습니다.

당시 철도 건설이 급속하게 진척되던 때라 철도 건설 자재 공급에 관심을 갖게 되어 제철업에 진출하였는데, 그는 카네기 제강소로 개편하면서, 역사상 처음으로 원료에서 완제품에 이르는 일관 생산 체제를 확립하고 주력 제품인 레일을 생산하여 막대한 재산을 축적할 수 있게 되었습니다.

그 후 경영에서 은퇴한 그는 '부(富)는 신으로부터 맡겨진 것이며, 부자가 되어서 부자로 죽는 것은 불명예다.'라며 그 재산을 후손에게 물려주지 않고 모두 사회에 환원했습니다. 그가 사회에 환원한 돈은 자그마치 5억 달러에 달했는데, 지금 이를 입증하듯 피츠버그에 있는 공과대학을 주축으로 세워진 명문 카네기 멜런대학교를 비롯하여 뉴욕의 대형 연회장인 카네기 홀, 그리고 미국 여기저기에 서 있는 수백 개의 카네기 도서관, 박물관, 예술관 등은 모두 그가 기증한 기금으로 세워진 건물입니다. 우리는 그를 강철 왕이라고 불렀지만, 그 누구보다 따뜻한 마음을 가졌던 자선 사업가였습니다. 카네기의 철저한 나눔의 철학은 지금 이 시대를 살고 있는 우리들이 꼭 본받아야 할 자세이기도 하지만 그것보다는 가진 것을 나누는 사람이 되라는 메시지가 아닐까요.

카네기와는 경우가 다르지만 같은 시기에 록펠러(1839~1937)라는 자선가가 있었습니다. 그도 자기의 모든 재산을 쏟아 부어 록펠러 재단을 설립하여 시카고 대학교를 세우고, 가난한 사람들을 돕기 위해 의료사업을 비롯하여 식량, 교육, 문화 등 다방면에 많은 지원을 함으로써 보람 있고 행복한 여생을 살았습니다.

그가 이 같은 자선 사업을 하게 된 데는 특별한 사연이 있습니다. 그는 53세 때 세계 최고의 부자가 되었지만, 그 즈음 그는 몹쓸 병에 걸려 1년 이상을 살 수 없다는 진단을 받았습니다. 신문은 그의 막대한 재산이 누구에게 갈 것인가에만 비상한 관심을 보였습니다. 이 지경에 이른 록펠러는 많은 것을 생각하게 되었습니다. 건강을 잃은 후에 재산이 있으면 무슨 소용이 있으며 권세나 명예 또한 무슨 가치가 있겠는가. 마침내 그는 '인생은 돈이 전부가 아니다.'라는 사실을 깊게 깨닫게 되었습니다.

그리고는 그 동안 벌어 놓은 막대한 재산을 사회에 환원하기로 작정하고 가난한 이웃과 불쌍한 사람은 돕는 데 쓰기 시작했습니다. 그러자 록펠러에게 기적이 있어났습니다. 악화일로에 있었던 건강이 점차 회복되면서 예전의 건강을 되찾게 되고 삶의 기쁨 또한 되찾게 되었습니다. 그는 최고의 권위 있는 의사들이 54세까지 밖엔 살 수 없다고 한 진단과는 달리 98세까지 장수를 누렸습니다. 돈에 대한 집착에서 벗어나 마음을 비웠을 때 그에게 마음의 평화와 축복이 찾아온 것입니다.

인생의 목적은 보람 있는 일을 해서 행복하게 사는 데에 있습니다. 부를 축적하는 목적 또한 이 세상에서 좋은 일을 하기 위함이어야 합니다. 또 인생의 참된 행복은 주는 생활에 있습니다. 남에게 무언인가를 주는 사람이 되어야 합니다. 나누어 줌으로써 행복을 찾은 카네기나 록펠러처럼 말입니다.

50
선행은 인간 최고의 미덕
- 거금을 주워 신고한 기초 수급자 -

　　폐지와 고철을 모아 생계를 꾸려나가는 이춘미 (여, 50세) 씨는 지난 2017년 4월 3일 경기 광주경찰서 경안지구대를 찾아와 '파지를 수집하다가 우연히 발견했다.'며, 검은 비닐봉지 하나를 직원에게 내밀었습니다. 경찰관이 확인해 보니 봉지 속에는 5만 원권 지폐 다발 16개가 들어 있었는데, 자그마치 7,990만 원이었습니다.

　　이 씨는 '돈을 잃어버린 사람은 얼마나 애가 타겠느냐, 꼭 주인을 찾아 달라.'고 당부했습니다. 이 씨는 전날 오후 거리에서 수집한 종이 박스를 집에서 정리하다가 그 돈을 발견했다고 합니다. 이 씨는 '돈 뭉치를 보니 다리가 후들거렸다.'고 말하면서 반드시 주인을 찾아줘야겠다고 생각했다고 말했습니다.

　　경찰은 이 씨가 맡긴 돈을 유실물 종합관리시스템에 등록하고 주인을 찾고 있습니다. 6개월 이내에 주인이 나타나지 않으면 습득자인 이 씨가 세금 22%를 제외한 돈을 받게 됩니다.

그러나 이 씨는 '내가 번 돈도 아닌데 무슨 욕심을 내겠느냐. 빨리 주인이 나타나면 마음이 편하겠다.'면서 '평생 100만 원도 본 적도 없는데, 큰돈을 한 번 만져봤다.'며 웃었습니다.

이 씨는 10년을 넘게 광주시 일대에서 고물을 수집하며 삽니다. 어려운 형편에 건강이 좋지 않아 치아가 하나도 없고 백내장 수술을 받았는데도 시력이 나빠 생활에 큰 고통을 받고 있습니다.

기초생활보장 수급자로 다세대 주택에서 아들(25)과 지냅니다. 대학에 다녔던 아들도 학비를 마련하지 못해 복학하지 못하고 직장을 다니며 돈을 번다고 합니다. 남편은 2년 전 암으로 세상을 떠났다고 합니다.

이 씨는 시동생(49)과 함께 1t 트럭으로 오전 오후에 한 번씩 광주시 일대를 돌며 파지 등을 주워 고물상에 팔고 있는데, 하루 3, 4만 원을 받지만 기름 값 등을 빼고 나면 남은 돈은 겨우 1만 원쯤이 하루 수입의 전부라고 합니다.

이렇듯 열악한 환경 속에서 어렵게 살아가고 있지만, 남의 것을 탐내지 않고 양심이 가리키는 대로 경찰에 신고한 이 씨의 갸륵한 마음씨는 장하다 못해 거룩해 보입니다.

사람의 마음은 누구나 똑같습니다. 이 거금을 발견했을 때, 당장에 쓸 곳이 많은 이 씨로서는 한순간 욕심이 생겼을지도 모릅니다.

남의 것을 훔친 것도 아니고 일하다가 우연히 주운 것인데 뭐 죄일 것도 없지 않느냐고 슬쩍 챙긴들 아무도 나무랄 사람은 없습니다.

하지만 이 씨는 그렇게 하지 않았습니다. 이 씨는 모든 유혹을 뿌리치고 양심 바르게 처신했습니다. 참으로 장하고 칭송받아야 할 선행입니다. 선행은 곧 인간 최고의 미덕입니다.

인간을 인간답게 하는 근본은 양심이요 선의지요 도덕의식입니다. 이것이 인간의 기둥이요 뿌리입니다. 선의지가 인간을 바른 길로 이끌고 의로운 길로 인도하는 것입니다.

제6부

덕은
외롭지 않다

51
너그러운 사람이 큰 사람
- 도량이 넓은 고려 명장 -

고려의 명장 강감찬(姜邯贊, 948~1031) 장군이 귀주에서 거란 군을 대파하고 돌아오자, 현종은 친히 마중을 나가 얼싸안고 환영하면서 여러 조정의 중신들과 더불어 주연상을 성대하게 베풀었습니다.

한창 주흥이 무르익을 무렵, 유독 강 장군만이 무엇인가 골똘히 생각하고 있는 눈치였습니다. 이때 장군은 현종의 허락을 얻어 소피를 보고 오겠다며 자리를 떴습니다. 나가면서 장군은 살며시 내시를 보고 눈짓을 했습니다. 그러자 시중을 들고 있던 내시가 그의 뒤를 따라 나섰습니다. 강 장군은 내시를 불러 자기 곁에 불러 나지막한 목소리로 이렇게 말하는 것이었습니다.

"내가 조금 전에 시장기를 느껴 밥을 먹으려고 뚜껑을 열었더니 밥은 담겨 있지 않고 빈 그릇뿐이던데, 도대체 어찌된 일인가? 내가

짐작컨대 경황이 없어 너희들이 실수를 한 모양인데 이걸 어찌하면
좋은가?"

내시는 순간 얼굴이 파랗게 질려 버렸습니다. 실수를 해도 이만저
만한 실수가 아니었습니다. 오늘의 주빈이 강 장군이고 보면 도저히
처벌을 면할 길이 없었습니다. 내시는 땅바닥에 꿇어 엎드려 부들부
들 떨기만 하였습니다. 그러자 강 장군은 이렇게 의견을 냈습니다.

"성미가 급하신 상감께서 이 일을 아시게 되면 모두들 무사하지
못할 테니 이렇게 하는 것이 어떨까? 내가 자리에 앉거든 자네가 내
곁으로 와서 '진지가 식은 듯하오니 다른 것으로 바꿔드리겠습니
다.' 하고 바꿔 놓은 것이 어떨까?"

내시는 너무도 고맙고 감격스러워 어찌할 줄을 몰랐습니다.

그와 같은 일이 있은 후 강 장군은 이 일에 대하여 끝까지 입을
열지 아니했습니다. 그러나 은혜를 입은 내시는 그와 같은 사실을
동료들에게 실토했으며, 이 이야기가 다시 현종의 귀에까지 들어가
훗날 현종은 강감찬 장군의 인간됨을 높이 치하하여 모든 사람의 귀
감으로 삼았다고 합니다.

너그러운 사람은 도량(度量)이 넓은 사람입니다. 도량이란 깊은
생각으로 사물을 잘 다룰 수 있는 너그러운 사람입니다. 남의 잘못
을 꾸짖기보다는 너그럽게 용서해 주는 마음입니다. 사람의 그릇을
크게 하는 것은 사랑과 관용과 타인에 대한 배려입니다. 남을 이해
하고 남의 입장을 헤아려 주는 사람이 큰 사람이며 너그러운 사람입

니다. 항상 내 마음에 비추어 남의 마음을 이해하고 남의 입장을 헤아려 주는 강 장군과 같은 너그러운 사람이 되어야 합니다.

문호 셰익스피어는 '남이 잘못에 대하여 관용하라. 오늘 저지른 남의 잘못은 어제의 내 잘못이었던 것을 생각하라. 잘못이 없는 사람은 아무도 없다. 완전하지 못한 것이 인간이라는 점을 이해하고 너그럽게 대하라.'고 했습니다. 아량이 있어야 합니다. 누구나 언젠가는 잘못을 저지를 수 있으니까 말입니다.

52
친절은 반드시 되돌아온다
- 작은 친절 뜻밖의 보상 -

　　폭풍우가 심하게 몰아치던 어느 날 밤, 어떤 노부부가 작은 호텔에 들어와 방을 찾았습니다. 그러나 호텔 방은 이미 만원이었습니다.

　　노부부는 바람이 세차게 불어대는 밤거리로 다시 나아가야만 한다는 사실에 무척 난감한 표정을 지으며 우두커니 서 있었습니다. 다른 호텔들도 모두 만원이었기에 더 이상 갈 곳도 없는 터였습니다.

　　그때 노부부 앞으로 다가온 젊은 종업원은 방을 구해 드리지 못한 것이 자기의 잘못이라도 되는 것처럼 걱정하면서 말했습니다.

　　"이렇게 날씨 사나운 밤에 나이 드신 어른을 그냥 서성이게 해서 죄송합니다. 괜찮으시다면 오늘은 제 방에서 주무십시오."

　　노부부는 한동안 망설였지만 종업원의 간곡한 권유로 그의 방에서 묵게 되었습니다. 다음날 아침 노부부는 계산을 하면서 종업원에게 이렇게 말했습니다.

"당신을 위해 미국에서 제일 좋은 호텔을 지어 주겠소."

종업원은 뜻밖의 제의를 받았으나 조용히 웃는 얼굴로 답하였습니다. 몇 년이 지난 후 이 젊은 종업원은 노부부로부터 뉴욕으로 초청하는 편지를 받았습니다. 종업원이 도착하자 노부부는 웅장한 새 건물이 서 있는 5번가와 34번가가 교차되는 길모퉁이로 그를 데리고 갔습니다.

"이것이 바로 내가 당신에게 지어 주기로 약속한 호텔이오."

이 노인은 윌리엄 월토프 아스토였고 이 호텔이 바로 그 유명한 월토프 아스토리아 호텔이었습니다. 종업원 조지시 볼트가 이 호텔의 첫 관리인이 된 것은 두 말할 필요가 없습니다.

비록 작은 친절이지만 순수한 마음에서 우러나온 친절은 노부부가 두고두고 잊을 수 없는 고마움으로 남아 있을 뿐만 아니라, 마음속에 믿고 신뢰할 수 있는 사람으로 인식되어 그 종업원을 약속대로 호텔의 중책을 맡기게 한 것입니다.

사람의 인연이란 묘한 것입니다. 작은 친절이 이렇듯 사람의 마음을 감동케 하고 큰 보상으로 되돌아올 줄 누가 예측이나 했겠습니까?

프랑스의 철학가이며 물리학자인 파스칼은 '자기에게 이해관계가 있을 때에만 남에게 친절하고 어질게 대하지 말라. 슬기로운 사람은 이해관계를 떠나서 누구에게만 친절하고 누구에게나 어진 마음으로 대한다. 왜냐하면 어진 마음 자체가 나에게 따스한 체온이 되는 까닭이다.'라고 말했습니다.

친절은 무엇보다도 순수해야 합니다. 어떤 다른 목적이 들어 있어서는 안 됩니다. 친절 그 자체가 목적이어야 합니다. 그래야 상대방에게 감동을 주고 신뢰하게 되고 고맙게 여기게 되는 것입니다.

친절은 지극히 작은 것이라고 해도 상대방의 마음을 한없이 기쁘게 해주고 기분을 좋게 해줍니다. 친절하게 대해 주면 정다워지고 훈훈한 마음이 되어 인간관계를 부드럽게 해줄 뿐만 아니라 상대방에게 친근감과 신뢰감을 갖게 합니다.

미국의 선교사 아더 스미스는 '당신의 친절이 다른 사람들에게 끼친 유쾌함은 훗날 반드시 당신에게 되돌아올 것이며, 가끔은 이자까지 붙어서 되돌아오기도 할 것이다.'라고 말했습니다.

베풀면 보상을 받게 된다는 것은 인간 사회에서 흔히 볼 수 있습니다. 다만 그 친절이 순수한 것이었나 아니었나 하는 문제가 있을 뿐입니다.

53

입은 은혜를 인술로 갚는다

- 보은의 인술 -

영국의 한 도시 소년이 처음으로 시골에 갔다가 시냇가에서 혼자 물장난을 하다 그만 깊은 물속에 빠지고 말았습니다. 헤엄을 칠 줄 모르는 이 소년은 계속 허우적거렸는데, 마침 그 옆을 지나던 시골 소년이 급히 뛰어 들어가 도시 소년을 구해 주었습니다.

기력을 회복한 도시 소년은 시골 소년에게 감사의 뜻을 표하려고 했지만, 뭐 대수롭지 않은 걸 가지고 그러느냐며 간신히 자신의 이름을 알려주고 헤어졌습니다.

10여 년의 세월이 흘러 그들은 청년으로 성장했습니다. 도시 청년은 자신을 죽음으로부터 구해 준 시골 청년을 잊을 수가 없었습니다.

어느 날 청년은 그때 그곳을 다시 찾아가 자기를 구해준 시골 청년을 찾았지만, 그는 도시 청년을 기억하지 못했습니다. 겨우 기억을 되찾은 시골 청년에게 미래의 소망이 무엇이냐고 물었습니다. 시골 청년은 의사가 되고 싶지만, 가정 형편이 어려워 뜻을 이루기 어려울 것 같다고 했습니다.

이 말을 들은 도시 청년은 런던으로 돌아와 부자인 아버지에게 자초지종을 이야기하고 그 시골 청년을 데려다가 의학 공부를 시켜 줄 것을 간청하였습니다. 아버지는 흔쾌히 승낙을 하여 시골 청년을 데려다가 의학 공부를 시켜 그를 의학박사가 되게 하였습니다. 그 의학박사가 바로 페니실린을 발명한 알렉산더 플레밍 박사이며, 그를 의학 공부를 시켜준 도시 청년이 바로 윈스턴 처칠 경입니다.

그 후 1940년 5월 처칠은 대영제국의 수상이 되었습니다. 독일군의 침공으로 당시 풍전등화와 같은 어려운 시기에 수상이 된 처칠은 수상 취임 후 중근동지방(지금의 아랍 지역)의 전황을 살피려고 출장을 다니던 중 뜻하지 않게 폐렴에 걸렸습니다.

지금은 그리 큰 병이 아니지만 그 당시만 하더라도 이 병은 죽을 수밖에 없었던 병이었습니다. 그 어떤 약이라도 처칠의 폐렴을 고칠 수 없었는데, 바로 플레밍 박사가 발명한 페니실린 덕분에 죽음의 위기에서 벗어날 수 있었습니다.

이 아름다운 이야기는 우리들로 하여금 인과응보(因果應報)의 법칙을 새삼 되새겨 보게 합니다. 인간은 은혜 속에서 살아갑니다. 많은 사람들과 더불어 살아가면서 서로 남에게 도움을 받거나 신세를 지며 살아가는 것이 인생입니다. 그 누구도 남의 도움이나 신세를 지지 않고 살아갈 수 없으며, 아무런 혜택도 받지 않고 독자적으로 살아갈 수는 더더욱 없습니다.

인간은 이렇게 얽히고설키면서 서로 돕기도 하고 베풀기도 하면서 살아가는 것입니다. 그렇기 때문에 더러는 남의 도움이나 신세를 지게도 되고, 더러는 남에게 도움이나 혜택을 베풀기도 하는 것입니다.

우리는 남에게서 받은 도움이나 신세를 고맙게 알고, 그 은혜에 보답할 줄 알아야 합니다. 이것이 인간의 도리입니다. 은혜를 모른다는 것은 사람으로서 부끄러운 일입니다. 은혜를 망각하고 은혜를 배반한다는 것은 인간의 도리에 어긋나는 것입니다.

54
스스로 낮추는 자는 높아진다
- 말석에 앉은 대통령 -

프랑스의 대통령이었던 포오 항가리가 대통령 재직 시 모교 쏠버대학에서 한 교수의 근속 50주년 기념식이 베풀어졌을 때의 일입니다. 대통령은 모교의 스승인 라비스 박사를 축하하기 위해 그 식전에 참석하였습니다. 기념식 도중 라비스 박사가 답사를 하기 위해 단상에 올라가 내려다보니 뜻밖에도 대통령이 내빈석도 아닌 학생석의 맨 뒷자리에 앉아 있는 것이 아닙니까. 라비스 박사는 깜짝 놀라 황급히 단상에서 내려와 대통령을 단상으로 모시려고 했으나 한사코 사양하면서 말했습니다.

"선생님, 저는 선생님께 배운 제자입니다. 오늘의 주인공은 선생님이십니다. 저는 오늘 대통령의 자격으로 이 자리에 온 것이 아니라, 제자의 한 사람으로 오늘의 영광스런 선생님을 축하하려고 온 것뿐입니다."

하는 수 없이 단상에 오른 라비스 박사는 '저렇게 훌륭하신 대통령이 나의 제자라니 꿈만 같습니다.'라고 했습니다. 조금은 그의 겸손이 지나치다 싶지만, 자기를 낮추고 자기를 드러내지 않는 그에게서 겸손의 참 모습을 엿볼 수 있습니다.

포오 항가리는 영광을 스승에게 올림으로써 한층 유명한 대통령이 되었습니다. 사실 겸손하다는 것은 자기를 낮추는 것이 아니라, 반대로 자기를 높이는 일인데도 사람들은 그 이치를 깨닫지 못하고 있는 것입니다.

겸손이란 남을 높이고 자기를 낮추는 것이요, 자만하지 않는 것이요, 자기를 과시하지 않는 것입니다. 겸손에 있어 가장 중요한 것은 자기를 나타내지 않는 것입니다. 자기가 잘났다고 나서지 않는 것이요, 사람 앞에 자랑하지 않는 것입니다. 겸손한 사람은 남의 미움을 사거나 시기와 질투의 대상이 되지 않습니다. 그래서 겸손한 사람에게는 적이 없습니다. 인자무적(仁者無敵)이지요. 사람이 겸손하면 언제나 이익이 돌아오고 모든 일이 다 잘되고 만사가 형통한다고 했습니다. 겸손이야말로 덕 중의 덕입니다. 겸손이 없이는 진정한 의미의 인간의 완성은 불가능합니다.

예수는 어느 잔칫집에서 초대받은 사람들이 저마다 상좌에 앉으려는 것을 보고 '무릇 자기를 높이는 자는 낮아지고 자기를 낮추는 자는 높아지리라.'고 했습니다. 자기를 높이는 자는 멸시를 받고 자기를 낮추는 겸손한 사람은 오히려 남의 존경을 받는다는 뜻입니다.

우리는 무르익을수록 고개를 숙이는 벼이삭의 지혜를 배워야 합니다. 지극히 높은 경지에 오른 사람은 자기를 나타내 보이거나 자랑하지 않습니다. 스스로 높이면 높일수록 낮아지고 천해진다는 사실을 명심하고 높아질수록 더욱 겸손하여야 합니다. 이것이 인간이 가져야 할 교양 있는 사람의 기본자세입니다.

55

조상들의 침략행위를 사죄합니다
– 400년만의 화해의 악수 –

임진왜란 당시의 한일 양국 장수들의 후손들이 1999년 10월 21일 옛 격전지 행주산성에서 화해의 악수를 나눈 색다른 감동적인 만남이 있었습니다.

행주산성은 1593년 3월 14일 왜군이 3만의 군사를 이끌고 겨우 2천 병력이 지키고 있는 행주산성을 포위하고 하루 동안 아홉 차례나 공격해 왔지만, 산이 높은 데다가 권율 장군의 뛰어난 전술로 1만 명의 사상자를 내고 격퇴당한 유서 깊은 전적지입니다.

여기서 권율 장군의 12대손인 권영철 씨와 이순신 장군의 15대손인 이재엽 씨가, 당시의 일본군 총지휘관이었던 우키다 히데이에의 후손 우키다 히데모미 씨와 벽제관 전투의 장수 다치바나 무네시게의 17대손 다치바나 무네아키 등 16명의 일본 측 후손들과 용서와 화해의 악수를 주고받은 것입니다.

216

일본 장수들의 후손을 대표한 우키다 씨는 조선 장수들의 후손 50여 명을 찾아 허리를 깊숙이 굽히며, 조선 땅을 침범해 피 흘리게 한 조상들의 잘못을 용서해 달라며 사죄했습니다.

이에 대해 한국 측 대표인 권영철 씨는 이번 모임은 총칼을 맞대고 전쟁을 치렀던 양국 후손들이 선조들의 원한관계를 청산하고 화해의 차원에서 만나는 뜻깊은 자리라면서, 이곳을 찾아와 사죄한 여러분들은 정말 용기 있는 사람들이라고 화답했습니다.

해방 후 지금까지 양국 간에는 경제협력과 인적교류는 놀랄 만큼 확대되었지만, 아직도 망언과 규탄이 그대로 재연되고 있는 이때, 비록 민간차원의 화해의 만남이긴 하지만, 침략전쟁에 대해 사죄를 하고 대물린 응어리를 풀었다는 데 뜻이 있습니다.

반세기를 훨씬 넘은 시간 속에 가해자 쪽의 진정한 화해의 목소리가 나올 만한데, 아직도 일본 당국은 일제의 망령에 사로잡힌 듯 역사 왜곡, 야스쿠니신사 참배, 위안부 강제동원 사과 거절 등 참회의 모습은 보이질 않습니다.

이 소식을 접하면서 생각나는 것은 같은 가해자이면서도 철저하게 용서를 구했던 독일의 사죄하는 모습과 대비하게 됩니다.

1970년 12월 7일 당시의 독일 총리의 빌리 브란트는 폴란드 수도 바르샤바를 방문해 나치에 희생된 유태인 기념비 앞에서 무릎을 꿇고 용서와 화해를 빌었습니다.

그날 현장에 있던 폴란드 사람들까지 놀라게 한 빌리 브란트의 이러한 행동을 우리는 일본 당국자에게 기대할 수는 없는 것일까?

평화보다는 전쟁과 증오 그리고 갈등이 많은 인간사에 있어서 진정으로 용서하는 화해는 쉽지 않습니다. 참된 용기와 인간애가 없으면 이루기 어려운 이 화해는 그래서 그것의 크기에 또 공과 사에 관계없이 감동적인 것입니다. 용서는 아픈 상처를 치유케 하는 최고의 명약입니다. 용서는 증오와 원한에 찌든 상한 마음을 선의와 화해와 애정의 밝은 마음으로 승화시키는 사랑의 마술사입니다.

용서하고 화해함으로써 미움과 증오와 원한에 찌든 상한 마음을 지워버리고 선의와 화해의 밝은 마음으로, 서로가 마음 편하게 살아가는 것은 우리 모두의 현명한 선택입니다.

56

역지사지로 상대방을 이해하자
－ 대통령과 사령관 －

       미국의 남북전쟁 중에 있었던 일입니다. 게티스버그 전투는 1863년 7월 1일부터 3일간에 걸쳐 벌어졌습니다. 전투는 매우 격렬했고 참혹했습니다. 7월 4일 밤 남군의 리 장군은 그 지방에 폭풍우가 몰려오자 남쪽으로 후퇴하기 시작했습니다. 리 장군이 패배한 부대와 함께 포토맥에 도착했을 때 리 장군 앞에는 걸어서는 도저히 건널 수 없는 강물이 범람해 있었고, 리 장군의 바로 뒤에는 승승장구한 북군이 바짝 추격해 오고 있었습니다. 그는 궁지에 몰려 탈출할 곳이 없었습니다.

       링컨 대통령은 이것을 리 장군의 군대를 생포해 즉각 남북전쟁을 끝낼 수 있는 하늘이 내린 절호의 기회로 생각했습니다. 희망에 부푼 링컨은 미드 장군에게 작전회의를 열지 말고 즉각 리 장군을 공격하라고 명령했습니다.

그런데 미드 장군은 받은 명령대로 하지 않고 그것과는 반대로 행동을 취했습니다. 즉, 그는 작전회의를 소집하고 망설이며 시간을 지연시켰으며, 여러 가지 구실을 내세워 리 장군을 공격하는 것을 정면으로 거부했습니다. 결국 강물은 줄어들었고 리 장군은 병력과 함께 포토맥 강을 건너 무사히 퇴각할 수 있었습니다.

링컨은 격노하여 '빌어먹을! 이게 도대체 어찌된 일인가? 적은 독 안에 든 쥐였는데…… 이참에 리 장군의 군대를 격파시켜 전쟁을 조기에 끝낼 수 있는 기회였는데 대관절 어찌된 일이냐?' 하고 소리 쳤습니다.

매우 낙담한 심정으로 링컨은 책상 앞에 앉아 미드 장군에게 편지를 썼습니다. 이때의 링컨의 말씨는 매우 조심성이 있었으나, 이 편지는 어지간히 화가 나서 쓴 것임에 틀림이 없을 것입니다.

그러나 미드 장군은 그 편지를 받지 못했습니다. 링컨은 그 편지를 보내지 않았기 때문입니다. 그 편지는 링컨이 죽은 후 그의 서류함 속에서 발견되었던 것입니다.

전쟁 중에 대통령의 명령에 불복종한 장군은 파면되거나 직위해제를 당하는 것이 상식입니다. 그러나 링컨은 그렇게 하지 않았습니다. 링컨은 독안의 쥐를 놓쳤다며 몹시 격노했지만, 그를 문책하거나 비난하지 않았습니다. 당시 북군은 승승장구하는 추세였지만, 게티스버그 전투는 매우 참혹했던 전투였습니다. 그것을 알고 있는 링컨은 현지 사령관에도 그럴 수밖에 없었던 사정이 있었을 것이라고 역지사지(易地思之)로 이해하려고 했기 때문입니다. 그는 미드 장군에게 보내는 편지를 쓰는 것으로 그 분노를 삭이고 편지는 보내지 않았습니다. 왜냐하면 신랄한 비난과 질책은 대개의 경우 아무 소용이 없음을 깨달았기 때문입니다. 여기에 링컨의 위대한 관용의 정치를 읽을 수 있습니다.

우리는 사람들을 판단하기 전에 그들을 이해하려고 노력해야 합니다. 그들이 왜 그런 행동을 했을까 하고 처지를 바꿔서 생각해 보는 것이 비판보다는 훨씬 유익한 결과를 가져옵니다. 사실 비판은 상대방을 방어적 입장에 서게 하고, 그 사람으로 하여금 정당화하도록 안간힘을 쓰게 만들 뿐만 아니라, 한 인간의 소중한 자존심에 상처를 입히고 원한을 불러일으키기 때문입니다.

57
베풀면 언젠가는 보답을 받는다
─ 관용과 보은 ─

중국 춘추시대 때의 일입니다. 초나라의 장왕이 어느 날, 모처럼 신하들을 불러 잔치를 베풀었습니다. 밤이 되자 왕은 더욱 흥을 돋우기 위해 사랑하는 후궁 허희를 불러 신하들에게 직접 술을 따르도록 했습니다.

허희가 술을 따르며 돌아다니는데 갑자기 회오리바람이 불어와 촛불이 일시에 꺼지는 사태가 벌어졌습니다. 그런데 그 순간이었습니다. 허희 옆에 있던 신하 한 사람이 임금의 후궁이 너무나 아름다워 그녀의 허리를 끌어안았습니다. 허희는 순간 기지를 발휘하여 사내의 손길을 밀쳐내며 슬쩍 관끈을 끊어 버렸습니다.

촛불이 다시 밝혀지자 허희는 왕에게 가서 귓속말로 사태의 전말을 알리고 이렇게 고했습니다.

"소녀의 몸에 손을 댄 그 무엄한 자를 찾아 벌하소서."

비록 취중이긴 하지만 당시로서 임금의 후궁을 넘보는 실수란 있을 수도 없고, 용납될 수 없는 행위였습니다. 그 죗값을 따지자면 육시를 하고도 남습니다.

그러나 장왕은 아무 일도 없었던 것처럼 미소 지으며 말했습니다.

"모두 듣거라. 연회가 무르익어가니 더욱 흥을 돋우기 위해 그 거추장스러운 관끈을 끊어버리고 마음껏 마시도록 하오."

이에 모든 문무백관들은 일제히 관끈을 끊어버리고 즐겁게 술을 마시며 즐겼습니다.

장왕은 후궁의 정절을 드러내고 자신의 분노를 풀기 위해 신하를 욕되게 할 수 없다고 판단했던 것입니다. 그리고 끝내 이런 큰 실수를 저지른 사람이 누구인지 알려고도 하지 않고 끝까지 웃음 띤 얼굴로 술잔을 들 뿐이었습니다. 참으로 너그러우신 임금이었습니다.

이런 일이 있은 지 몇 년이 지나 장왕은 정나라를 치다가 원병인 진나라 군대에 쫓기어 도망치게 되었습니다. 이때 위급한 상황에서 부장인 당교가 끝까지 왕을 호위하여 안전지대까지 모시게 되었습니다. 무사히 돌아온 왕은 곧 당교에게 후한 상을 내리려고 했습니다.

그러나 그는 사양하며 이렇게 말했습니다.

"신은 이미 크나큰 상을 받았나이다."

"대체 무슨 소리요? 과인은 경에게 아직 상을 내린 일이 없는데."

"지난날 잔치 자리에서 신은 이미 목숨을 상으로 받았사오니 오늘의 이 상은 거두어 주시옵소서."

장왕은 고개를 끄덕였습니다. 그렇다면 그때 어둠 속에서 허희의 허리를 끌어안았던 자가 바로 당교였단 말인가. 그때 만일 허희를 희롱하였다 하여 그를 잡아 죽였더라면 어떻게 되었을까. 참으로 기막힌 인연이 아닐 수 없었습니다.

인과응보라 할까, 베풀면 언젠가는 보답을 받기 마련입니다.

관용은 잘못을 저지른 사람을 너그럽게 용서해 주는 것입니다. 그렇기 때문에 은혜를 입은 사람은 문책을 받게 되는 것보다 오히려 마음으로부터 개과천선하게 되고, 평생을 두고 은혜를 잊지 않고 마음에 새겨두게 되는 것입니다. 또 남에게 관용을 베풀면 언젠가는 보답을 받게 되는 것이 세상의 이치입니다.

58
사명감이 위대한 인물을 만든다
- 살아가야 할 이유 -

인간으로서는 차마 감내하기 힘든 굴욕과 울분을 사명감 하나로 극복하고 끝내 중국 역사서 가운데 으뜸가는 명저인 『사기(史記)』130권을 완성시킨 중국 전한의 역사가 사마천(司馬遷)의 이야기는 사명감이 무엇인가를 새삼 일깨워 주고 있습니다.

사마천의 아버지 사마담은 중국의 상고시대부터 당시까지의 2천여 년에 이르는 역사를 정리하여 저술해 오던 그 막중한 사명을 사마천에게 맡기고 세상을 떠났습니다.

아버지의 유명을 받은 사마천은 아버지에 이어 태사령에 임명되어 집필 도상에서 큰 재앙을 맞게 됩니다.

기원전 99년의 일이었습니다. 당시의 무제(武帝)는 북방의 흉노에게 자주 싸움을 걸고 있었습니다. 그런데 한나라의 장군인 이릉(李陵)이 5천도 되지 않는 적은 병사를 이끌고 선전 분투했지만, 포위를 당해 포로가 되는 사건이 일어났습니다.

이 패전은 무제를 격노케 했고, 이릉의 처벌을 검토하게 됩니다. 많은 중신들이 입을 모아 이릉의 엄벌을 주청했지만, 사마천 혼자 이릉의 충절과 용감성을 찬양하며, 적은 병사로 대적을 맞아 싸워야 했던 장군의 어려움을 역설하자, 무제의 노여움이 사마천에게로 향했고, 드디어 생식기를 제거하는 궁형이라고 하는 굴욕적인 처벌을 받게 됩니다.

사마천은 선비로서 참을 수 없는 굴욕을 당하며 사는 것보다 차라리 깨끗이 죽음으로써 이런 굴욕에서 벗어나고 싶었을 것입니다. 그러나 그는 그럴 수가 없었습니다. 선친의 유업인 역사 저술의 큰 일이 자기에게 맡겨져 있었기 때문입니다.

그는 몇 해 후 출옥하여 관직에 복귀되었습니다. 그는 정신적 타격에도 꺾이지 않고 사명을 완수하기 위해 역사 저술에 심혈을 기울여 마침내 『사기』 130권을 완성했습니다. 자기에게 지워 놓은 이 사명의 완수를 위해 그는 죽을 수도 없었던 것입니다.

'만약 이 책이 완성되어 세상 사람들에 읽힐 수 있다면 나는 이 욕됨을 씻게 될 것입니다.'라며 굴욕을 극복하고 대업을 이룩한 사마천이야말로 후세에 길이 빛나는 사명적 인간이었습니다.

인생에서 자기의 사명을 자각하고 사명을 위해 헌신하는 일처럼 중요한 것은 없습니다. 인간은 사명적 존재입니다. 사명을 깨닫고, 사명을 위해서 살고, 사명에서 보람을 느끼고, 사명을 위해서 죽을 수 있는 존재입니다.

우리가 보람 있게 살려면 자기의 사명을 깨달아야 합니다. 사명 감이 우리를 용감하게 만들고 위대하게 만듭니다. 인간은 무엇인가 를 위해서 살고 무엇인가를 위해서 죽습니다. 사람은 무엇인가를 위 해서 살 때, 위대한 생을 살 수 있습니다. 사명감은 인간의 위대한 힘의 원천입니다.

세상에서 큰일을 성취한 사람들을 보면, 그의 인생의 어느 계기 에 자기의 커다란 사명을 깨닫고 그 사명을 완수하기 위해서 진력하 게 됩니다. 사명의 자각이 없이는 큰 그릇이 될 수가 없고 큰일을 할 수가 없습니다.

59

돌아온 1만 원의 양심
- 인간 양심의 승리 -

　　"돈의 액수보다 뉘우치는 마음을 헤아려 받아 주십시오."

　　충북 영동군 농촌지도소 직원 김종린 씨는 뜻밖의 편지 한 통과 만 원짜리 지폐 한 장을 들고 6년만에 '돌아온 양심'에 그저 감격스럽기만 했습니다.

　　요즘 같은 각박한 세상에 아직 이런 사람이 남아 있는가 싶어 모처럼 진한 감동을 받은 것입니다.

　　김 씨는 이날 '서울 노원구'라고만 밝힌 사람으로부터 6년 전 기억을 되살리는 글과 단돈 만 원짜리 한 장이 든 등기우편을 받았습니다.

　　사연은 1983년 11월 3일로 거슬러 올라갑니다. 그날 오후 김 씨는 농촌진흥청에서 축산 교육을 받고 집으로 돌아가는 길에 수원에 사는 고모댁에 전화로 안부를 묻고는 공중전화 박스 위에 수첩과 주민등록증, 운전면허증과 비상금 만 원이 들어 있는 지갑을 두고 나왔습니다.

수원 시외버스 터미널에서 버스표를 사려다가 지갑을 두고 온 것을 안 김 씨는 허겁지겁 공중전화가 있는 곳까지 달려가 봤지만 허사였습니다. 수중에 한 푼 없이 두어 시간을 헤맨 끝에 간신히 고모댁을 찾아 촌놈 티낸다는 핀잔까지 들으며 차비를 구해 집으로 돌아왔습니다.

그 후 김 씨는 우체부를 통해 두 달 만에 잃었던 지갑을 돌려받았지만 증명서만 들어 있을 뿐, 만 원짜리 한 장은 눈에 띄지 않았습니다. 뜻밖에 지갑과 증명서를 되찾은 김 씨는 그나마 다행이다 싶어 비상금의 행방은 생각지도 않았고, 곧 지갑을 잃었다 찾은 일까지 까맣게 잊었습니다.

그런데 그로부터 6년이 지난 뒤 사죄의 편지와 함께 만 원짜리 한 장이 돌아온 것입니다.

이 씨는 이 편지에서 지갑을 주운 뒤 바로 김 씨 주소로 보내려 했으나 그때는 끼니를 잇기가 어려울 만큼 생활이 어려워 몇 번이나 망설이다 결국 돈 1만 원을 쓰고 말았다고 밝혔습니다.

이 씨는 그 후 돈이 생기면 지갑과 함께 보내겠다고 다짐했지만, 여의치 않아 차일피일하다가 지갑만 보냈다고 합니다. 이 씨는 그러나 자신이 남의 돈을 부당하게 썼다는 사실에 늘 양심의 가책을 느껴 오다가 하나님 앞에 참회하는 마음으로 돈 1만 원과 함께 그간의 사정을 담은 편지를 부쳤다는 것입니다. 그리고 김 씨가 이 편지를 받을 때쯤이면 자신은 미국으로 떠나게 된다는 사연과 함께 36세의 기독교 신자임을 밝히고 거듭 용서를 비는 간곡한 글로 끝을 맺었습니다.

김 씨는 이 씨의 이 사죄 편지는 '인간 양심의 승리'라며 이 돈을 평생 쓰지 않고 간직해 자라는 두 아들의 교육에 살아있는 교재로 쓰고 싶다고 하면서 답장조차 보낼 수 없는 이 씨에게 밝은 앞날이 있기를 기원했습니다.

이 실화는 혼탁한 세상에 한 줄기 빛을 보는 것 같은 신선한 감동을 줍니다. 지난날의 잘못을 깊이 뉘우치고 하나님 앞에 참회하는 마음은 거룩하기까지 합니다. 그래서 예수 그리스도는 참회하는 사람에게는 일곱 번이 아니라 일흔 번이라도 용서해 주라고 하셨습니다.

부득이한 사정으로 남의 것을 탐했던 이 씨의 사죄편지는 인간 양심의 승리를 가져다주었습니다. 어떻게 보면 그냥 지나칠 수도 있는 일이었습니다. 일부러 훔치려고 한 것도 아니고, 우연히 전화통 위에 놓인 지갑이 있으니까 열어 보았고, 끼니를 굶은 상황에 앞뒤를 가릴 형편이 못되었습니다.

그러나 그 일은 두고두고 이 씨에게 양심의 가책을 받도록 하였고, 죄의 굴레에서 괴로워하도록 했습니다. 더욱이 그가 종교인이었기 때문에 더욱 심한 마음의 채찍질을 받아야만 했을 것입니다.

그렇지만 그는 결국 양심이 명령하는 대로 하나님 앞에 참회하고, 훔친 돈을 되돌려 보냄으로써 죄의 굴레에서 벗어날 수가 있었습니다. 참으로 용기 있는 행동이었습니다.

60

성실의 정도가 존재의 정도를 결정한다
- 성실의 대가 -

펜니라는 미국 청년이 있었습니다. 그가 명문 대학인 하버드 대학의 졸업반일 때, 대학의 직업 보도국을 통해 굴지의 백화점에서 2명의 학생을 추천해 달라고 의뢰해 왔습니다.

펜니가 추천을 받아 백화점에 갔더니 사장이 그들에게 준 일자리는 겨우 엘리베이터 보이였습니다. 그와 함께 갔던 학생은 즉각 그 일을 거부하고 돌아갔습니다. 그러나 펜니는 달랐습니다. 그는 그 일을 쾌히 수락하고 열심히 일했습니다.

이렇게 묵묵히 일하기를 6개월이 지났을 때, 사장은 펜니를 사장실로 불렀습니다.

"그래 펜니, 수고했네. 6개월간 일해 보니까 어떤가?"

"네, 사장님. 일하기는 어렵지 않았습니다. 일하면서 느낀 일입니다만, 3층의 아동 완구점과 숙녀 용품점은 1층으로 옮겨야 한다고 생각해 봤습니다."

"흠, 그래, 그 이유는?"

"백화점에 출입하는 사람의 대다수가 여성과 아이들입니다. 따라서 3층에 그들이 주로 이용하는 매장이 있으니 자연 엘리베이터의 가동이 늘 수밖에 없습니다. 이렇게 되면 전력이 많이 소비됩니다. 이를 1층으로 옮기면 백화점이 복잡하지도 않고 전력 소모도 절약될 것입니다."

사장은 감탄했습니다. 열심히 일한 펜니에게 기껏해야 경리사원쯤으로 발령을 낼 속셈이었는데, 그의 직무에 대한 성실성과 뛰어난 경영능력의 싹을 보고는 생각이 달라졌습니다.

그래서 사장은 즉각 펜니를 지배인으로 발탁했습니다. 이례적이고 엄청난 파격이었습니다. 펜니는 결국 백화점 업계의 총아로 성공하여 미국 내 100대 재벌로 손꼽히는 거부로 성장했습니다.

우리는 살아가면서 숱한 시험을 받습니다. 인생이란 이런 시험에 어떻게 대처하느냐에 따라 승부가 결정되는 것입니다. 또 성실하게 사는 사람에게는 언제나 도움을 주는 사람이 있기 마련입니다.

성실은 사람의 마음을 움직이는 놀라운 힘이 있습니다. 그래서 성실하게 일하면 세상에 안 되는 일이 없다는 것입니다.

동양 철학의 기본인 사서의 하나인 『중용』에 불성무물(不誠無物)이란 말이 있습니다. 성실성이 없으면 아무 일도 되는 것이 없다는 말이지요. 성실의 정도가 존재의 정도를 결정한다는 말은 참으로 지

당한 말입니다.

우리가 일생 동안 가슴 속에 소중히 간직하고, 항상 실천하기를 힘써야 하는 하나의 기본적인 덕이 있다면, 그것은 곧 성실입니다. 성실이란 무슨 일이나 거짓 없이 정성을 다하여 자기의 소임을 다하는 것을 말합니다. 나의 양심과 나의 능력과 나의 정성과 나의 지혜를 다해서 성심성의껏 일하는 것입니다.

현대 유럽에서 성실의 철학을 가장 강조한 사상가는 프랑스의 가톨릭의 실존주의자인 가브리엘 마르셀입니다. 그는 '성실의 정도가 존재의 정도를 결정한다.'고 말했습니다.

사람이 얼마나 성실한가에 따라서 그 사람의 존재의 가치가 결정됩니다. 성실성이 많으면 그 사람은 참된 존재요, 성실성이 적으면 그 사람은 거짓된 사람입니다. 성실의 정도가 존재의 정도를 좌우합니다.

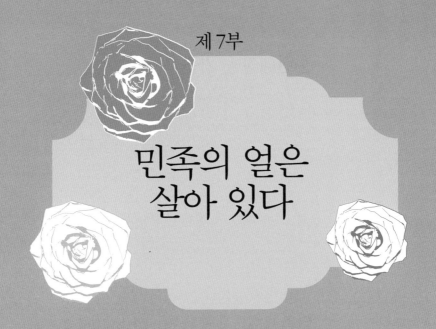

제 7부

민족의 얼은
살아 있다

61

훈련대장을 가둔 하마비
– 융통성 없는 준법자 –

　　영조 때 어느 날 왕을 호위하여 성균관에 행차 중
이던 훈련대장의 말이 무엇에 놀랐는지 갑자기 날뛰며 발광을 하는
바람에, 그만 하마비(下馬碑) 옆을 그대로 통과하게 된 일이 있었습
니다.

　하마비란 성현의 신위를 받드는 의미에서 계급의 상하를 가리지
않고 누구나 그 앞에 다다르면 반드시 말에서 내려 경건하게 걸어가
도록 되어 있는 비석입니다.

　당시 성균관의 책임자였던 서유망(徐有望)은 크게 노하여 훈련대
장을 붙들어다 하인들 방에다 가두어 버렸습니다. 다시 궁으로 돌아
가는데 그 행차를 호위할 훈련대장이 갇혀 있으니 난감한 일이 아닐
수 없었습니다.

　그래서 왕은 도승지를 서유망에게 보내 훈련대장의 죄는 나중에

묻기로 하여 우선 석방시켜 달라고 부탁을 하였습니다. 그러나 강직하고 준법정신이 강한 서유망은 정색을 하고 거절하는 것이었습니다.

"비록 어명이라 할지라도 죄 지은 자를 놓아 보낸다는 것은 법도에 어긋나는 일이니 그리 할 수가 없습니다."

다급해진 왕은 서유망의 당숙이며 당시의 좌의정이던 서수매를 보내 재차 부탁을 했습니다. 그러자 서유망은 아랫사람을 시켜 당장 종이와 붓을 가져오게 하더니 사직서를 쓰는 것이었습니다.

"소신이 법을 어길 수도 없고, 그렇다고 어명을 거역할 수도 없으니 차라리 이 자리에서 관직을 내어 놓겠습니다."

이 말을 전해들은 영조는 크게 깨달은 바가 있어 호위대장 없이 그냥 궁으로 돌아왔습니다. 그리고는 어명을 받들지 않은 서유망을 책하기는커녕 그 강직한 소신과 철저한 준법정신을 높이 사 서유망의 관직을 한 등급 올려 주도록 하였습니다. 과연 그 신하에 그 임금이라 할 만한 감격스러운 일이 아닐 수 없습니다.

원칙만 고집하고 도무지 융통성이 없는 사람 같지만, 이런 사람들의 철저한 준법정신으로 사회는 건전하게 유지되는 것입니다. 원칙이라는 것은 원래 융통성이 없습니다. 융통성을 발휘하다 보면 예외가 생기고 예외가 생기면 원칙은 무너지게 마련입니다. 그리고 원칙이 무너지기 시작하면 어느 사회나 걷잡을 수 없는 무질서를 맞이하게 되는 것입니다.

그렇기 때문에 이처럼 원칙을 지키고 사명감에 투철한 사람들이야말로 국법의 파수꾼이요, 이 세상을 썩지 않게 하는 소금과도 같은 존재인 것입니다.

법은 사회의 공동약속입니다. 서로의 안녕과 질서를 위해서 꼭 지키겠다고 약속한 것입니다. 약속을 한 이상 절대로 지켜야 합니다.

한 사회가 바람직한 사회, 부강하고 번영된 사회, 안심하고 살아갈 수 있는 질서사회가 이루어지려면, 국민 모두가 법을 꼭 지키겠다는 확고한 마음의 자세가 필요합니다. 그렇게 될 때 우리가 지향하는 살기 좋은 이상적인 민주복지국가가 이루어지게 되는 것입니다.

법이란 지키기 위해서 만들어진 것이며, 또 지켜져야 그 존재가치가 있습니다. 법이 지켜지지 않는다면 사회질서가 파괴되고 혼란을 가져오게 됨은 물론 사회 도덕이 무너져 모든 것이 엉망이 되어버립니다. 그러므로 준법은 모든 국민들이 지켜야 할 절대적인 의무입니다.

62
청나라 칙사를 욕보인 우국 청년
─ 민족의 자존심 ─

조선조 영조 때 있었던 일입니다. 당시 청나라에서 칙사가 오면 임금이 몸소 서대문 밖에 있던 모화관까지 나아가 영접을 해야만 했습니다.

그런데 영접 행사가 한창 진행되고 있을 때 난데없이 돌멩이 하나가 날아와 청나라 칙사의 이마빡을 정통으로 후려갈겼습니다. 맞은 사람도 맞은 사람이지만, 영접 나와 있던 사람들의 당황함과 놀라움은 정말 천지개벽이라도 난 것 같았습니다. 당장 장안이 발칵 뒤집혀진 것은 말할 것도 없었습니다. 그도 그럴 것이 청나라 황제 폐하의 칙사를 욕되게 하였으니 그 불경함은 대죄일 수밖에 없었습니다.

그러나 먼발치에 엎드려 있던 구경꾼 사이에서 날아온 것이라 범인을 잡아들인다는 게 쉬운 일이 아니었습니다.

포도대장은 곰곰이 생각해 보았습니다 돌을 던진 사람은 보통 사람이 아니고 적어도 우국충정이 있는 뜻있는 사람이라는 생각이 들었습니다. 그렇다면 부근에서 활을 쏘며 어울려 지내는 모화관 한량패들 가운데 한 사람일 것 같았습니다.

그래서 은밀하게 조사한 끝에 서유대(徐有大)라는 청년을 지목하고, 어느 날 그를 술자리에 초대하였습니다. 얼마큼 거나하게 취했을 때, 포도대장은 그의 마음을 떠보았습니다.

"청나라 사신도 이번엔 혼이 났을 거야. 누가 한 짓인지 모르나 정말 가슴이 후련한 일이었네."

"그렇고말고요. 황제의 칙사면 칙사지. 우리 임금 앞에서 그 방자한 꼬락서니라니 분통이 터져 볼 수 있겠습니까?"

포도대장은 그 순간 불쑥, '그거 자네가 한 짓이 아니었나?' 하고 다그치자, 서유대는 그만 사실대로 털어놓고 말았습니다.

이렇게 해서 범인을 잡기는 잡았으나 우국충정으로 일으킨 소란인지라 이 청년을 처형할 수가 없었습니다. 포도대장은 궁리 끝에 옥에 갇혀 있는 사형수 하나와 바꿔치기하는 꾀를 냈습니다. 사형수 역시 기왕에 죽을 바에야 이름이라도 남기고 죽겠다는 생각으로 쾌히 투석 범인으로 자청하고 나섰습니다.

포도대장은 그 사형수를 청나라 칙사 앞으로 끌고 가 엎드려 사죄하게 하였습니다. 이제 그의 목을 쳐야 할 판이었습니다. 그런데 천만 뜻밖에도 칙사는 '이 자의 소행은 괘씸하나 임금에 대한 충정으로 한 짓이니 용서해 줍시다.' 하고 오히려 부탁하는 것이었습니다.

포도대장의 지혜는 이렇게 해서 두 사람의 목숨을 구하고 서유대는 훗날 훈련대장의 지위에까지 이르렀습니다.

개인에게는 자존심이 있기 때문에 남에게 업신여김을 받지 않고 자기다운 체면과 체통을 지키고 떳떳하게 살아갈 수 있고, 민족에게는 민족적 자존심이 있기 때문에 자주 독립한 민족으로서 긍지와 자부심을 가지고 늠름하게 살아갈 수가 있는 것입니다.

그러나 자존심을 지킬 힘이 없으면 남에게 멸시와 수모를 당하게 되고 다른 민족의 지배를 받게 되고 맙니다. 그래서 자존심이 강한 사람이나 민족은 스스로 실력과 힘을 기릅니다. 그것이 자존심을 지킬 수 있는 유일한 길이기 때문입니다.

63

유태 민족보다 훌륭한 우리 민족
- 민족의 긍지 -

　　1967년 이스라엘과 아랍 국가 간의 중동전쟁이
일어나자, 미국 주요도시의 공항에서는 이스라엘 행 비행기를 타려
는 유태의 젊은이들이 차례를 기다리는 장사진을 볼 수 있었습니다.
그들은 비록 미국에서 태어난 미국 시민이지만, 조국의 국난을 방관
할 수 없다는 젊은이들이었습니다.

　2천 년 만에 다시 찾은 나라를 어떻게 빼앗길 수 있느냐면서 기
어코 조국을 수호하겠다는 결의에 찬 대열이었습니다. 전쟁은 이스
라엘의 승리로 끝났습니다. 이것은 어떤 이유보다도 유태 민족의 단
합된 힘이 있었기에 전쟁을 승리로 이끌 수 있었던 것이라고 생각됩
니다. 이 같은 보도가 외신을 통해 전 세계에 전해지자 많은 사람들
이 유태 민족의 민족적 단합에 대하여 놀라기도 하고 또 한편으로는
부러워하기도 하였습니다.

그러나 대표적인 조국애의 사례로 세계인의 주목을 끌었던 이스라엘 유학생들의 귀국 참전보다, 우리 민족은 그보다 17년이나 앞선 값진 재일학도 의용군의 귀국 참전이 있었음을 우리는 잘 모르고 있지는 않는지 모르겠습니다.

1950년 한국전쟁이 일어나자 많은 재일청년학도들이 조국을 수호하겠다는 결의로 일본 각지에서 모여들었습니다. 이들 642명은 당시 맥아더 사령부의 참전 응낙으로 주일 미군기지에서 군사 훈련을 마친 뒤, 그해 9월 15일 인천상륙작전을 비롯한 여러 전투에서 혁혁한 전공을 세웠으며, 이 과정에서 135명이 전사하였습니다.

조국 수호를 위해 달려온 그들의 애국정신은 참으로 고귀하고 후세에 길이 빛날 한민족의 자랑이 아닐 수 없습니다. 우리의 선조들은 나라가 위기에 처하면 삽과 쟁기를 놓고 전쟁터로 뛰어나가 싸웠습니다. 을사보호조약으로 하루아침에 나라를 잃었을 때에도, 우리 백성들은 전국 각지에서 수천 명의 의협 남아들이 의병을 일으켜 일본군과 싸웠습니다.

백암 박은식 선생은 '의병 정신은 국혼의 상징이며, 국혼이 살아 있으면 나라는 망하지 않는다.'고 했습니다. 이 같은 민족정신은 일제침략과 6·25 등 국난극복의 원동력이 되었습니다. 우리 민족은 오래 전부터 조국의 위기를 외면하지 않고, 용감하게 몸을 던져 싸워온 민족입니다.

우리는 남의 나라는 과대평가하고 자기 나라는 과소평가하는 경향이 있습니다. 이것은 아직도 사대주의적 잔재가 남아 있기 때문입니다. 이제 우리는 민족적 자존심을 가지고 떳떳하게 우수한 민족임을 자랑하며 살아가야 합니다. 어느 나라건 자랑스러운 면과 부끄러운 면은 있기 마련입니다. 분명한 것은 민족적 긍지를 가진 민족만이 더욱 번창하고 발전할 수 있다는 사실입니다.

64
우리도 전승국이 될 수 있었는데
– 김구 선생의 탄식 –

상해 임시정부가 세워진 지 20년, 김구 선생이 자나 깨나 바라는 바는 조국의 광복이었습니다. 하루빨리 빼앗긴 나라를 되찾고, 일본 제국주의를 이 땅에서 몰아내겠다는 일념뿐이었습니다.

어느 날 김구 선생은 서안의 한 만찬회에 초대를 받았습니다. 김구 선생은 오래간만에 초대받은 만찬회에 기쁜 마음으로 참석을 했습니다. 이윽고 많은 이야기가 오가면서 만찬회의 분위기가 차츰 무르익어 갔습니다.

그때 한 사내가 황급히 연회장으로 뛰어들며 소리쳤습니다.

"선생님, 드디어 소원이 이루어졌습니다."

사내의 눈에서는 눈물이 흘렀습니다. 김구 선생은 너무나도 감격스러운 일에 어리둥절할 뿐이었습니다.

"도대체 그게 무슨 말인지 다시 자세히 말해보시오."

"우리나라가 해방이 되었습니다. 선생님!"

"뭐라고? 해방이 되었다고?"

"예. 그렇습니다. 드디어 일본이 연합군에게 두 손을 들었습니다. 항복한 겁니다."

만찬회에 초대된 손님들은 모두 눈이 휘둥그레져서 사내의 말을 듣고 있었습니다.

그러나 곧 사내의 말뜻을 알아차린 사람들은 너도나도 기쁜 소식에 어쩔 줄 몰라 환성을 지르며 떠들어댔습니다.

그런데 김구 선생은 기뻐하기는커녕 오히려 한숨만 내쉬는 것이었습니다.

"선생님, 어째서 한숨을 쉬십니까? 어느 누구보다도 기뻐하셔야 할 선생님이 좋아하는 기색이 없으시니, 전 도무지 이해가 가지 않습니다."

김구 선생 옆에 앉아 있던 신사가 의아한 얼굴로 말했습니다.

김구 선생은 숙이고 있던 고개를 들고는 심각한 표정으로 다음과 같이 말했습니다.

"분하군! 이보다 더 원통하고 분한 일이 또 어디 있겠나?"

"그게 무슨 말씀이십니까?"

"여보게. 그놈들하고 한 번 맞붙어 싸워보기도 전에 일본이 항복했다니 원통하지 않고 뭔가? 여태껏 그들과의 일전을 준비한 것이 모조리 허사로 돌아가고 말았으니, 이보다 더 원통한 일이 또 어디 있겠는가?"

김구 선생은 상기된 얼굴로 이렇게 말하고는 또 한숨을 길게 내쉬었습니다.

"하지만 선생님, 우리 땅에서 일본이 물러가게 되었다는 것은 더없는 기쁜 일이 아닙니까?"

"그건 자네가 모르고 하는 말일세. 그놈들과 한 번이라도 본때 있게 싸우기 위해서 얼마나 많은 고생을 하며 준비를 했는지 아나?"

이와 같이 김구 선생은 일본이 우리 아닌 연합군에게 항복한 것을 아쉬워했습니다.

1945년 8월 우리 광복군은 연합군과 함께 상륙작전을 계획하고 8월 25일에 실행하기로 하고 만반의 준비를 갖추고 있었습니다. 그런데 그 실행 계획을 며칠 앞두고 일본이 항복하고 말았으니 일본을 우리의 손으로 무찌를 기회를 놓치고 만 것입니다.

만약 우리 광복군이 연합군의 일원으로 참전하였다면 우리도 당당한 전승국으로 우리 땅에 진주할 수 있었을 것입니다. 그 절호의 기회를 놓치게 된 것을, 김구 선생은 그것이 아쉬워 원통해 했던 것입니다.

참으로 아쉬운 역사의 아이러니가 아닐 수 없습니다.

65

성군을 탄생하게 한 형재애

− 미치광이 행세한 세자 −

양녕은 태종의 맏아들로서 세자로 책봉되어 동궁에서 기거하였습니다. 그는 왕자로서 재능이 매우 뛰어난 사람으로 문장과 필법이 뛰어난 사람이었습니다. 태종이 경회루의 현판을 쓴 것을 보고 그 웅건한 필치에 놀라 아들 양녕의 필법을 무수히 칭찬하였다는 이야기고 보면 그가 얼마나 출중한 사람이었는지를 알 수 있습니다.

그런 양녕이 어찌하여 장차 임금의 자리에 오를 세자의 자리까지 내팽개치고 온갖 추잡한 행동과 미치광이 짓을 해야 했는가? 여기에는 그럴만한 곡절이 분명히 있었던 것입니다.

그가 세자로 책봉된 지 얼마 안 된 어느 날, 무왕의 침전으로 문안차 들어갔을 때, 그는 문 밖에서 부왕과 모후의 소곤거리는 대화를 듣게 되었습니다.

"참 아쉬운 일이야. 충녕과 양녕이 바뀌어 태어났다면, 장차 백성들이 요순의 다스림을 받아 태평성대에서 살게 될 것을 ……."

부왕 태종은 긴 한숨까지 내리쉽니다. 그러자 모후는 '뉘 아니래요. 충녕이 맏이였어야 할 것인데 …….' 하면서 한숨을 내쉽니다.

이 순간 세자 양녕의 머릿속에는 번갯불처럼 스쳐가는 생각이 있었습니다. 그것은 지난날 태종과 방석, 방번, 그리고 방간 등 삼촌들과의 자리다툼이라는 골육상잔의 참극이었던 것입니다.

'자, 그럼 어떻게 하면 세자의 자리를 아우 충녕에게 내어 줄 수 있을까.'

이런 생각이 머리에 떠오르자, 양녕은 문안드릴 것도 잊고 자기의 처소인 동궁으로 발길을 옮기면서 궁리에 잠기기 시작했습니다.

이윽고 그는 '에라 모르겠다. 발광할 수 없으면 발광한 체라도 해보자.' 이렇게 결심했습니다. 어질고 덕이 있고 효심과 우애가 지극했던 양녕인지라. 부왕의 뜻에 어긋나지 않도록 그는 자기보다 월등한 셋째 아우 충녕에게 깨끗이 자리를 양보하려고 한 것입니다

그로부터 양녕은 미치광이처럼 돌변했습니다. 양녕대군이 한참 궁리하고 있을 때, 춘방별감이 계성군이 듭신다고 알려 왔습니다. 오늘은 바로 자신의 스승으로 결정된 계성군이 동궁으로 출사하는 첫날이었습니다.

이때 양녕은 '옳지, 지금부터다.' 하고 일부러 안석에 비스듬히 기대앉아서 개 짖는 시늉을 시작했습니다. 계성군이 세자의 괴상한 행동에 놀라 '아니, 동궁마마!' 하고 양녕을 흔들었으나, 양녕은 연

거푸 짖어대며 마치 물어뜯기라도 할 듯이 계성군의 다리를 붙들고 매달리기도 했습니다.

"동궁마마! 이게 웬 일이시오니까? 정신을 차리십시오."

계성군이 다시 양녕의 어깨를 잡아 흔들자, 비로소 알아차렸다는 듯 '아, 계성군 아니오? 언제 오셨소.' 하고 아는 체했습니다.

"마마! 어찌된 일이오니까? 아까 개 짖는 소리는 왜 하셨나이까?"

"개 짖는 소리? 내가 언제?"

"아, 방금 하시잖았소이까?"

"체, 내가 개를 보기나 했소?"

"아니, 어디 편치 않으십니까?"

"내가 왜 앓는 것 같소?"

하고 도리어 엉뚱한 딴전을 부렸습니다.

이날 계성군은 세자의 여러 가지 언행을 낱낱이 태종에게 아뢰고는 의관을 보내 진맥케 하는 것이 좋겠다고 했습니다.

그 뒤부터 양녕은 계성군이 와도 글을 배우려 하기는 고사하고 엉뚱한 짓을 하기만 했습니다. 또 뜰 앞에 새덫을 해놓고는 글을 배우다가도 새가 치이기만 하면 쏜살같이 달려가곤 했습니다. 그리고는 간혹 조하에 참석할 일이 있어도 머리가 아프다거나 드러누워 뒹굴면서 콧노래를 부르기가 일쑤였습니다.

그는 어떻게든지 공의에 좇아 폐세자를 하였을 뿐, 까닭 없이 폐세자한 것이 아니다 하는 것을 널리 알리고자 물의를 일으킨 것입니다.

아무튼 세자의 광태는 날이 갈수록 더하기만 했습니다. 춘방별 감을 대동하고 궁성을 월장하여 외방 출입을 하면서 기생들을 상대 하는가 하면 남의 집의 반반한 소실까지 낚아내기도 했습니다. 그가 끔찍이 사랑하던 어리도 이렇게 하여 낚아 들인 계집이었습니다.

어느 날은 궁 밖으로 나가 질탕하게 술을 마시고는 돌아오는 길 에 악공을 불러 풍악을 연주케 하고 종로 한복판에 들어서서는 세자 자신이 덩실덩실 춤을 추고 다녀 종로 일대는 구경꾼들로 인산인해 를 이루기도 하였습니다.

묘당에서는 드디어 폐세자의 논의가 대두되기 시작했습니다. 그 러나 당시 이조판서로 있던 황희는 그가 거짓 미친 체하는 그 심정 을 간파하여 반대하는 주장을 굽히지 않다가 강등되어 귀양 가는 사 태까지 벌어졌으나, 몹시 격노한 태종은 제신들의 주청을 받아들여 양녕이 바라던 대로 폐세자를 결행하였던 것입니다.

양녕대군이 동궁으로부터 쫓겨날 무렵, 그의 아우 둘째 효령대군 은 속으로 생각하기를 형님이 폐세자되면, 세자 자리는 차례대로 당 연히 내 것이 될 것이라고 생각하며 학행을 부지런히 하고 있었습 니다. 그러던 어느 날, 형님 양녕이 찾아와서 효령이 읽는 책을 덮어 팽개치며 농지거리를 했습니다.

"이놈아, 공부는 해서 뭘 해. 떡 줄 사람은 생각지도 않는데 김칫 국부터 마시지 마라. 충녕이야 충녕! 알았어? 괜히 쓸데없는 일하지 말고 ……."

그러나 이 농담 속에 뼈가 들어있음을 효령은 재빠르게 알아차렸습니다. 그도 충녕이라는 것을 짐작하지 못한 바는 아니지만, 형님의 말을 듣고 보니 수긍되는 바가 있어, 책을 덮고 그 길로 양주의 회암사로 들어가 머리를 깎고 스님이 되었습니다. 이리하여 효녕은 중이 된 후 세상사를 깨끗이 잊고 일념으로 염불삼매에 몰두하였습니다.

이 해 6월에 양녕을 폐하고 충녕을 세자로 세운 다음, 8월에는 태종이 왕위를 재빨리 충녕 세자에게 전수하고 자신은 상황이 됨으로써, 충녕대군은 우리 역사상 가장 위대한 성군으로 추앙받는 조선 제4대 세종대왕(1397~1450)이 된 것입니다.

세종대왕! 그는 실로 위대한 인격자요 백성이 우러러보는 참된 지도자였습니다. 그는 박학다예하고 우리의 글인 훈민정음(한글)을 창제하고, 집현전을 설치하여 수많은 서적을 편찬케 하고 세계 최초로 측우기를 제작하는 등 민족문화의 기초를 확립한 보기 드문 성군이었습니다.

이것은 오로지 자기희생과 양보로 임금 자리를 내놓은 아름다운 형제애의 소산으로, 후세에 역사의 향기로 길이 남게 될 것입니다.

부왕의 뜻을 받들기 위해 스스로 왕위를 버리려고 미친 짓을 서슴지 않았던 세자 양녕대군, 형님의 충고를 받아들여 삭발위승이 된 효녕대군, 모두가 일신의 영화를 버리고 오직 월등한 아우 충녕대군으로 하여금 왕위를 잇게 한 아름다운 이야기는, 왕위를 둘러싸고 서로 차지하려고 피비린내 나는 골육상잔이 끊이지 않는 세상사에서 참으로 귀감이 되는 감동적인 역사의 향기가 아닐 수 없습니다.

그 효심과 형제애가 우리 민족의 역사에 국운을 크게 융성케 한 보기 드문 위대한 성군인 세종대왕을 탄생케 한 것입니다.

66

청렴은 모든 덕행의 근본
- 청백리의 참모습 -

우의정과 좌의정을 지낸 맹사성은 청렴하기로 이름이 높아 청백리에 녹사된 사람으로 교훈이 될 만한 일화가 많이 전해 오고 있습니다.

한 번은 어느 병조판서가 국사의 자문을 구하기 위하여 맹 정승 댁을 찾아 나섰으나 아무리 둘러 보아도 정승이 살 만한 집이 보이질 않았습니다. 그도 그럴 것이 너무나 초라하고 볼품없는 집이었으니 대궐같은 큰 집을 상상하고 찾아갔던 사람이 쉽게 찾을 수가 없었던 것은 당연했습니다.

겨우 수소문해서 찾아갔으나 때마침 쏟아진 비로 낭패를 보게 되었습니다. 집 자체가 워낙 허름하고 허술하다 보니 방안 여기저기에서 비가 새는데, 의관을 차려입은 나라의 정승과 판서가 꼼짝없이 비에 젖고 말았습니다. 좀 주변머리가 없어 보이긴 하지만 맹 정승이 얼마나 청렴결백했는가를 잘 말해주고 있는 대목입니다.

이런 맹 정승이 어느 날 온양의 생가로 나들이를 하게 되었습니다. 정승이 온다는 기별이 전해지자 양성과 진위의 현감이 길가의 정자에 나와서 기다리고 있었습니다.

그런데 기다리던 정승 나리의 행차는 보이지 않고 차림이 남루한 늙수그레한 노인이 소를 타고 유유히 큰 길을 지나가고 있었습니다. 이를 본 관속이 쫓아와 노인에게 딱딱거리며 호통을 쳤습니다.

"네 이놈, 지금이 어느 때라고 이곳을 함부로 지나가느냐! 지금 한양에서 정승 나리께서 오신다는데 빨리 옆으로 비켜나지 못해! 치도곤을 당하기 전에 빨리 비켜."

그런데 이를 어찌하랴. 호통을 쳐서 길을 비켜나게 했는데, 나중에 알고 보니 그가 맹 정승이라, 현감들의 안색이 흙빛으로 변할 수밖에 …….

일국의 정승이 허름한 옷차림에 소를 타고 지나갔으니 누가 알아 볼 수 있겠습니까. 그는 벼슬을 이용하여 축재한 적이 없으니 집은 낡아 초라했습니다. 고향 다녀오는 사사로운 일에 요란한 행차가 있을 리 없습니다. 이렇듯 공과 사를 분명히 구별하여 백성에게 폐를 끼치지 않으려는 맹 정승의 소탈하고 강직한 성품에서 우리는 청백리의 참 모습을 볼 수가 있습니다.

옛날 이야기이지만 오늘의 공직자들은 어떻게 처신해야 하는가를 되새겨 보게 하는 교훈적인 일화입니다.

옛날의 청백리들은 이렇듯 청렴결백하고 사리사욕을 멀리했으며, 소신 있게 자기 직무에 충실했었습니다. 오늘날에도 이런 청백리가 없지 않으나 간간이 들려오는 고급 관리들의 독직 사건은 우리를 실망시키고 있습니다.

흔히 말하기를 공무원을 국민의 공복(公僕)이라고 합니다. 공복의 복은 종이라는 뜻으로 공복은 곧 국민의 심부름꾼입니다. 국민이 나라의 주인이고 공무원은 그의 심부름꾼이라면, 공무원은 마땅히 겸허한 마음으로 국민에게 봉사할 줄 알아야 합니다.

정치하는 사람은 예로부터 청렴을 으뜸으로 꼽았습니다. 이는 백성 앞에 탐욕을 부리지 않고 청렴하고 깨끗한 몸가짐을 지녀야 하기 때문입니다.

사실 정치나 행정관리가 자기의 몸가짐을 일그러뜨리는 것은 탐욕에서 비롯됩니다. 물욕에 젖게 되면 부패하게 되어 저절로 몸가짐이 허물어지는 것입니다. 청백리를 높이 사는 이유가 바로 여기에 있습니다.

『목민심서(牧民心書)』를 쓴 정약용 선생은 '청렴이란 목자의 본무요, 온갖 선행의 원천이요, 모든 덕행의 근본이다.'고 했습니다.

67
귀한 자식 매 한 대 더 때린다
- 집요한 사람 만들기 -

조선조의 명재상인 황희 정승은 매우 너그러운 사람이었습니다. 그런데 유독 김종서한테만은 엄격하기가 이를 데 없었습니다. 사소한 잘못에도 면전에서 면박을 주었고 꾸지람도 서슴지 않았습니다.

하루는 김종서가 회의를 하는 도중에 피곤함을 참지 못하고 의자에 비스듬히 앉아 있는 것을 보고, 황 정승은 하인을 불러 이런 면박을 주기도 했습니다.

"저 병판 대감의 의자 다리 하나가 짧은 듯하니, 나무토막으로 당장 괴어 드려라."

김종서가 깜짝 놀라 자세를 바로 잡았음은 물론입니다.

어느 날은 대신 회의가 밤늦도록 진행되어 김종서가 약간의 다과를 준비해 오자 황 정승은 이렇게 핀잔을 주었습니다.

"대감이 이제는 아부까지 하는가?"

황 정승의 김종서에 대한 인물 만들기는 이렇게 가혹할 정도로 집요했습니다.

황희 정승은 인품이 어질고 온화하여 누구에게나 존경받는 재상이었는데, 김종서에게만은 언제나 추상같았습니다. 그러고 보니 모두가 지나치다고 했고, 그 중에는 김종서의 기를 꺾으려고 일부러 허물을 끄집어내어 트집을 잡는다고 오해하는 사람도 있었습니다.

김종서 자신도 남들에게 한없이 관대한 분이 자신에게만 혹독하게 대하니 입장이 난처하고 원망하는 마음도 생겼습니다.

보다 못한 맹사성 정승이 너무한다 싶어 황 정승에게 조용히 물었습니다.

"어찌하여 김종서에게만 그토록 야단을 치시는 겁니까?"

"그것은 그를 구슬처럼 귀하게 쓰기 위함입니다. 그 사람은 다음에 나라를 위해 크게 쓰일 재목입니다. 그러나 성품이 너무 강직하고 기개가 너무 예리해서 스스로 신중하지 않으면 일을 그르칠 우려가 있습니다. 그래서 지금 기를 꺾어 경솔하게 행동하지 않도록 깨우쳐 주려는 것이니 결코 그를 미워해서가 아닙니다."

아닌 게 아니라 황 정승은 자신이 늙어 벼슬을 그만 두고 물러날 때, 김종서를 높이 쓰도록 임금께 천거를 했습니다. 그리고는 그에게도 나랏일을 간곡히 당부하니, 김종서는 황 정승의 깊은 뜻을 그제서야 깨닫고 감격했습니다. 황 정승이 이제껏 자신을 얼마나 각별히 위해 주었는지를 알게 되었던 것입니다.

아마도 꾸중을 들어서 기분이 좋은 사람은 아무도 없을 것입니다. 대부분의 사람들은 꾸중을 들으면 울컥 화가 치밀어 불쾌한 마음이 되어 적대시하거나 양심을 품을 수도 있습니다. 더구나 벼슬자리에 올라 있는 대감에게 꾸지람을 주었으니 웬만한 사람은 이를 감내하기가 힘들었을 것입니다.

그러나 김종서 대감은 황 정승의 인품을 잘 알기 때문에 그 꾸지람을 감수하고 자기 인격 도야에 힘썼으니 그 정승에 그 대감이라 하겠습니다.

'귀한 자식 매 한 대 더 때리고, 미운 자식 떡 한 개 더 준다.'는 속담이 있습니다. 귀한 사람을 올바르게 하려면 당장 좋은 것이나 주고 뜻을 맞춰 주느니보다 귀할수록 버릇을 잘 가르쳐 길러야 한다는 말입니다.

잘못한 일에 대해서 꾸짖어 고치게 하는 것은 사람들을 교육하는 데 있어서 필요불가결한 방법입니다.

68

유능한 지도자만 있으면 크게 될 민족

− 개화기의 우리의 모습 −

개화기 무렵의 외국인들의 눈에 비친 우리의 모습은 어떠했을까요? 1874년 프랑스 가톨릭 신부 샤를르 달레는 『한국천주교 교회사』라는 책을 펴냈는데, 당시 우리나라에 숨어들어와 선교활동을 하다가, 천주교 박해 때 목숨을 잃은 여러 신부님들이 써보낸 보고서를 토대로 엮은 책이었습니다. 그 책에서 프랑스 신부들은 우리나라 사람들의 국민성에 대하여 아주 흥미로운 진단을 내리고 있습니다.

첫째, 한국인들은 인간 사랑의 법칙을 선천적으로 존중하고 이를 서로 돕는 정신을 통하여 나날이 실천하고 있기 때문에 현대 문명의 이기주의에 물든 다른 나라 국민들보다 우위에 있다.

둘째, 한국인들의 손님 대접을 하는 것을 보면 신성한 의무처럼 극진하며 친구 대접 또한 그와 같다.

셋째, 한국인들은 육체적 고통을 잘 참으며 육체적 피로에 결코 굴복하지 않는 강인한 성격을 지니고 있다.

이렇게 진단하면서 한국 민족은 결코 나약하거나 비겁하지 않으며, 유능한 간부만 있다면 훌륭한 나라로 발전할 수 있을 것으로 확신한다고 하였습니다. 그러나 신부들은 이러한 장점도 들었지만, 우리나라 사람들의 단점도 들었습니다.

첫째, 한국인은 천성적으로 무척 정열적이지만, 남녀 간의 참다운 사랑은 찾아보기 힘들다. 남녀 간의 풍기문란은 모든 상상을 초월한 정도이며 정조관념 역시 희박하다.

둘째, 한국인들은 돈에 악착같다. 돈을 벌기 위해서는 수단과 방법을 가리지 않는다. 그러나 돈이 생기면 마구 써 버린다.

셋째, 한국인의 성격은 완고하고 까다롭고, 화를 잘 내며 복수심이 강하다. 그 예의 하나가 화가 치밀면 쉽게 목을 매거나 물에 뛰어들어 자기 목숨을 끊어버린다. 또 이밖에도 한국인의 성격 결함으로 과음, 과식하는 것, 자기가 아는 것은 말하지 않고는 못 배기는 것, 모임에서 모두 큰 소리로 떠드는 것 등을 들었습니다.

그런가 하면 영국의 지리학자로 그 당시 우리나라를 네 번이나 방문했던 비숍 여사는 『한국과 그 이웃』이라는 책에서 이렇게 말하고 있습니다.

'한국인은 처음 보았을 때는 정직하지 못하고 무식한 것처럼 보이지만, 조금만 더 시간을 두고 관찰하면 청결을 좋아하고 멋이 있으며 정직하고 친절하며 그 어느 국민들보다 높은 학문적 수준과 교육열이 있음을 알게 된다. 한국인이 만약 정직한 관리와 재산권을 적절히 보호할 수 있는 제도만 가질 수 있다면 세계적으로 훌륭한 국민이 될 수 있을 것이다.

개화기 무렵의 외국인들이 본 우리의 모습은 우리가 생각하고 있는 것과는 상당한 차이가 있다는 것을 알 수가 있습니다. 우리는 우리 민족의 장점으로 창의성, 인내성, 낙천성, 그리고 사랑과 친절 등을 들고 있는데, 프랑스 신부들은 인간애, 손님 환대, 강인성, 용기를 들고 있습니다. 또 우리 자신은 우리의 단점으로 형식주의, 당파심, 의타심, 위정자의 부패, 단결력 부족 등을 꼽고 있는데 그들은 풍기문란과 경제도덕의 부재 그리고 낭비성, 조급성, 떠들썩함 등을 들고 있습니다. 이 같은 차이는 우리들의 전통적인 관점과 외국인들의 기독교적인 관점에서 보는 것 때문에 생긴 것으로 여겨집니다.

우리의 마음가짐에서 가장 중요한 것은 자기성찰입니다. 제3자의 입장에서 우리가 미처 생각지 못했던 날카로운 지적을 우리는 고마운 충고로 받아들이고 스스로를 살피는 것입니다.

그리고 먼 나라에서 왔던 손님의 따뜻한 충고를 정중하게 받아들이는 태도 또한 주인이 된 자의 도리인 것입니다.

69

백 리 안에 굶어 죽는 사람 없게 하라
- 경주 최 씨의 가훈 교육 -

우리나라에서는 부자에 대한 사회적 인식이 그리 좋지 않지만, 역사에 귀감이 된 존경받는 부자로 명성을 누려온 부잣집이 있습니다.

경주의 만석꾼 최 부잣집, 소유한 논밭만도 300만 평이 넘었고, 한 해에 벼 만 석을 소작료로 거둬들일 정도로 엄청나게 큰 부자였지만, 나눔의 정신을 실천해 가난한 사람들의 삶을 어루만지는 상류층의 본보기로, 300년간이나 존경받는 부자로 명성을 이어온 명문가 집안입니다.

3대에 걸치는 부자 없다는데, 이 최 씨 가문은 임진왜란 때 공을 세운 정무공 최진립(1568~1636)에서 시작하여 광복 후 모든 재산을 바쳐 대구대학교와 영남대학교를 설립한 최준(1884~1970)에 이르기까지 무려 12대에 걸치는 300년간을 부와 명예를 누려왔습니다.

이 최 부잣집이 300년 동안이나 존경받는 만석꾼으로 이어올 수 있었던 비결은 무엇일까? 더욱이 자손들에게는 유산 한 푼 남겨주지 않고 전 재산을 교육 사업에 희사함으로써 만석꾼의 지위를 스스로 포기한 그런 결단은 어디서 나왔을까? 궁금하지 않을 수 없습니다. 그 해답은 300년 동안 내려온 최 부잣집의 자녀 교육에서 찾아볼 수 있습니다. 과연 어떤 것일까요?

경주의 최 부잣집은 최 씨의 시조로 신라 말기의 학자인 최치원의 17대손인 최진립과 그의 아들과 손자에 이르러 재물이 쌓이면서 만석꾼 부자가 되었습니다.

이 최 부잣집이 300년 동안 존경받는 부자로 명성을 이어올 수 있었던 것은, 가훈인 육훈(六訓)과 육연(六然)이라는 수신제가(修身齊家)의 철학 속에 그 비밀이 담겨 있습니다.

육훈이란 ① 과거를 보되 진사 이상의 벼슬은 하지 말라, ② 만석 이상의 재산은 사회에 환원하라, ③ 흉년기에는 땅을 사지 마라, ④ 과객을 후하게 대접하라, ⑤ 사방 백 리 안에 굶어 죽는 사람이 없게 하라, ⑥ 시집 온 며느리들은 3년간 무명옷을 입혀라 하는 여섯 가지 집안을 다스리는 제가(齊家)의 가훈으로, 권력 다툼에 휘말리지 말고 나눔의 정신을 실천할 것을 강조한 것입니다.

또 육연이란 ① 자기 집착에서 벗어나 자기에게 초연하고, ② 남에게는 언제나 부드럽고 온화하게 대하며, ③ 일이 없을 때에는 마음을 맑게 가지고, ④ 일을 당해도 겁내지 말고 용감하게 대처하며, ⑤ 성공했을 때에는 담담하게 행동하고, ⑥ 실의에 빠졌을 때는 오히려 태연하게 행동하라는 여섯 가지 자신의 몸을 닦는 수신(修身)의 가훈으로, 희로애락이 교차하는 인생의 길에서 흔들림 없이 처신할 것을 강조한 것입니다.

이 같은 수신 철학을 대대로 후손들이 마음속으로 되새기며 조상들의 고귀한 가르침과 그 정신을 받들어 계승함으로써, 12대에 걸쳐 존경받는 부자로 이어질 수 있었습니다. 따지고 보면 300년 동안 만석꾼의 집안을 유지할 수 있었던 비결도, 만석꾼의 지위를 스스로 포기할 수 있었던 용단도 모두가 최 부잣집의 자녀 교육에서 비롯된 것임을 알 수가 있습니다.

이제 최 부잣집의 만석의 재물은 사라졌지만, 그들이 남긴 육훈과 육연의 철학은 세세토록 사람들 마음속에 살아남아 있을 것입니다.

70

왜장에 끌려간 조선의 처녀
- 성(聖) 처녀의 결단 -

마지막 아침은 다가왔습니다.

열린 창문 밖에선 봄 벚꽃이 아침 햇살을 받고 흐드러지게 피어
나 부는 바람에 하나 둘 흩어지고 있었습니다.

일어난 것은 벌써 오래 전, 차가운 물에 단정히 세수를 하고 머리
도 얌전히 빗어, 쥬리아, 그녀의 아름다운 얼굴은 씻긴 듯 빛나고 있
었습니다. 이제는 최후의 대답을 해야 할 시간. 타국의 봄은 아직도
싸늘하여 조용히 앉아 묵주를 들고 숨겨둔 십자고상 앞에 기도하는
쥬리아의 가슴은 놀라우리만치 가라앉아 있었습니다.

쥬리아, 아름다운 그녀는 이제 자기가 오늘로서 마지막 날을 보
낼지도 모른다고 생각하였습니다.

물론 천주님의 앞으로 가야 하는 것은 기쁘고 기쁜 일이었지만
그녀가 겪은 생애는 너무나 기구하고 험난하여 아직 작은 어린애로

서 그것도 살육의 시대에 인질로 잡혀 온 바 있는 쥬리아의 옛일은 생각조차 하기 싫은 악몽이었던 것입니다.

생각해 보면, 쥬리아 그녀가 일본 땅에 잡혀온 일이나 그리하여 고니시(小西行長)의 문중에서 자라 천주교 세례를 받은 것입니다. 고니시와 도꾸가와(德川家康)와의 세력 다툼에서도 희생되지 아니하고 살아남아, 행인지 불행인지 도꾸가와의 내전시녀로서 하루하루를 보내던 나날은 천주님과의 대화 없이는 하루도 살아갈 수 없는 가슴 저미는 괴로움의 연속이었던 것입니다.

그러나 도꾸가와가 일찍이 자기의 나는 새도 떨어뜨리는 권세를 자랑하기 위하여 거성(巨城)을 쌓고 준공되어 잔치를 베풀던 날, 원인 모르게 불이 난 이후부터 시작된 천주교도의 박해는 성문 밖 공터의 피비린내 나는 처형장을 피로 물들이고 있었던 것입니다.

그리하여 며칠 전에는 내전시녀 루시아와 글라라도 희생되었습니다. 언젠가는 같이 예배를 드리던 루시아가 마지막 처형장으로 끌려가면서도 품안에 든 묵주를 꺼내들고 태연히 죽음을 맞이하여 우연히 마주친 쥬리아에게 '나는 먼저 천주님께 갑니다.' 하고 조용히 말하였을 때 쥬리아는 그를 위해 기구를 드리었고, 그녀가 모진 고문에도 굴하지 않고 순교하였는데 어찌 도꾸가와가 자기에게만은 그러한 방법을 쓰지 않을까 의아하게 생각했던 것입니다. 그러나 조금 후에 쥬리아는 도꾸가와의 속셈을 알아차릴 수가 있었습니다.

그녀는 특별히 도꾸가와의 은덕으로 고니시의 문중(門中)이 몰살되었을 때도 살아남았던 바, 도꾸가와로서는 이렇게 해서라도 쥬리아에게 만큼은 마음을 돌리게 하고 싶었던 것이었습니다. 사람들 말대로라면 쥬리아는 도꾸가와의 이국(異國) 취미의 표적인 셈이었고, 그것이 처형을 늦추는 사유였던 것입니다.

그리하여 쥬리아는 두 눈으로 뜨고 보기에는 너무나 처참한 광경을 보았으며, 매일매일 불려나가 천주님을 버릴 것을 종용받았으며, 특히 전란 때 포로로 잡혀온 조선인들이 유황탕(硫黃湯)에 던져지는 순교 장면을 끔찍스레 보여주었던 것입니다.

이토록 매일매일 묻기를 수십여 일, 어제는 도꾸가와 어전에 불리워 나가 마지막으로 하루의 여유를 주겠으니 네가 한마디로 악귀(천주님)를 모른다 하면 살려줄 것이요, 악귀를 안다 하면 죽일 것이니 잘 생각해 보라는 말을 들었던 것입니다.

이제는 도꾸가와로서도 어쩔 수 없는 일, 내전에 기리시단(切支丹, 크리스챤)을 두고 있다고 비난하는 가신(家臣)들의 등쌀 때문에도 이미 묵과해 버리기엔 그른 일이었습니다.

쥬리아는 단정히 앉아서 성모 마리아께 기도를 드리고 있었습니다. 생사를 분명히 마음먹은 그녀의 가슴은 조용히 가라앉고 있었습니다.

이제 그녀를 부르기 위한 전갈이 오면 도꾸가와 앞에 가서 마지막 대답을 해야 하는 것이었습니다.

"성모님은 저를 위해서 빌으소서, 성모님은 저를 불쌍히 여기소서."

쥬리아의 입술은 가늘게 떨리고 있었습니다.

어전은 가신들로 가득 차 있었습니다. 가운데 앉아 있는 도꾸가와는 흰 머리칼을 번득이면서 끌려들어와 앉히우는 쥬리아를 보고 우울한 표정으로 내려다보았습니다.

"어찌 생각해 보았느냐?"

도꾸가와는 양 미간을 찌푸리며 며칠 새에 몸이 여윈 쥬리아를 달래는 듯 물었습니다. 이제 그도 쥬리아의 고집 앞에는 적지 아니 지쳐 있었던 것입니다.

싸움터에서는 맹수처럼 굽힐 줄 모르는 그의 기개는 이 지치지 않는 쥬리아의 정절에 대한 또 하나의 감탄과 난공불락의 만만치 않은 적(敵)을 만났을 때 느껴지는 또 한편의 적개심으로 차라리 무슨 신념의 빛이 저토록 연약한 여인을 굳게 하고 있는 것인가 어느 정도 외경스러운 마음까지도 품고 있었던 것입니다.

"대답하라."

가신 중의 하나가 소리를 질렀습니다.

"소녀는 천주님을 모른다고 할 수 없사옵니다."

쥬리아는 단아하게 대답합니다.

"무엇이라구."

도꾸가와는 앉은 자리에서 벌떡 일어났습니다.

"네가 내 은공을 저버린단 말이냐."

"소녀는 대공님의 어은(御恩)을 한시도 잊은 바 없사옵니다. 그러나 천주님의 성은은 대공(大公)께 받은 것보다 헤아릴 수 없이 더 큰 것, 천주님을 기쁘게 해드리지 못할지언정 슬프게는 할 수 없사옵니다."

도꾸가와는 세웠던 몸을 굽혀 잠시 쥬리아를 내려다봅니다. 그는 할 수 없다는 듯, 세웠던 몸을 앉히고 머리를 한 손으로 무겁게 받쳐 듭니다.

졌습니다. 나는 새도 떨어뜨리는 내가 지고 말았습니다.

도꾸가와는 긴 한숨을 내쉬고 맙니다. 그는 이윽고 고개를 들어 쥬리아를 죽이지는 말고 저 이즈(伊豆)의 외딴섬으로 유배시켜버리라고 명령합니다.

가신들이 왜 처형하지 않는가 의아한 눈치였지만 도꾸가와는 오히려 아바시로(綱大) 나루까지 태워보낼 것을 명령합니다. 그리고 저토록 단정히 앉아 있는 쥬리아의 곁을 한시바삐 떠나버립니다.

가신을 이끌고 뜰로 나서는 도꾸가와의 눈 위로 봄날의 물기 어린 하늘이 눈에 시도록 차옵니다. 아직 뜰 안의 잔설(殘雪)은 녹지 아니하였는데.

임진왜란이 일어나던 1592년 수많은 한국인이 포로가 되어 일본으로 끌려갔습니다. 전쟁에 참가했던 왜장(倭將) 고니시(小西行長)는 세 살밖에 안 된 조선 소녀를 자녀가 없는 자기 가정에 데려다 독실한 천주교 신자로 키웠습니다. 쥬리아란 세례명으로 불리는 그녀는 1600년 고니시 일가가 도꾸가와(德川家康)에 의해 멸문하자 그의 집으로 넘어갔습니다.

도꾸가와는 그의 내전에서 일을 하던 그녀에게 반해 측실로 삼으려 했으나 의외의 반발을 받고는 위협도 하고 한편으로는 달래도 보았지만 소용이 없었습니다. 1612년 천주교 금교령이 내려 천주교 박해가 시작됐습니다. 어떤 방법으로도 쥬리아를 꺾을 수 없음을 개탄한 도꾸가와는 마침내 그녀를 이즈(伊豆) 열도의 오오지마(大島)로 유배보냈습니다.

쥬리아는 다시 남쪽의 외딴섬 고오쓰(神津)로 옮겨져 거기서 40년의 유배생활을 마치고 1651년 60여 세에 생애를 마쳤습니다. 이 섬에서 그녀는 모든 사람을 감화시켜 여러 가지 조선의 풍속을 전했고, 지금까지도 한국의 성처녀로 남아 섬사람들은 쥬리아제(祭)를 지내고 있습니다. 그녀는 1973년 10월 26일 380년만에 한 줌의 흙으로 고국에 돌아와 절두산 천주교 묘지에 묻혔습니다.

제8부

인생 삶의
안팎

71

인간은 극에서 극으로 변할 수 있다

- 인간의 양면성 -

불후의 명작 「모나리자」를 그린 레오나르도 다빈치가 또 하나의 명작 「최후의 만찬」을 그릴 때의 이야기입니다.

이 작품은 1495년에 시작하여 1497년에 완성되었는데, 3년 동안 이 작품에 등장하는 예수와 열두 제자를 그리기 위해 성경 연구는 물론 많은 자료를 수집하느라고 정신이 없었습니다.

특히 복음서에 나타난 제자들의 성격과 활동을 세밀하게 연구하여 그들의 얼굴 하나하나에 그 삶의 모습을 집약시켜 나타내고자 많은 애를 썼습니다.

그러나 유독 예수님의 얼굴과 가룟 유다의 얼굴은 참으로 그리기가 어려웠습니다. 그래서 다빈치는 예수님의 모델을 찾기 위해 밀라노의 어떤 교회를 찾아갔습니다. 거기서 다빈치는 성가대에서 노래를 부르고 있는 아주 멋진 남자를 발견했습니다. 환하면서도 엄숙하고 거룩하면서도 인자한 것 같은 그 성가대원의 얼굴을 모델로 하여 예수님의 얼굴을 완성했습니다.

그 후 열두 제자를 그리던 다빈치는 맨 마지막 가롯 유다의 얼굴을 그리려는데 막상 영감이 떠오르지 않았습니다. 작품을 시작한 지두 해가 넘게 된 다빈치는 생각다 못해 가롯 유다의 모습을 찾아 감옥을 찾아갔습니다. 거기서 한 사람의 죄수와 마주쳤습니다. 그의 교활하고 야심에 찬듯하면서도 절망적으로 일그러진 모습에 자신이 찾고 있던 가롯 유다의 모습을 발견했습니다. 다빈치는 그 죄수에게 모델이 되어 주기를 청하자 말없이 괴로운 표정을 짓던 그는 처음에는 완강히 거절했지만, 마침내 체념한 듯 허락했습니다. 스케치를 끝낸 다빈치가 죄수에게 다가가 말을 붙이려 하자 그는 어깨를 들먹이며 통곡하기 시작했습니다.

"제가 2년 전 예수님의 모델이 되었던 성가대원입니다."

"네? 그게 정말입니까?"

세상에 이럴 수가 …… . 결국 「최후의 만찬」의 서로 대치되는 인물인 예수와 가롯 유다는 같은 인물을 모델로 그려졌던 것입니다. 사람은 이렇게 극에서 극으로 변할 수 있는 것입니다.

인간의 양면성을 상징적으로 보여주는 이 슬픈 이야기가 우리 인간의 마음을 우울하게 합니다. 인간의 마음속에는 선한 마음과 악한 마음의 두 마음이 공존하고 있습니다. 아무리 착한 사람이라도 그 내면에는 악한 인간성이 내재해 있는 것이며, 또 아무리 극악무도한 악한 사람일지라도 그 내면에는 선량한 인간성이 잠재해 있다는 것입니다. 여기에 인간의 모순이 있고 비극이 있습니다.

인간은 이 두 마음의 갈등으로 해서 행복과 불행이 엇갈리고 있습니다. 선의지가 강하면 행복해지고 반대로 악의지가 강하면 불행해집니다. 그것을 알고 있기 때문에 우리는 우리의 마음을 이성과 의지대로 지배하려고 애쓰지만, 마음대로 되지 않는 것이 우리들의 모습입니다.

마음은 인생의 뿌리요, 나의 주인입니다. 이 마음을 어떻게 갖느냐, 어떻게 쓰느냐, 어떻게 다스리느냐 하는 문제는 전적으로 자기의 마음먹기에 달려 있습니다. 우리는 끊임없는 수양을 통하여 내 마음을 내 마음대로 다스릴 수 있는 참 주인이 되도록 힘써야 합니다. 마음을 다스리는 길은 마음을 바르게 닦는 것뿐이 아니고 바르게 쓸 줄 아는 지혜도 갖추어야 합니다.

72

인생을 낭비한 죄
– 염라대왕의 심판 –

'빠삐용'이라는 영화는 앙리 살리에르라는 실존 인물의 체험을 토대로 꾸민 것입니다. 거기에 보면 빠삐용이 감옥 안에서 꿈을 꾸는 장면이 나옵니다. 그것을 우리 식으로 표현한다면 염라대왕 앞에 가서 재판을 받는 그런 장면입니다.

빠삐용은 자기는 사람을 죽인 일도 없으며 사나이답게 떳떳하게 살았노라고 거세게 항변을 합니다. 그러자 판관은 한마디로 잘라 말합니다.

"법은 어기지 않았지만 너에게는 '인생을 낭비한 죄'가 있다. 그러므로 너는 유죄다."

빠삐용이 '인생을 낭비한 죄'라는 말을 중얼거리며 사라지는 장면이 매우 인상적이었습니다. 이 영화를 보았던 많은 사람들이 두고두고 그 장면을 이야기합니다. '인생을 낭비한 죄'라는 말이 모두의 가슴속에 강하게 각인되어 잊을 수가 없었던 모양입니다.

'인생을 낭비한 죄'란 확실히 법에는 없는 죄목입니다. 이 세상에서는 법을 위반하지 않는 한 처벌할 수 없어 적용되지는 않지만, 저승 세계의 판관은 인간의 양심이라는 판단의 그물에 다 걸러보기 때문에 가차없이 유죄 판결을 내리는 것입니다.

우리는 이 말의 뜻을 깊이 새겨 보아야 하겠습니다. 빠삐용은 자유를 상실하고 나서야 비로소 인생의 소중함을 깨달은 것입니다. 우리도 더 늦기 전에 후회를 되씹는 일이 없도록 젊음을 낭비하지 말아야 합니다.

시간은 곧 생명이며 정력은 곧 우리 삶의 원동력인데, 그 귀한 것들을 매일같이 낭비하고 있는 것이 우리들의 현실입니다.

젊음을 낭비하지 않는 가장 시급한 과제는 시간을 선하게 활용하는 것입니다. 오늘 우리에게 주어진 하루를 충실하게 가꾸어 나가야 합니다. 그것이 시간을 낭비하지 않고 인생을 값있게 살아가는 길입니다.

젊음을 낭비하지 않는 또 하나의 방법은 뚜렷한 목표를 가지고 한 가지 일에 열중하는 것입니다. 한 가지 일에 전념하게 되면 방황하지 않고 열심히 인생을 살아갈 수 있습니다.

오늘 주어진 하루를 충실하게 가꾸어 나가야 합니다. 오늘 우리들에게 주어진 이 하루를 땀 흘리고 애쓰지 않으면 내일 열매를 거두기 어렵습니다. 주어진 오늘 하루에 충실하지 않는다면 내일 병든 열매를 거두어야 할 것입니다.

우리는 인생의 소중함을 알고 한 순간이라도 헛되이 보내서는 안 됩니다. 인생을 낭비하는 일이 없도록 열심히 살아야 합니다.

세월이 많이 지나고 난 후 뒤돌아보면 인생은 너무나 짧은 것같이 느껴지지만, 사실은 우리의 인생이 짧은 것이 아니라, 그것을 낭비함으로써 인생을 짧게 만들고 있는 것입니다.

막대한 재산도 엉터리 관리자가 가지고 있으면 순식간에 탕진해 버리지만, 얼마 안 되는 재산이라고 제대로 된 관리자가 가지고 있으면 오래 지탱할 수 있고, 또 그의 수단 여하에 따라서는 불어나기도 합니다. 우리 인생도 그와 같은 것입니다.

세월은 쏜살같이 빠르게 지나갑니다. 이 덧없는 세월을 우리가 방탕과 나태 속에서 보내게 되면, 늙어서는 자기가 낭비한 시간 때문에 반드시 후회하게 될 것입니다.

73

심는 대로 거둔다
– 인과응보의 법칙 –

어느 날 밤, 미국의 유명한 외과의사인 반 아이크 박사에게 전화가 걸려 왔습니다. 아이크 박사는 급히 전화를 받았습니다.

"여보세요. 저 그랜드 폴스 병원의 하이든입니다. 한 소년이 총을 가지고 장난하다가 그만 오발을 하는 바람에 생명이 위태롭습니다. 박사님께서 좀 도와주십시오."

"예. 알았습니다. 곧 가지요."

아이크 박사는 그 즉시 60마일 떨어져 있는 그랜드 폴스 병원으로 가기 위해 급히 자동차를 몰았습니다. 아이크 박사는 최대의 속력을 내며 달려갔습니다. 그런데 어느 네거리에서 웬 사나이가 아이크 박사의 차 앞을 가로 막았습니다. 그는 급히 차를 세웠습니다.

"어디까지 가시죠?"

아이크 박사는 무조건 차에 오르는 사나이에게 물었습니다. 그러나 대답 대신 주머니에서 권총을 꺼내 위협했습니다.

"잔말 말고 어서 차에서 내려! 내가 이 차를 좀 이용해야겠소."

"여보시오. 나는 의사입니다. 방금 급한 환자가 생겼다고 연락을 받고 가는 길이니, 사람 하나 살리는 셈치고 나를 보내 주시오."

반 아이크 박사는 사나이에게 사정을 했지만, 소용이 없었습니다. 차 밖으로 떠밀린 그는 기차라도 타야겠다고 허겁지겁 역으로 뛰어갔습니다. 그러나 기차는 조금 전에 떠나고 없었습니다. 하는 수 없이 길가에서 지나가는 차를 기다렸습니다. 우여곡절 끝에 마침내 하이든이 기다리고 있는 그랜드 폴스 병원에 닿았습니다.

"그 소년은 어떻게 되었습니까?"

"박사님, 10분 전에 죽었습니다. 10분만 더 일찍 오셨더라면 생명을 구할 수도 있었을 텐데요."

이때 문이 열리며 죽은 소년의 아버지가 뛰어 들어왔습니다.

"내 아들이 죽었다고요?"

소년의 아버지는 창백한 얼굴로 죽은 소년을 끌어안았습니다.

"저 사람이 소년의 아버지란 말인가?"

박사는 크게 놀라 소리치며 눈을 휘둥그렇게 떴습니다.

"아니, 왜 그러십니까? 박사님이 아시는 분인가요?"

"예, 저 사람이 바로 병원으로 오던 내 차를 빼앗아 달아난 사람이오."

하이든도 뜻밖의 일에 어안이 벙벙했습니다. 세상에 이럴 수가 있단 말인가 …….

"소년을 죽인 자는 바로 소년의 아버지인 저 사람이었군, 그래."

아이크 박사는 혀를 찼습니다. 이 말에 소년의 아버지가 얼굴을 들었습니다. 그는 박사를 보더니 주춤거리며 뒤로 물러섰습니다.

"아니, 당신이 바로 ……."

이 세상의 모든 일이 다 자업자득입니다. 심은 대로 거두게 마련입니다.

우리의 인생에는 인과응보(因果應報)의 법칙이 지배합니다. 저마다 짓는 행동이 우리의 운명, 우리의 행·불행, 우리의 존재를 결정합니다. 좋은 씨를 뿌리면 좋은 열매를 거두고 나쁜 씨를 뿌리면 나쁜 열매를 거둡니다. 선한 행동을 하면 좋은 결과가 생기고, 악한 행동을 하면 나쁜 결과가 생깁니다. 이렇듯 사람은 자기가 심은 것을 거두게 마련입니다.

74

모든 것은 마음이 짓는다

- 일체유심조의 진리 -

　　　　원효대사(元曉大師: 617~686)는 신라 시대의 고승으로 한국 불교의 최고봉의 존재입니다. 그의 나이 40세 때에 의상(義湘) 스님과 함께 당나라로 유학의 길을 떠났습니다.

　　그런데 가는 도중에 날이 저물었습니다. 쉴 곳이 없어서 산 속의 토굴에 들어가서 하룻밤을 보내게 되었는데, 그는 잠결에 몹시 갈증을 느꼈습니다. 토굴 밖으로 나아가 어둠 속에서 물을 찾고 있었는데 마침 바가지가 손에 잡혔습니다. 다행히 바가지에는 물이 있어 그것을 마셨습니다. 감로수처럼 시원하고 맛이 있었습니다. 그리고는 다시 토굴에 들어가서 하룻밤을 보냈습니다.

　　그 다음날 아침, 원효는 토굴 밖으로 나오다가 어젯밤에 마신 물이 해골바가지에 고인 썩은 물인 것을 알고 깜짝 놀랐습니다. 간밤에 바가지로 생각한 것은 사실은 사람의 해골이었습니다. 그는 어젯밤에 먹은 것을 생각하자 금방 토하고 싶어졌습니다.

원효는 문득 의문이 떠올랐습니다. '어젯밤에 바가지의 물이라고 생각하고 먹었을 때에는 감로수처럼 시원했는데, 해골바가지의 물이라고 생각하니 오염수같이 느껴져 구역질이 나니 이것이 도대체 어찌된 일인가? 똑같은 물인데 왜 감로수처럼 느껴지기도 하고 오염수같이 생각되기도 하는가? 결국 이는 마음의 문제가 아닌가? 동일한 물건이나 현상이 마음먹기에 따라서 이처럼 하늘과 땅 사이만큼이나 엄청난 차이가 생기니, 이 세상의 모든 것이 다 마음가짐 여하에 의해서 달라지고 있는 것이 아닌가? 그는 『화엄경(華嚴經)』의 일체유심조(一切唯心造)의 진리를 깨달았습니다. 그는 당나라에 가서 더 공부할 필요를 느끼지 않았습니다. 의상 스님만 유학의 길을 떠나고 그는 되돌아왔습니다.

이 원효의 이야기는 인생의 중대한 진리를 우리에게 가르쳐 줍니다. 이 세상의 모든 문제는 결국 마음의 문제입니다. 마음이 모든 것을 결정하는 것입니다.

예수 그리스도는 '하늘나라는 내 마음속에 있다.'고 갈파했습니다. 천국이나 지옥이 딴 곳에 있는 것이 아니라 나의 마음속에 있습니다. 나의 마음이 이 세상을 천국으로 만들기도 하고 지옥으로 만들기도 합니다. 나의 마음속에 사랑과 평화와 기쁨이 차 있으면 그것이 천국이요, 미움과 불평과 불화로 차 있으면 그것이 곧 지옥인 것입니다.

분명히 이 세상의 모든 일은 우리의 마음가짐 여하에 따라서 천양지차가 생깁니다. 우리가 어떤 마음가짐을 가지고 세상을 보느냐에 따라서 세상은 크게 달라지는 것입니다. 같은 환경과 조건 속에서 어떤 사람은 행복을 느끼고 어떤 사람은 불행을 느낍니다. 결국 마음이 인생의 근본이요, 마음이 우리의 주인입니다.

불경에 일체유심조(一切唯心造)라는 말이 있습니다. 모든 것은 마음이 짓는다는 뜻입니다. 이 세상의 모든 것이 마음가짐에 달렸다는 것입니다. 인생의 희로애락이 다 마음의 산물입니다. 내가 내 마음을 어떻게 갖느냐에 따라서 즐거운 세상이 될 수도 있고 괴로운 세상이 될 수도 있습니다. 어떤 마음가짐을 가지고 살아가느냐에 따라서 행복하게 살아갈 수도 있고 불행하게 살아갈 수도 있습니다. 이 세상의 모든 문제는 결국 마음의 문제입니다.

75

운명은 스스로 만들어 가는 것

- 운명론의 극복 -

중국 당나라 때 배도(裵道)라는 사람이 있었습니다. 어느 날 거리를 지나다가 그 당시 유명하다는 관상가를 만났습니다. 잘 됐다 싶어 매도는 자신의 관상을 한 번 봐 줄 것을 청하자 관상가는 아주 말하기 곤란하다는 표정을 짓고 있다가 이윽고 이렇게 말했습니다.

"말하기 민망하나 당신은 빌어먹을 상입니다."

이 말을 듣는 순간 배도는 자신의 운명에 대해 실망했지만 나중에 정말 빌어먹을 때를 대비해서 그 후로 남들에게 선행을 베풀리라 마음먹고 그렇게 열심히 실행했습니다. 그렇게 얼마간의 세월이 흐른 뒤 길에서 그 관상가를 우연히 만나게 되었는데, 그 관상가는 배도를 보더니 깜짝 놀라며 이렇게 말하는 것이었습니다.

"이럴 수가 ……. 정말 놀랍군요. 당신의 상이 바뀌어 이젠 정승이 될 상입니다."

아닌 게 아니라 배도는 그 후 벼슬길에 올라 나중에는 정승이 되었다고 합니다. 진실을 말하면 운명은 지어진 것이 아니라 스스로 만들어 가는 것입니다.

우리는 안 좋은 일이 일어나면 습관적으로 팔자 타령을 합니다. 그 밑바탕에는 '사람은 팔자대로 살아간다.'는 운명론에 지배되어 있기 때문입니다. 이 운명론에 관련한 속담도 많이 나와 있습니다. '팔자는 독에 들어가도 못 피한다.'라든지 '이 도망 저 도망 다해도 팔자 도망은 못한다.'는 등의 속담이 바로 그것입니다. 이 속담 속에는 다른 것은 몰라도 팔자는 어떤 방법을 써도 피하지 못한다는 체념이 깔려 있습니다.

더 나아가 우리의 운명은 우리 자신이 마음대로 할 수 없음을 극명하게 보여주는 무서운 속담도 있습니다. '뒤로 오는 호랑이는 속여도 앞으로 오는 팔자는 못 속인다.'는 것이 이것입니다. 이렇듯 우리는 알게 모르게 많은 속담 속에서 피하려야 피할 수 없는 '팔자'에 얽혀 살아가고 있는 것입니다. 그럼 정말 '팔자'라는 것이 있는 것일까요?

만약 팔자라는 것이 있다면 앞의 이야기 속의 배도라는 사람은 관상가가 말한 대로 평생을 '빌어먹을 팔자'로 살았어야 맞는 답이 될 것입니다.

프랑스의 실존주의 문학가이며 철학자인 사르트르는 '인간의 운명은 인간의 수중에 있다.'고 갈파했습니다. 내 운명의 열쇠는 내가 쥐고 있다는 것입니다. 우리는 이제 운명론에서 과감하게 벗어나야 합니다. 더 이상 운명에 굴복하는 나약한 사람이 되어서는 안 됩니다. 오히려 운명에 도전하는 용감한 사람이 되어야 합니다.

운명을 바꿀 수 있느냐 없느냐 하는 문제는 상당 부분 자기의 자유의지에 달려 있습니다. 자유의지가 강한 사람은 비록 불행한 운명 속에서 태어났다 해도 행복한 운명으로 바꾸어 놓을 수가 있습니다. 그렇지 않은 사람은 행복한 운명으로 태어났어도 불행한 운명으로 떨어질 수밖에 없습니다. 우리는 운명의 힘보다는 인간의 자유의지가 강하다는 것을 믿습니다. 이러한 신념과 철학을 가지고 자기의 미래를 용감하게 개척해 나가는 삶의 강자가 되어야 합니다.

운명적으로 정해진 팔자는 없습니다. 팔자에 대한 집착이 팔자를 만듭니다. 자신에 대한 부정적인 생각을 떨쳐 버리고 자신의 미래를 긍정적으로 설계하여 실행해 보세요. 하늘은 스스로 돕는 자를 돕는다고 했습니다. 운명은 주어진 것이 아니라 스스로 만들어 가는 것입니다.

76

길흉화복은 인간 삶의 기본 리듬

- 인생만사 새옹지마 -

옛날 중국 북방의 조그마한 마을에 새옹이라는 마음 착한 노인이 살고 있었습니다. 이 노인이 살고 있던 마을은 오랑캐 나라와의 국경 지대라 걸핏하면 침략을 받곤 하였습니다.

어느 날 새옹이 기르던 암말 한 필이 국경선을 넘어 오랑캐 땅으로 도망쳐 갔습니다. 새옹은 허겁지겁 말을 쫓아갔으나, 말이 워낙 빨리 달려가니 잡을 수가 없었습니다.

새옹은 별 수 없이 말이 도망친 오랑캐 땅을 멍하니 바라보며 한숨만 쉬었습니다. 이것을 본 이웃 사람들이 찾아와서 위로하였습니다.

"참 안됐습니다. 이 마을에서 가장 좋은 말이었는데 ……, 하지만 어떻게 합니까. 없었던 셈 치고 잊어버리셔야지요."

이 같은 위로의 말에 새옹은 알쏭달쏭한 말을 하는 것이었습니다.

"지난 일이니 잊어버려야지요. 말이 오랑캐 나라로 도망쳐 간 것이 오히려 잘된 일인지 모릅니다."

이런 일이 있은 후 몇 달이 지났습니다. 그런데 난데없는 오랑캐 나라로 도망쳐 갔던 말이 또 한 필의 훌륭한 말을 데리고 새옹의 집으로 돌아왔습니다.

이웃 사람들이 소문을 듣고 찾아와 몹시 부러운 얼굴로 축하의 말을 했습니다.

"영감님, 축하합니다. 그때 영감님께서 말을 잃은 것이 오히려 잘된 일인지도 모른다고 하시더니 희한하게 들어맞았군요."

그러나 새옹은 조금도 기뻐하는 내색 없이 한숨 섞인 말로 저번처럼 알 수 없는 소리를 했습니다.

"아직 좋아할 일이 아닙니다. 도망갔던 말이 다시 돌아오긴 했습니다만 또 무슨 일이 생길는지 누가 압니까?"

"설마하니 무슨 일이 생기려고요."

이웃 사람들은 새옹 영감이 기쁜 일이 생겨도 기쁜 표정을 짓지 않고, 슬픈 일이 생겨도 슬퍼하지 않는 것을 이상하게 생각했습니다.

그런데 아니나 다를까, 두어 달이 지났을 무렵, 새옹의 아들이 오랑캐 땅에서 넘어온 말을 타고 놀다가 말에서 떨어져 크게 다쳤습니다.

새옹은 아들이 죽은 줄만 알고 얼굴이 새파랗게 질렸습니다. 새옹의 아들은 간신히 죽음을 면했지만 결국 절름발이가 되고 말았습니다.

이웃 사람들은 또 다시 새옹을 찾아와서 위로의 말을 하였습니다.

"아드님이 몸을 다쳐 참으로 안됐습니다."

그러나 이번에도 새옹은 태연했습니다.

"이렇게 찾아 주셔서 감사합니다. 불행 중 다행으로 절름발이가 되긴 하였습니다만, 그것이 오히려 아들에게 다행한 일이 될지 누가 압니까."

이웃 사람들은 새옹 영감의 생각이 매양 자기들의 생각과 다른 것에 고개를 갸웃거리며 돌아갔습니다.

그런 일이 있은 지 일 년쯤 지난 어느 날, 갑자기 오랑캐 군사들이 쳐들어왔습니다. 젊은이들은 모두 군대에 들어가서 싸움에 참가하지 않으면 안 되었습니다. 그리하여 많은 사람들이 싸움터에 나가서 전사하여 영영 돌아오지 못했습니다. 그러나 새옹의 아들은 절름발이였기 때문에 전쟁터에 나가지 않아 무사했습니다.

"새옹 영감님, 정말 세상일이란 무어라 단정 지어 말하기가 어렵군요. 무슨 일이 좋은 일이며 복이 되는 일인지, 또 어떤 일이 불행한 일이며 화가 되는 일인지 도무지 알 수가 없군요."

새옹은 조용히 웃음 지으며 말했습니다.

"화가 복이 되는 수도 있고 복이 화가 되는 수도 있지요. 그러니까 사람은 재앙이 있다고 슬퍼할 것도 아니고, 복이 있다고 기뻐만 할 것도 아니지요."

『회남자(淮南子)』의 「인간훈(人間訓)」에 나오는 중국 고사에서 나온 이야기입니다.

　인간만사 새옹지마(人間萬事 塞翁之馬)란 말은 인간 세계에서는 무엇이 원인이 되어 길흉화복(吉凶禍福)이 찾아올지 알 수 없으니, 목전의 이해타산이나 처지에 따라 조급하게 자신의 운명을 판단해서는 안 된다는 것을 일깨워 줍니다.

　지금은 불행해 보여도 그것으로 인해서 훗날 도리어 행복해질 수도 있으며, 또한 반대로 지금 행복해 보여도 그것으로 인하여 불행해질 수도 있는 것이 인간사(人間事)인 것입니다.

　어떻게 보면 길흉화복은 인간의 삶의 기본적인 리듬이라고도 할 수가 있습니다. 사람이 살다 보면 좋은 일도 있고 나쁜 일도 있는 법입니다.

　세상에 행복만 계속되는 인생도 없고, 또 불행만 계속되는 인생도 없습니다. 좋은 일이 있으면 궂은일도 있고, 흉한 일이 있으면 길한 일도 생깁니다. 마치 험한 산길을 오르고 나면 다시 쉬운 내리막길이 나타나는 것과 같은 것입니다.

　행복과 불행의 교차는 우리 인생의 기본적인 리듬입니다. 그러므로 우리는 기다리는 지혜와 참고 견디는 지혜를 배워야 합니다.

77

욕심은 불행을 낳는다

− 수학을 모르는 지혜 −

옛날 아라비아 상인이 죽음을 앞두고 사랑하는 자식들을 불러놓고 이렇게 유언을 남겼습니다.

'내 재산이라곤 낙타 17마리뿐이다. 맏아들은 그것의 반을, 둘째 아들은 그것의 3분의 1을, 그리고 막내아들은 그것의 9분의 1을 갖도록 하라.'

그 후 삼형제는 아버지가 남기고 간 재산을 가지고 옥신각신 싸움을 벌였습니다. 문제는 17마리의 낙타를 가지고 어떻게 그와 같은 비율로 나누어 가질 수 있느냐 하는 것입니다. 맏아들은 17마리의 반으로 9마리를 갖겠다고 주장했지만 동생들은 9마리는 2분의 1이 넘으니까 안 된다고 반대했습니다. 둘째 아들은 6마리를 가져야 한다고 고집했지만, 맏형과 막내 동생은 5마리밖에 줄 수 없다고 버텼습니다. 또 막내아들은 2마리를 가져야 한다고 굽히지 않았습니다.

그러나 두 형은 17마리 중 2마리는 9분의 1을 초과하기 때문에 안 된다고 고집했습니다. 삼형제가 자기 주장만 내세우면서 서로 양보하지 않아 싸움은 오래 계속 되었고 형제 간의 사랑은 깨지고 깊은 상처만 입게 되었습니다.

그러던 어느 날 지나가던 나그네가 형제들이 심하게 다투는 광경을 보고 그 사연을 자세히 듣고는 잠시 생각에 잠기더니 빙그레 웃으며 이렇게 하면 어떻겠는가 하고 해결방안을 제시하였습니다.

"내가 타고 온 낙타 한 마리를 당신들에게 드리겠소. 그러면 17마리가 18마리가 될 것이오. 맏형은 그 2분의 1에 해당하는 9마리를 가지시오. 둘째 아들은 그 3분의 1에 해당하는 6마리를 그리고 막내 아들은 그 9분의 1에 해당하는 2마리를 가지시오. 그러면 당신들이 주장하는 대로 될 것이 아니겠소."

나그네가 일러 준 대로 처리하고 보니까 모두 만족하게 되었을 뿐만 아니라, 오히려 한 마리가 남게 되었습니다. 그제야 삼형제는 자기들의 잘못을 크게 뉘우치고, 지혜로운 나그네에게 진심으로 감사하면서 남은 한 마리를 되돌려 주었습니다.

이 이야기는 사람이 욕심에 눈이 어두워지면 얼마나 어리석은 바보로 전락하는지를 여실히 보여주는 교훈적인 일화입니다. 서로가 위하는 마음으로 조금씩 양보했던들 그토록 깊은 마음의 상처를 주는 다툼은 일어나지 않았을 것입니다. 그들은 수학적 방법으로는 해결할 수 없는 재산 분배에 따른 아버지의 유언의 참뜻을 헤아려 보려고 애썼어야 옳았습니다. 세상에 아버지가 죽으면서까지 형제끼리 싸우게 하려고 유산을 물려주지는 않았을 것 아닙니까. 아버지는 삼형제가 무리 없이 나누어 갖는 그 지혜를 보기 원했고 또 서로 양보함으로 화목하게 사는 형제들이 되기를 원했을 것입니다. 그러나 욕심은 그들의 눈을 어둡게 하였고 마음을 흐리게 했습니다. 욕심의 노예가 되어 형제끼리 싸움을 하는 동안 명철한 판단은 흐려지고 무리한 행동을 하게 된 것입니다. 그저 자기들이 요구한 숫자를 합쳐만 보았어도 간단히 해결될 수 있는 문제였는데도 말입니다.

우리는 욕심을 경계해야 합니다. 내가 가져야 할 것이 있고 가져서는 안 되는 것이 있습니다. 내가 가져서는 안 될 것을 무리하게 가지려고 하는 데서 불행이 찾아오게 되는 것입니다. 욕심을 버리고 순리대로 살아갑시다. 우리는 자기의 분수를 알고 분수를 지키고 분수에 맞게 생활해야 합니다. 자족할 줄 알 때 행복은 찾아오는 것입니다.

78

금쪽같은 마지막 5분의 의미
- 시간의 가치 -

　　러시아의 소설가 도스토예프스키는 28세 때, 내란음모 사건에 연루되어 사형선고를 받았습니다. 몹시 추운 겨울날 사형집행 현장에 끌려가 기둥에 묶여졌습니다.

　　사형집행 예정 시간을 생각하면서 시계를 보니 자신이 이 땅 위에서 살 수 있는 시간이 5분밖에 남아 있지 않았습니다. 28년간을 살아왔지만 이렇게 단 5분이 천금같이 생각되어지기는 처음이었습니다.

　　이제 남은 5분을 어떻게 쓸까 생각해 보았습니다. 현장으로 끌려온 동료들에게 마지막 인사를 나누는 데 2분이 걸리고, 오늘까지 살아온 생활과 생각을 정리하는 데 2분을 쓰고, 남은 1분은 오늘까지 발을 붙이고 살던 땅과 눈으로 볼 수 있는 자연을 마지막으로 한 번 둘러보는 데 쓰기로 하였습니다.

마지막 인사를 나누는 데 벌써 2분이 지나갔습니다. 이제 자기 자신의 삶을 정리하고자 하는데, 문득 3분 후에 닥쳐올 죽음을 생각하니 갑자기 눈앞이 캄캄해지고 아찔해졌습니다.

28년간의 세월을 순간순간 아껴 쓰지 못한 것이 참으로 후회가 되었습니다. 이제 다시 한 번만 살 수 있다면 순간순간을 값있게 쓰련만, 그는 깊은 뉘우침에 사로잡혔습니다.

그러자 탄환을 장전하는 소리가 들렸습니다. 그는 죽음의 공포에 떨었습니다.

바로 그때였습니다. 갑자기 사형현장 안이 떠들썩하더니 한 병사가 흰 수건을 흔들면서 달려오고 있었습니다. 황제의 특사령을 가지고 왔던 것입니다.

그는 징역형으로 감형되어 시베리아 유형생활을 하면서 인생의 문제에 대해 깊은 생각을 하게 되었습니다. 그러면서 그는 마지막 5분 동안 절실하게 생각되었던 시간을 금쪽같이 소중하게 아끼면서 살았습니다. 그는 가난한 생활을 하면서 인생에 대한 깊은 통찰을 하였고『죄와 벌』,『카라마조프의 형제들』과 같은 불후의 명작을 남겼습니다.

우리는 시간의 중요성을 새롭게 인식해야 합니다. 도스토예프스키의 마지막 5분처럼 시간의 귀중함을 절실하게 느끼고, 우리에게 주어진 시간을 생산적으로 창조적으로 잘 활용해서 뜻을 성취하고 보람 있는 생애를 살 수 있도록 노력해야 합니다.

시간을 가장 효율적으로 활용한 미국의 정치가요, 과학자인 벤자민 프랭클린은 시간에 관한 이런 명언을 남겼습니다.

'만일 네가 인생을 사랑한다면 네 시간을 사랑하여라. 왜냐하면 인생은 시간으로 구성되어 있기 때문이다.'

그렇습니다. 생명은 곧 시간입니다. 시간을 낭비하는 것은 생명을 낭비하는 것입니다. 인생의 낭비 중에서 시간의 낭비처럼 나쁜 것은 없습니다. 돈은 없다가도 벌면 다시 생기지만, 한 번 가버린 시간은 다시 돌아오지 않습니다. 우리는 우리의 인생을 두 번 살 수가 없습니다. 그러므로 한 순간이라도 소홀히 보내서는 안 됩니다.

79

사람은 얼마만큼의 땅이 필요한가
- 탐욕의 말로 -

　　러시아의 문호 톨스토이의 단편소설 가운데 「당신에게는 얼마나 많은 땅이 필요한가」라는 명작이 있습니다. 주인공 파홈은 욕심쟁이로 많은 땅을 갖고 싶었습니다. 그래서 그는 땅값이 아주 싸다는 비시킬 지방을 찾아갔습니다. 비시킬 지방은 소문대로 끝없이 펼쳐진 넓은 기름진 초원이었습니다. 그런데 촌장과 땅을 흥정했는데 매매방법이 특이했습니다.

　　"우리는 항상 하루당 얼마로 계산해서 팔지요. 즉 하루 동안 걸어갔다가 돌아온 만큼의 땅이 바로 당신 소유가 되는 것입니다. 그리고 그 가격은 1,000루불로 정하고 있습니다. 하지만 한 가지 조건이 있습니다. 그날 해가 지기 전에 출발점에 되돌아오지 못하면 당신이 지불한 돈은 되돌려 받지 못하는 것입니다."

　　파홈은 매우 흡족했습니다. 그는 다음날 아침 일찍 햇살이 초원을 물들이자마자 넓은 땅을 걷기 시작했습니다.

'절대로 시간을 낭비해서는 안 되지. 그리고 가능한 한 멀리 돌아야지.'

초조한 마음에 그는 쉬지도 못하고 발걸음을 재촉했습니다. 그는 상당히 먼 거리를 걸었습니다. 그래도 더 많은 땅을 차지하려고 더 나아가다가 하늘을 올려다보니 어느새 해는 이미 서쪽으로 절반쯤 기울어져 있었습니다. 그러나 탐욕에 눈이 어두워진 파홈은 해가 져 가는데도 돌아갈 생각은 아니하고 멀리까지 나갔습니다. 그러다 마침내 돌아가려고 마음먹었을 때 해는 이미 기울어져 지평선에 가까이 가 있었습니다. 파홈은 있는 힘을 다해 출발지를 향해 달려갔습니다. 그는 천신만고 끝에 해가 떨어지기 전에 출발점에 닿을 수가 있었습니다.

하지만 지칠 대로 지친 파홈은 그 자리에서 기진해 쓰러지고 말았습니다. 파홈의 머슴이 달려와서 주인을 일으키려고 했지만, 그의 입에서 피가 흐르고 있었습니다. 그는 이미 죽어 있었습니다. 머슴은 삽을 들어 주인을 위해 그의 머리에서 발끝까지의 정확한 치수인 6피트 길이로 구덩이를 팠습니다. 그리고 그 곳에 파홈의 시체를 파묻었습니다.

인간의 탐욕이 얼마나 무서운 결과를 가져오는가를 잘 말해 주는 교훈적인 이야기입니다. 우리는 탐욕을 버려야 합니다. 사람이 불행해지고 파멸의 비극을 겪게 되는 것은 지나치게 탐하는 욕심 때문입니다. 내가 가져서는 안 될 것을 무리하게 가지려고 하는 욕심이 탐욕입니다. 탐욕은 순리에 어긋나는 소유욕이요 바른 길에서 벗어나는 욕심입니다. 탐욕은 파멸의 원천이요 불행의 근원입니다. 그런데도 인간의 욕심은 한도 끝도 없습니다.

일찍이 중국 고대의 도가사상의 시조인 노자(老子)는 '만족할 줄 모르는 것만큼 큰 화근이 없고, 한정 없이 갖고 싶어 하는 것만큼 큰 불행은 없다. 만족할 줄 알면 치욕을 당하는 일이 없고, 그칠 줄을 알면 위험을 만나는 일이 없고 언제나 평안하고 무사할 수 있다.'고 자제와 자족을 강조하였습니다.

우리는 자기의 분수를 알고 분수를 지키고 분수에 맞게 행동하고 생활해야 합니다. 탐욕은 무리한 행동을 저지르게 합니다. 신체를 무리하면 병이 생기고, 정신을 무리하면 질환을 일으키고, 경제를 무리하면 빚더미에 앉게 되고, 인간관계를 무리하면 적이 생기고, 일을 무리하면 좋은 결과를 기대할 수 없게 됩니다. 무리하지 말아야 합니다. 이것이 삶의 기본 원칙입니다.

80
교만한 자는 매를 자청한다
— 교만과 회개 —

어느 사원 옆에 한 수도승이 살았는데, 공교롭게도 그 수도승의 앞집에는 매춘부가 이웃하여 살고 있었습니다.

그 수도승은 어느 날 매춘부를 불러다가 호되게 꾸짖었습니다. 그리고는 그날부터 매춘부의 집에 남자가 들어갈 때마다 마당 한 구석에 돌을 하나씩 던져 놓기 시작했습니다. 날이 감에 따라 그 돌무더기도 점점 더 커졌습니다.

어느 날 수도승이 그 돌무더기를 가리키며 말했습니다.

"이 더러운 여인아! 이것이 보이지 않는가? 이 돌 하나하나는 그대가 상대한 사내들의 숫자다. 그대는 이 돌무더기에 있는 돌의 수만큼이나 많은 죄를 지었다. 자, 그래도 그 음탕한 짓을 거두지 않겠다는 말인가?"

이 가엾은 여인은 가난한 집안의 생계를 유지할 길이 없어 하는 수 없이 매춘행위를 하면서도 늘 양심의 가책에 시달리고 있는 터였습니다. 하지만 그 돌무더기를 보자 상대한 남자가 너무 많은 것에 놀라 두려움에 떨며 간절히 신에게 기도하였습니다.

"신이여, 이 죄 많은 여인을 불쌍히 여기시어서 이 더러운 육신을 거두시고 이 고뇌에 찬 생활에서 벗어나게 해 주소서."

가련한 여인의 기도가 마침내 신에게 전달되어 그날 밤 죽음의 천사가 그녀를 데려갔습니다. 그리고 그 수도승도 그날 밤 이 세상을 하직하였습니다. 그런데 천국의 사자는 수도승은 거들떠보지도 않고 깊이 회개한 매춘부의 영혼을 인도하여 천국으로 올라가는 것이었습니다. 이 광경을 본 수도승이 억울해하며 말했습니다.

"이게 의로운 신의 심판이란 말인가? 나는 일생 동안 금욕과 절제 속에 살았다. 그런데도 나는 지옥으로 끌려가고, 일생 동안 간음죄만 범한 매춘부는 천국으로 데려가다니 이렇게 불공평할 수가 있단 말인가?"

이 말을 듣고 염라대왕의 사자가 말했습니다.

"신의 뜻은 언제나 공평무사하다. 너는 수도승이라는 자만심과 명예를 얻기 위해 계율을 지키며 살았을 뿐, 단 한 번도 진정으로 가슴에서 우러나오는 사랑을 베풀지 아니하였다. 이곳에서는 마음으로 항상 그 여인의 음란을 꾸짖고 그 죄를 헤아리는 데만 열중했기 때문에, 너에게는 음란보다 더 큰 죄가 되는 교만으로 가득 차 있었다. 진정 매춘을 한 사람은 그 여인이 아니라 바로 너였던 것이다. 이것이 의롭고 공명정대한 신의 판단이 아니란 말인가?"

교만한 사람은 건방지고 방자해서 자기 이외의 사람들을 깔보고 무시하고 업신여깁니다. 그래서 사람이 교만하면 적을 만들고 화를 불러들여 스스로 무덤을 파는 결과를 가져옵니다.

『성경』은 '교만하면 패망하고 거만하면 넘어진다.'고 했고, '미련한 자는 교만하여 입으로 매를 자청한다.'고 경고했습니다.